Bernardo Fernández, Bef

HABLA MARÍA

Una novela gráfica sobre el autismo

Historias
gráficas

HABLA MARÍA
Una novela gráfica sobre el autismo

© 2018 Bernardo Fernández, Bef (texto e ilustraciones)
c/o Schavelzon Graham Agencia Literaria
www.schavelzongraham.com

D.R. © Editorial Océano, S.L.
Milanesat 21-23, Edificio Océano
08017 Barcelona, España
www.oceano.com

D.R. © Editorial Océano de México, S.A. de C.V.
Homero 1500-402, col. Polanco
Miguel Hidalgo, 11560, Ciudad de México
www.oceano.mx
www.oceanotravesia.mx

Diseño: Verónica Monsivais

Primera edición: 2018

ISBN: 978-607-527-764-6

Esta novela gráfica fue creada con el apoyo
del Sistema Nacional de Creadores de Arte del Fondo Nacional
para la Cultura y las Artes.

HECHO EN MÉXICO / *MADE IN MEXICO*
IMPRESO EN MÉXICO / *PRINTED IN MEXICO*

Hay esperanza, esperanza infinita,
pero no para nosotros
—Franz Kafka, en conversación con Max Brod

Yo soy la esperanza
—Neil Gaiman, *A hope in hell*, Sandman #4

A LA MEMORIA DE EDUARDO DEL RÍO, RIUS. DE NO SER POR TI, SERÍA INGENIERO.

ESTA NOVELA GRÁFICA ESTÁ DEDICADA A MI HERMANO MIGUEL GALLARDO,
A QUIEN EL DÍA QUE LO CONOCÍ LE DIJE:

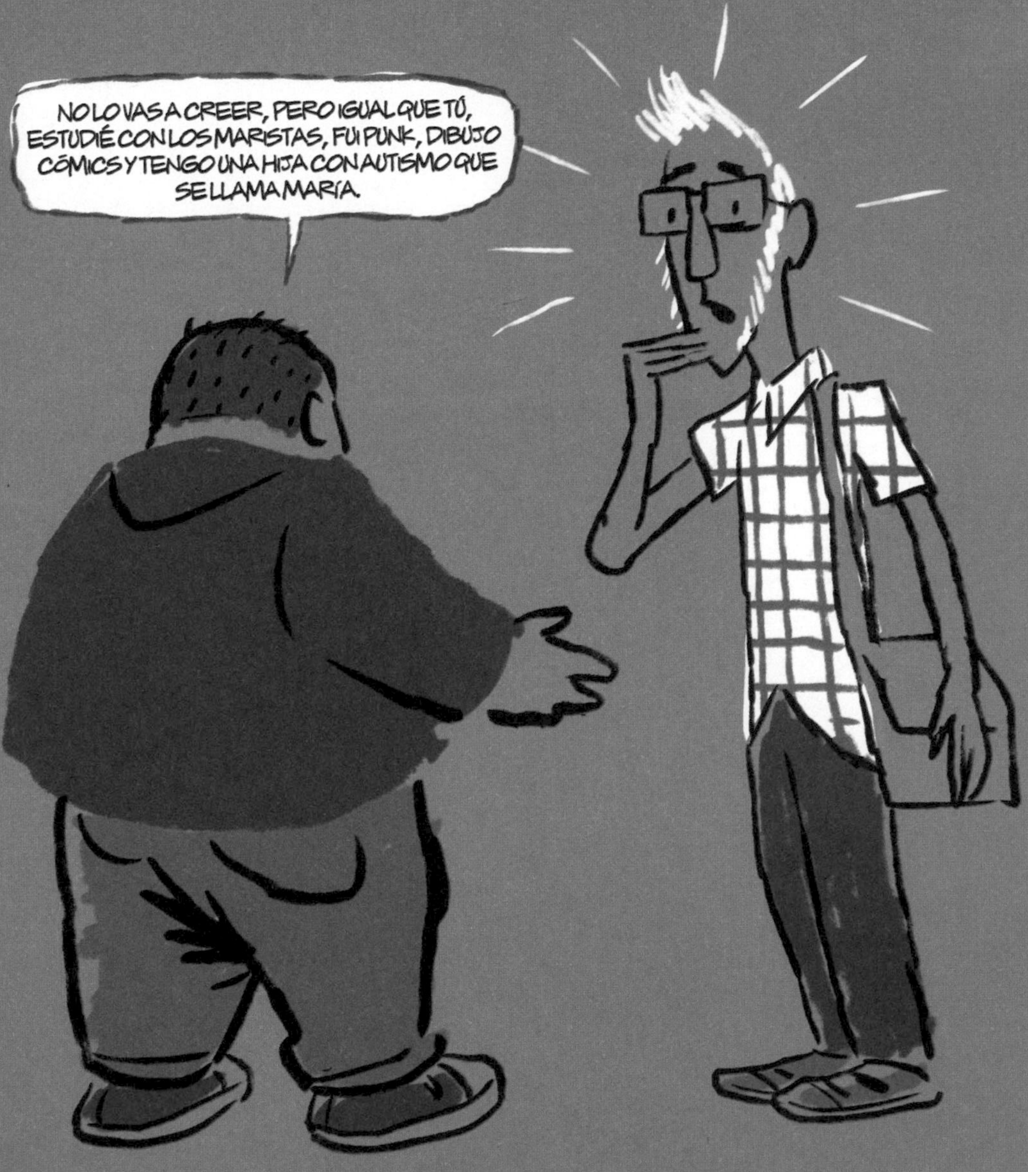
NO LO VAS A CREER, PERO IGUAL QUE TÚ, ESTUDIÉ CON LOS MARISTAS, FUI PUNK, DIBUJO CÓMICS Y TENGO UNA HIJA CON AUTISMO QUE SE LLAMA MARÍA.

GRACIAS A LOS DOS.

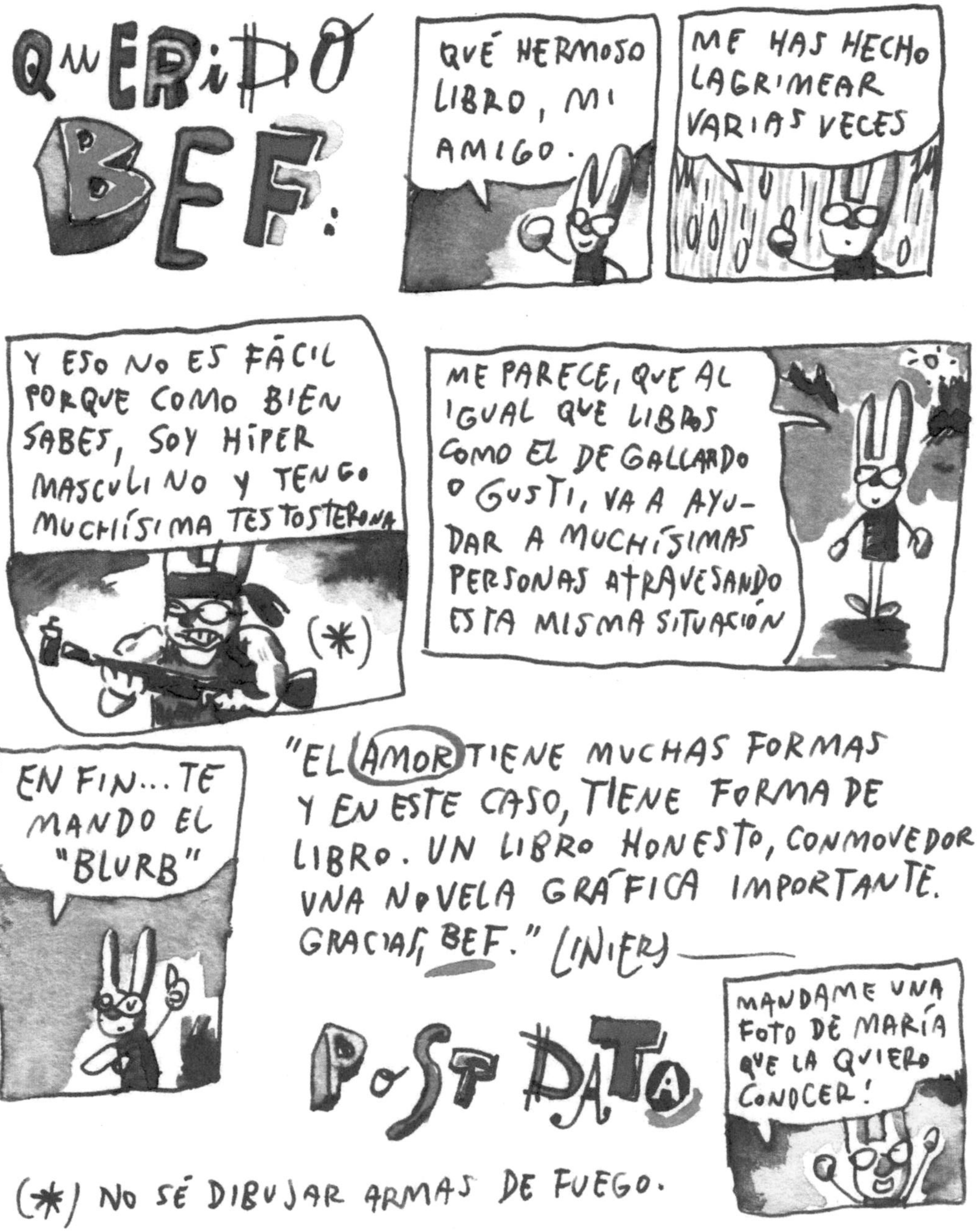
QUERIDO BEF:
QUÉ HERMOSO LIBRO, MI AMIGO.
ME HAS HECHO LAGRIMEAR VARIAS VECES
Y ESO NO ES FÁCIL PORQUE COMO BIEN SABES, SOY HIPER MASCULINO Y TENGO MUCHÍSIMA TESTOSTERONA
(*)
ME PARECE, QUE AL IGUAL QUE LIBROS COMO EL DE GALLARDO O GUSTI, VA A AYUDAR A MUCHÍSIMAS PERSONAS ATRAVESANDO ESTA MISMA SITUACIÓN
EN FIN... TE MANDO EL "BLURB"
"EL AMOR TIENE MUCHAS FORMAS Y EN ESTE CASO, TIENE FORMA DE LIBRO. UN LIBRO HONESTO, CONMOVEDOR. UNA NOVELA GRÁFICA IMPORTANTE. GRACIAS, BEF." (LINIERS)
POST DATA
MANDAME UNA FOTO DE MARÍA QUE LA QUIERO CONOCER!
(*) NO SÉ DIBUJAR ARMAS DE FUEGO.

UNO

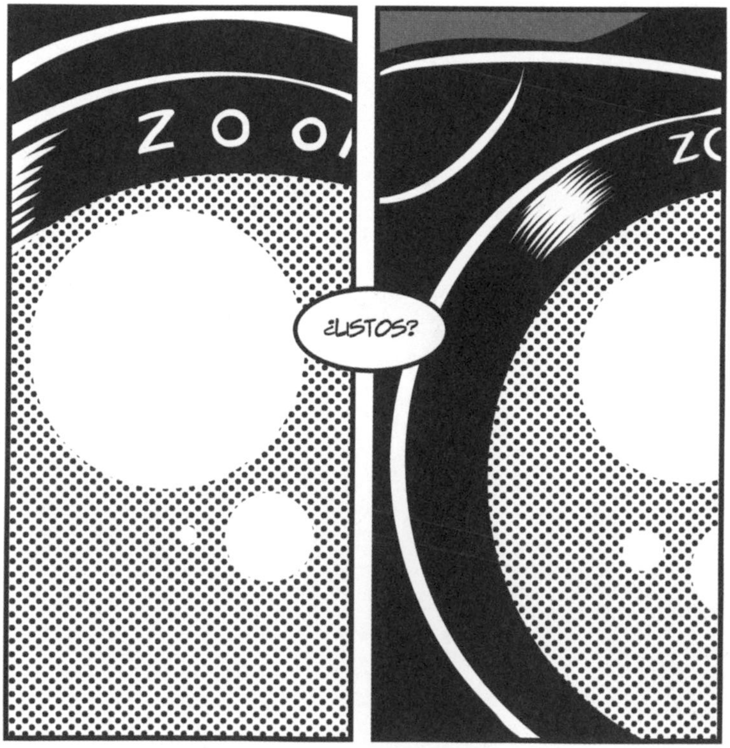
ZOO
ZO
¿LISTOS?

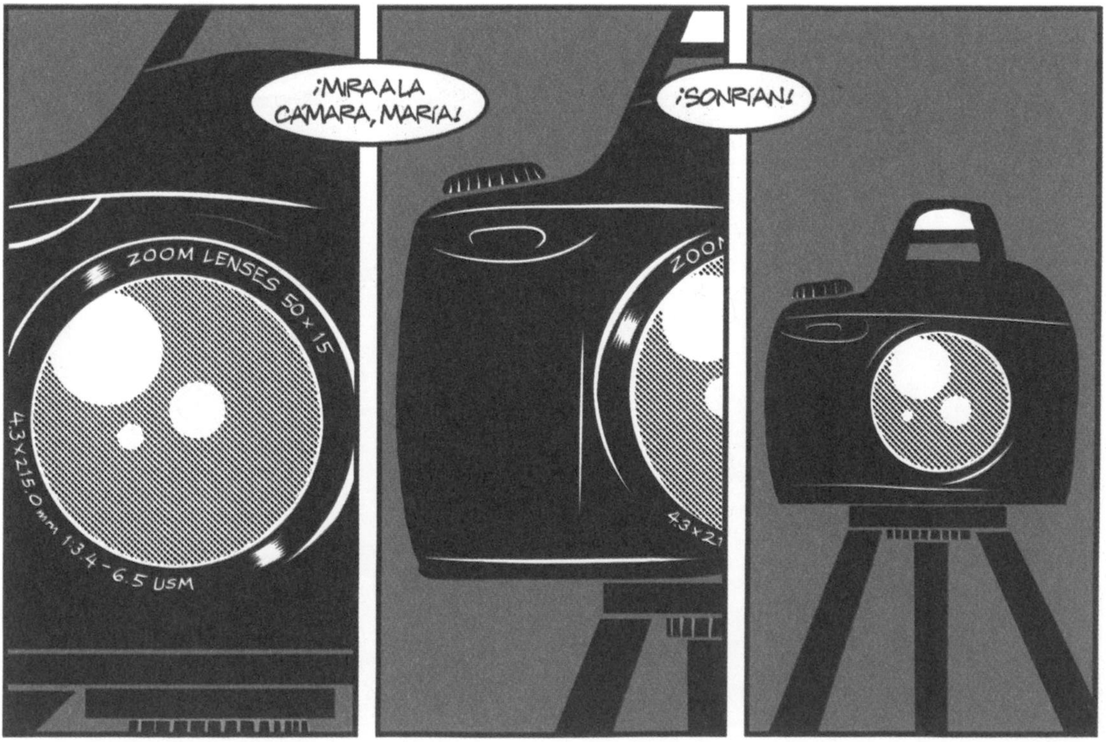

ZOOM LENSES 50 x 15
4.3x215.0mm 1:3.4-6.5 USM
¡MIRA A LA CÁMARA, MARÍA!
¡SONRÍAN!

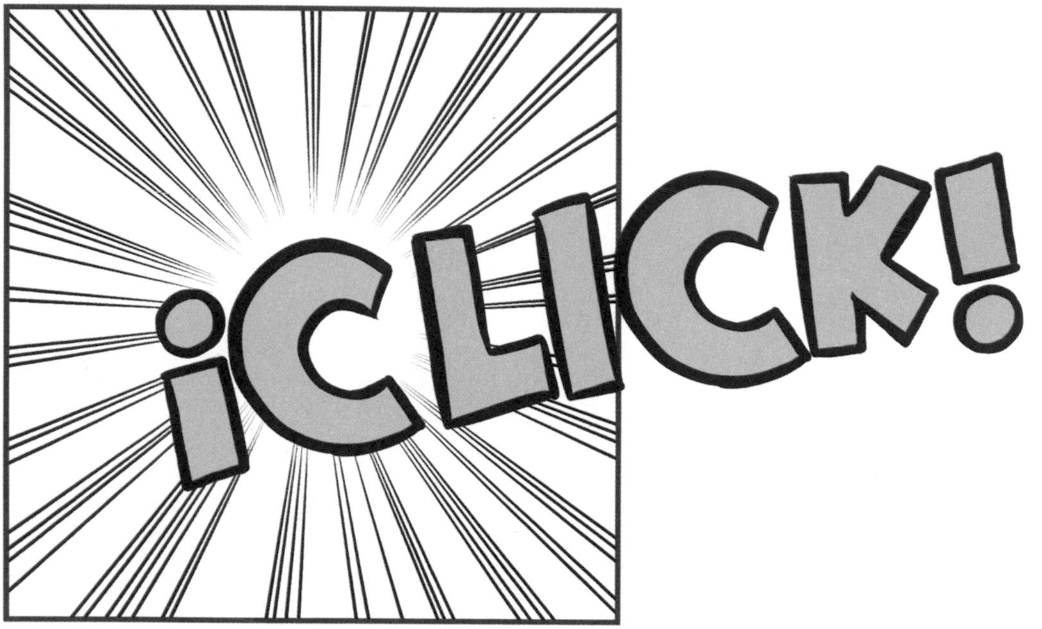
¡CLICK!

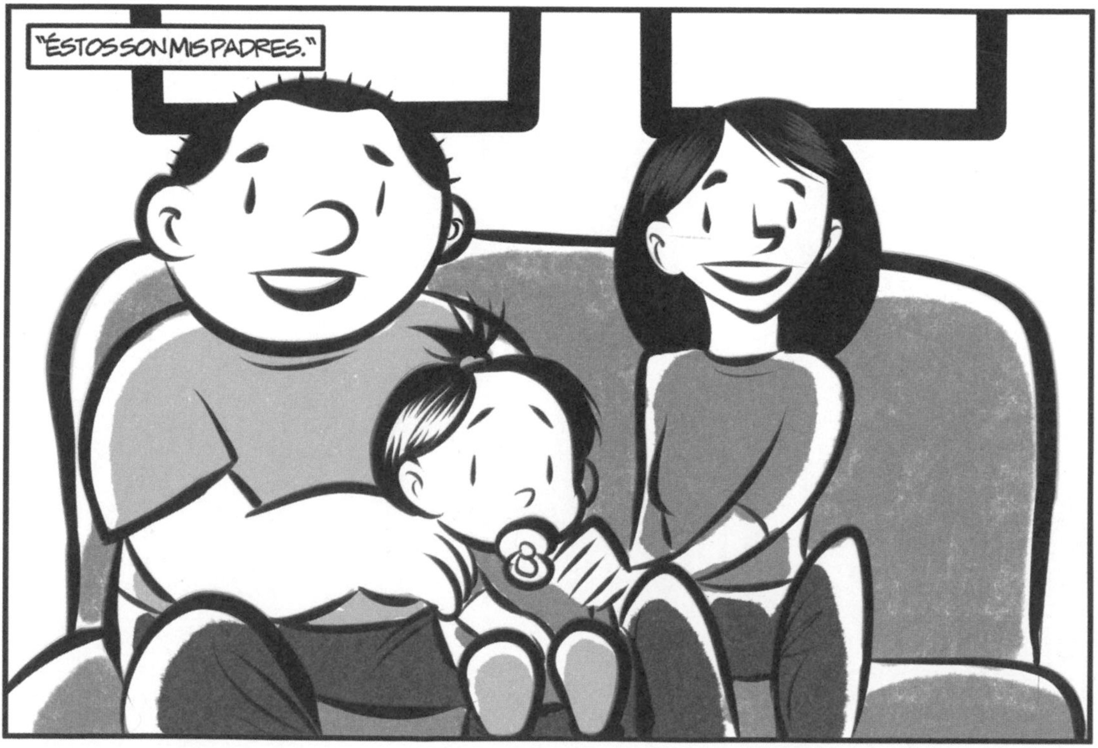
"ÉSTOS SON MIS PADRES."

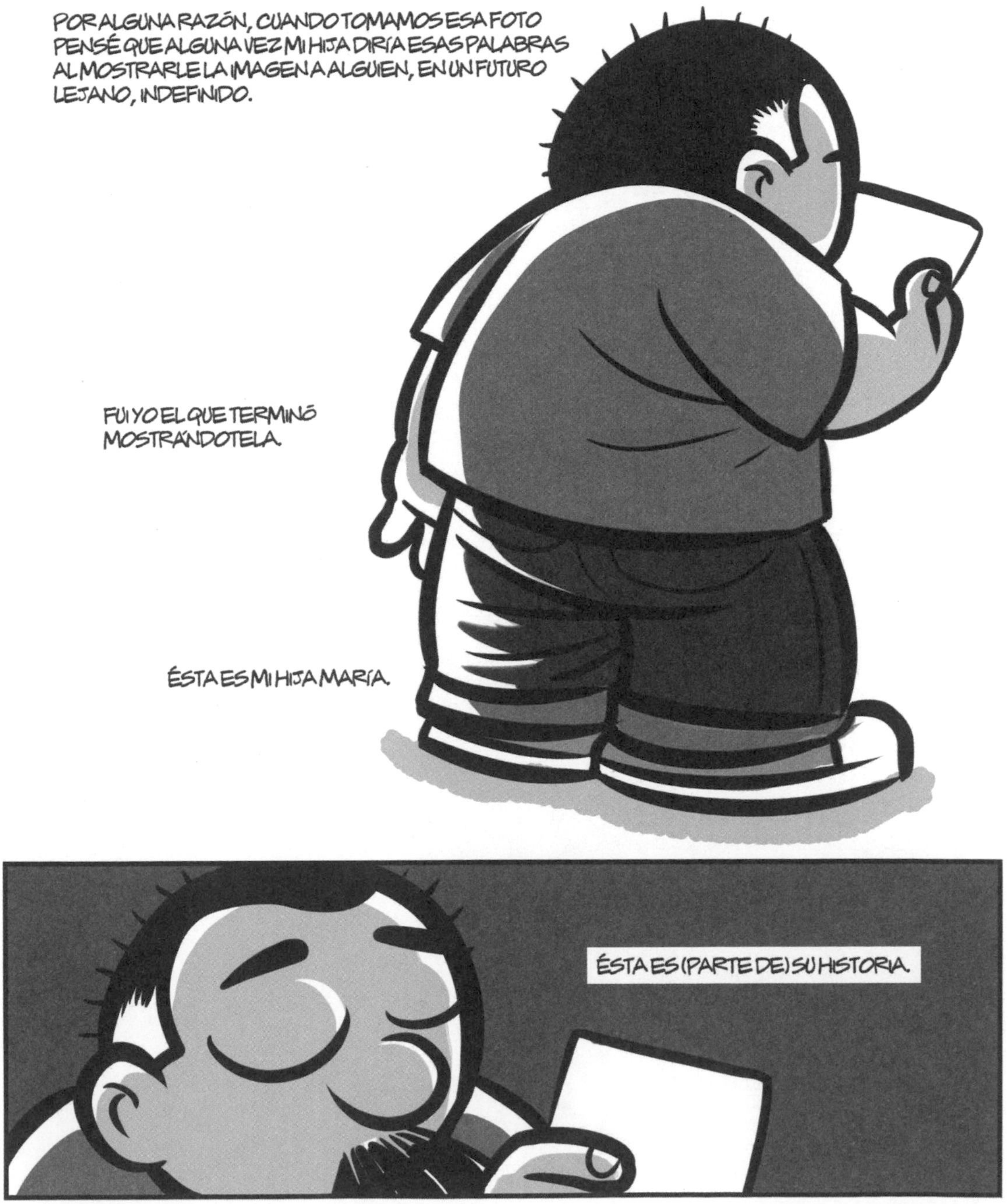
POR ALGUNA RAZÓN, CUANDO TOMAMOS ESA FOTO PENSÉ QUE ALGUNA VEZ MI HIJA DIRÍA ESAS PALABRAS AL MOSTRARLE LA IMAGEN A ALGUIEN, EN UN FUTURO LEJANO, INDEFINIDO.
FUI YO EL QUE TERMINÓ MOSTRÁNDOTELA.
ÉSTA ES MI HIJA MARÍA.
ÉSTA ES (PARTE DE) SU HISTORIA.

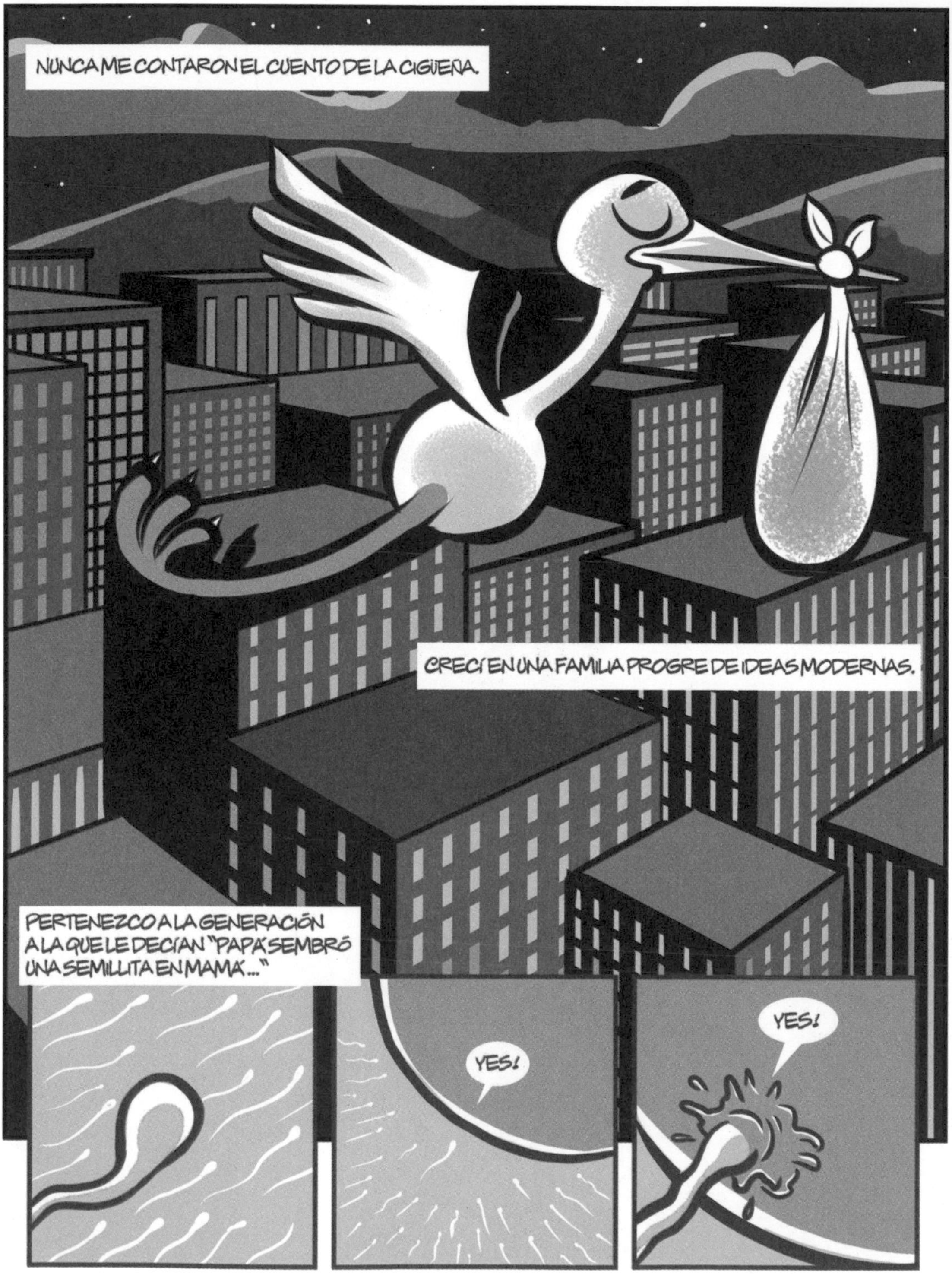
NUNCA ME CONTARON EL CUENTO DE LA CIGÜEÑA.
CRECÍ EN UNA FAMILIA PROGRE DE IDEAS MODERNAS.
PERTENEZCO A LA GENERACIÓN A LA QUE LE DECÍAN "PAPÁ SEMBRÓ UNA SEMILLITA EN MAMÁ..."
YES!
YES!

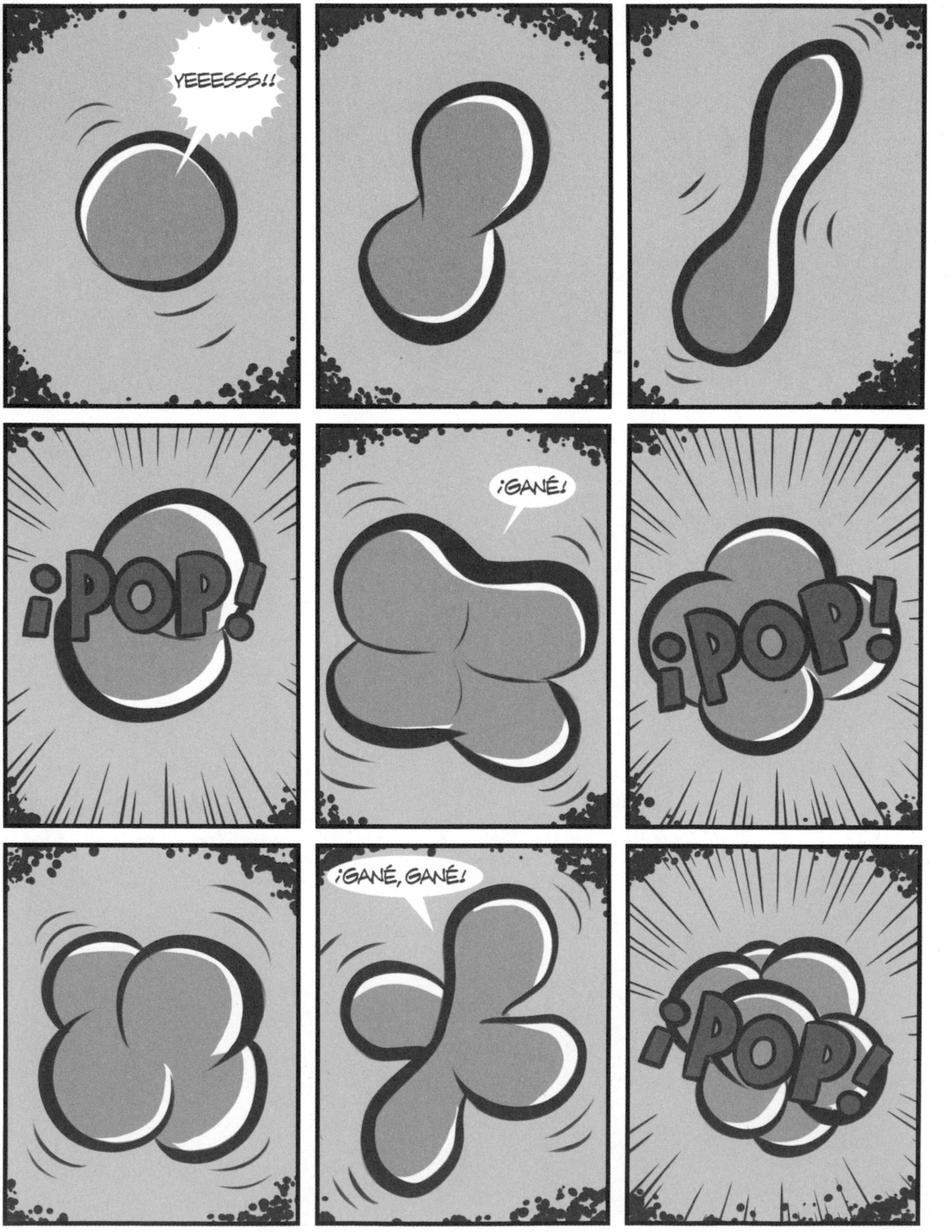

YEEEESSS!!
¡POP!
¡GANÉ!
¡POP!
¡GANÉ, GANÉ!
¡POP!

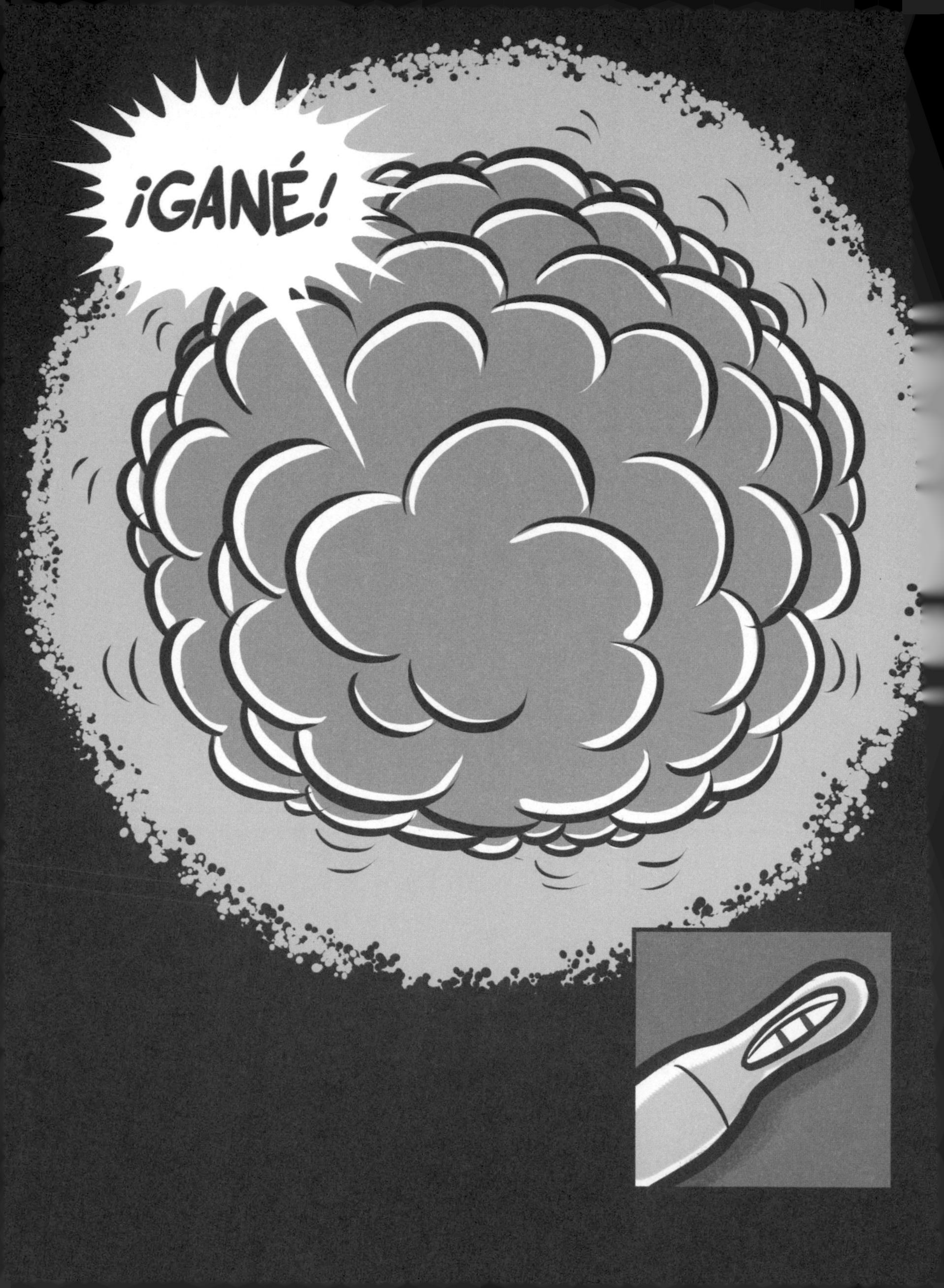
¡GANÉ!

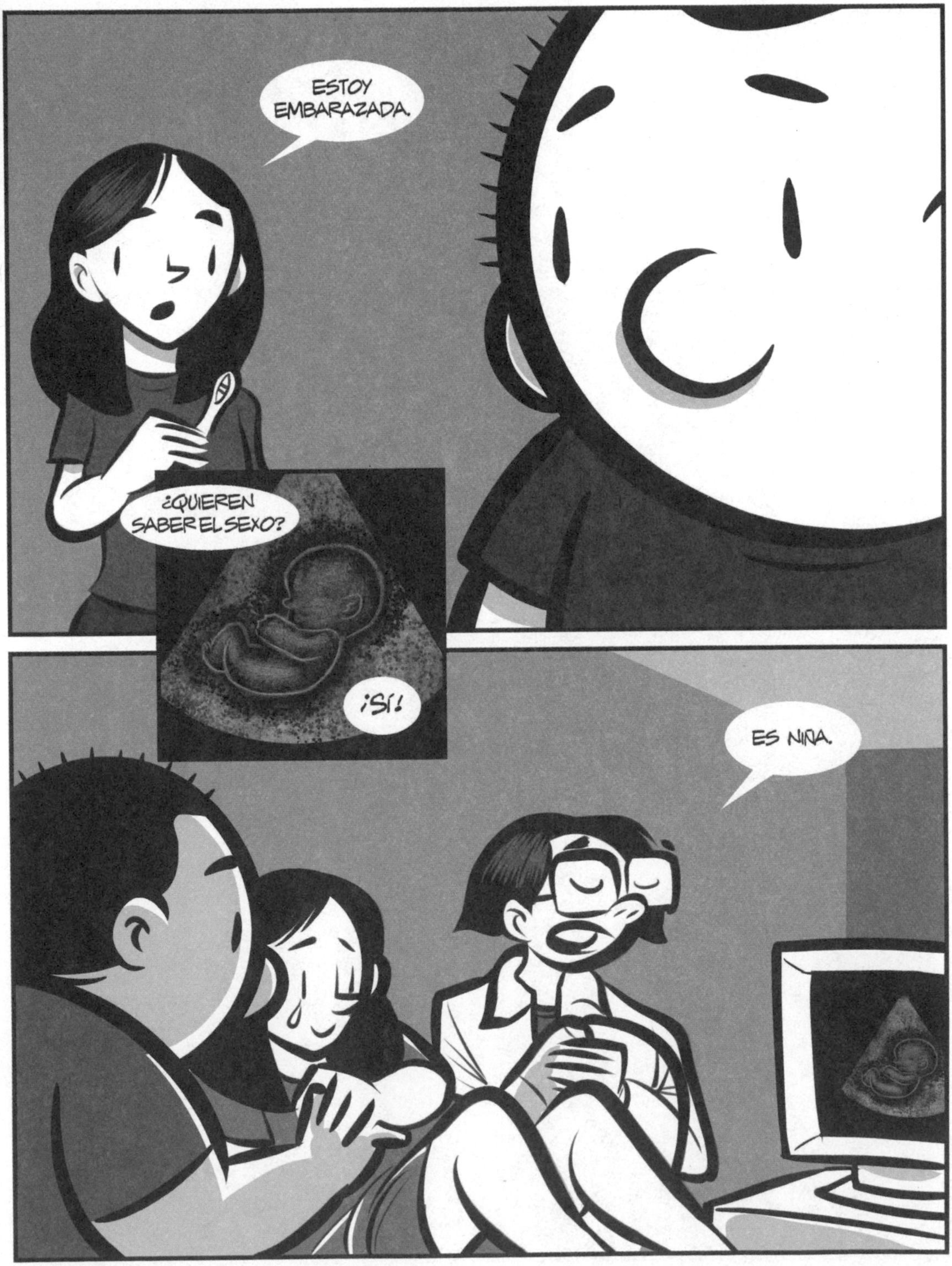
ESTOY EMBARAZADA.
¿QUIEREN SABER EL SEXO?
¡SÍ!
ES NIÑA.

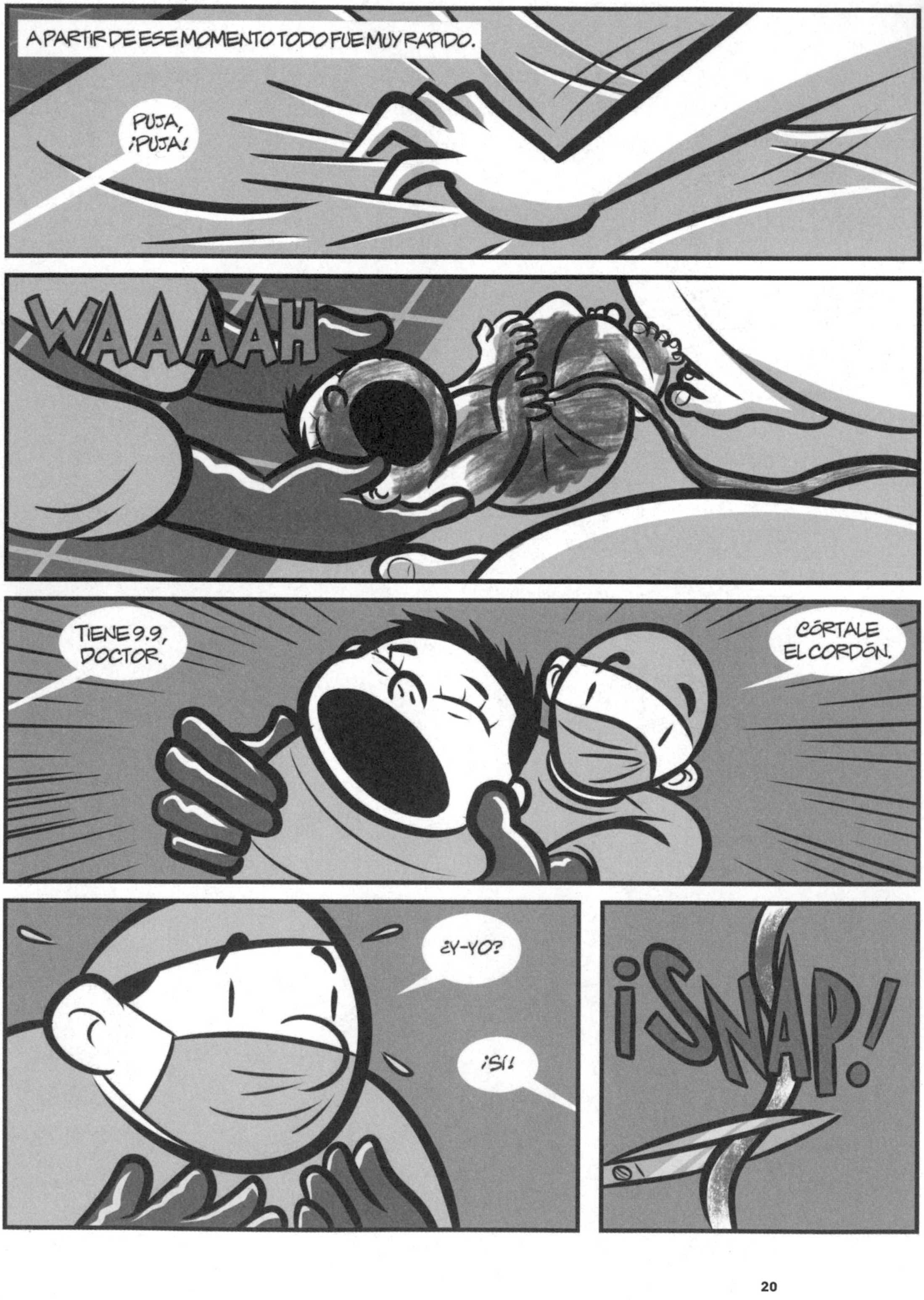
A PARTIR DE ESE MOMENTO TODO FUE MUY RÁPIDO.
PUJA, ¡PUJA!
WAAAAH
TIENE 9.9, DOCTOR.
CÓRTALE EL CORDÓN.
¿Y-YO?
¡SÍ!
¡SNAP!

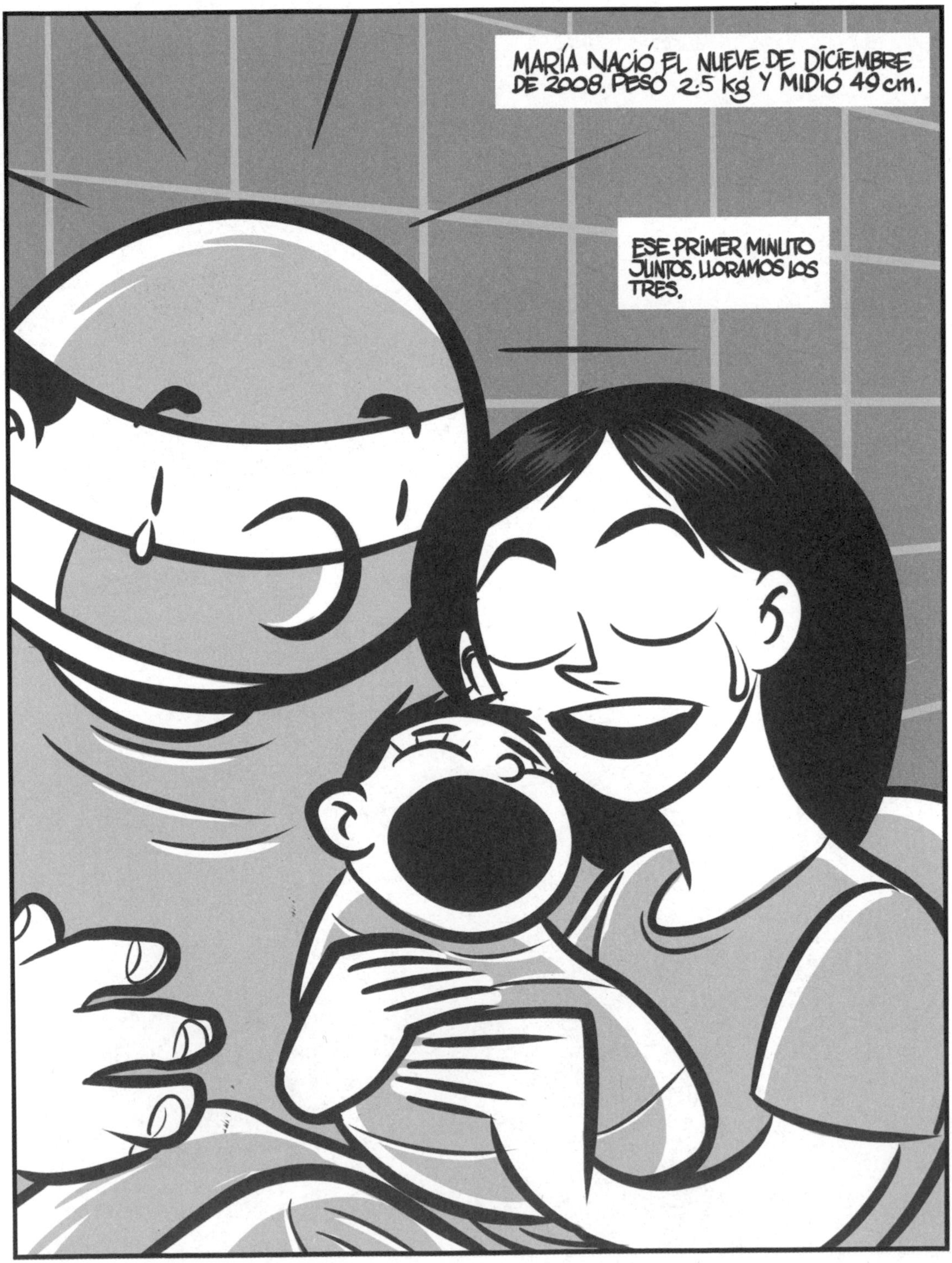
MARÍA NACIÓ EL NUEVE DE DICIEMBRE DE 2008. PESÓ 2.5 kg Y MIDIÓ 49 cm.
ESE PRIMER MINUTO JUNTOS, LLORAMOS LOS TRES.

AQUEL DÍA CONOCÍ LA FELICIDAD PLENA.

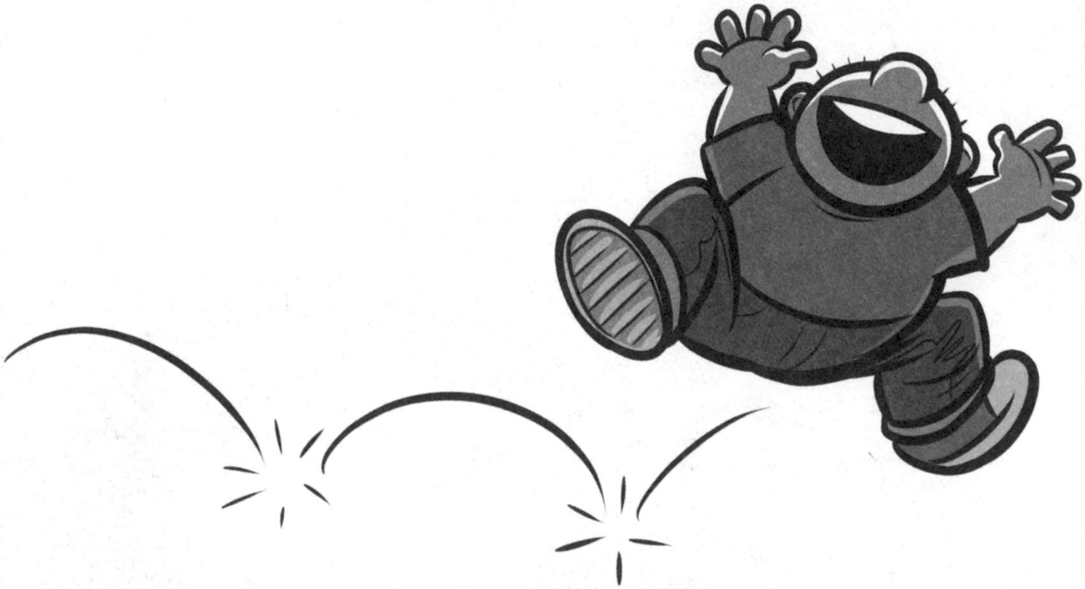

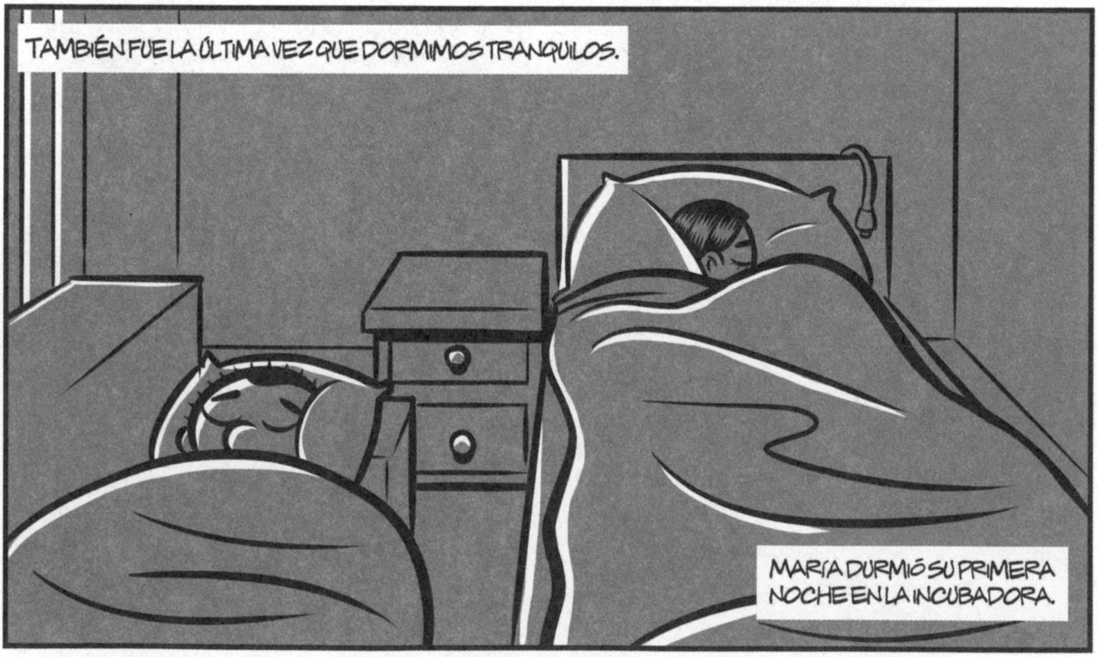
TAMBIÉN FUE LA ÚLTIMA VEZ QUE DORMIMOS TRANQUILOS.
MARÍA DURMIÓ SU PRIMERA NOCHE EN LA INCUBADORA.

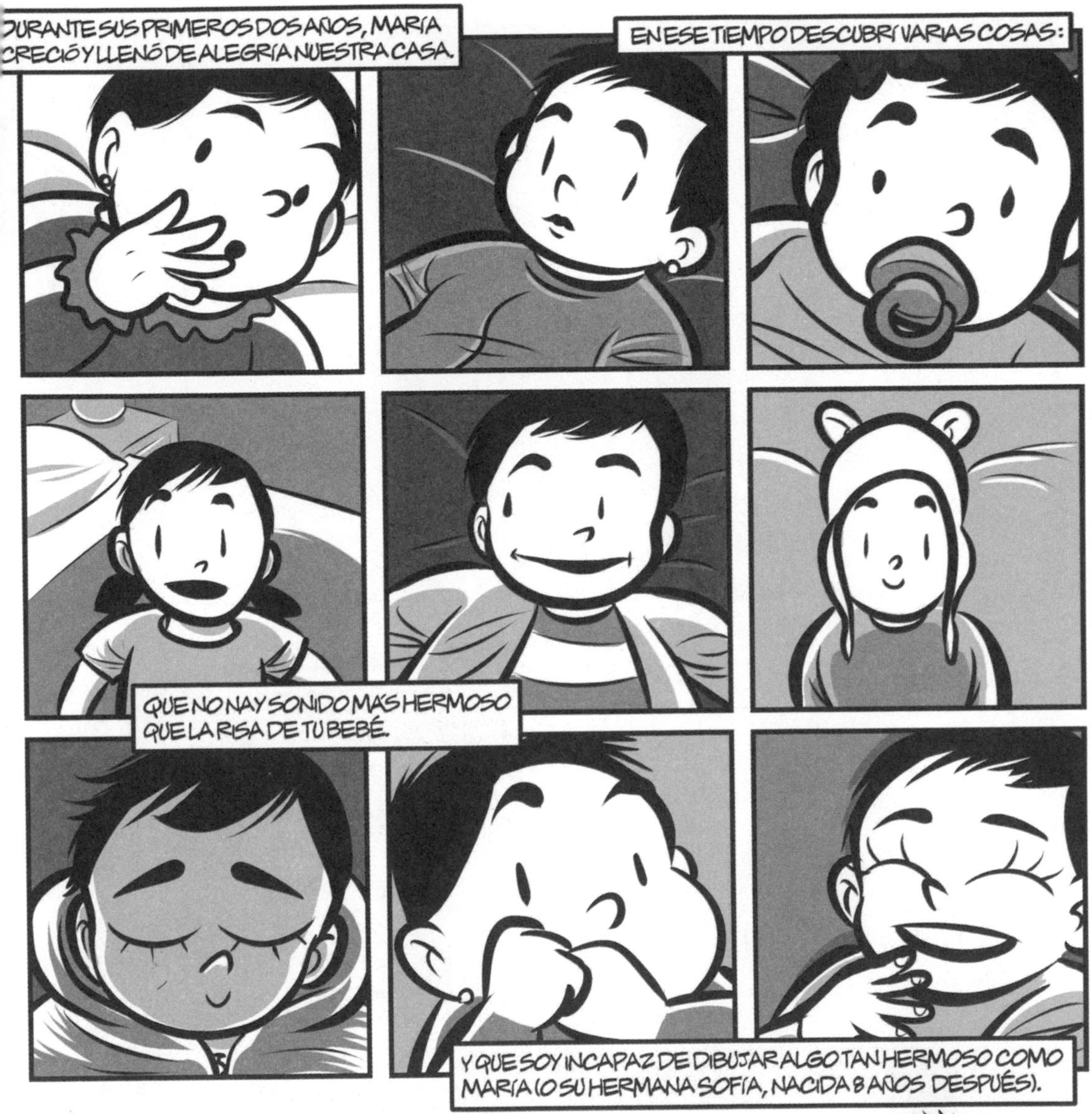
DURANTE SUS PRIMEROS DOS AÑOS, MARÍA
CRECIÓ Y LLENÓ DE ALEGRÍA NUESTRA CASA.
EN ESE TIEMPO DESCUBRÍ VARIAS COSAS:
QUE NO HAY SONIDO MÁS HERMOSO
QUE LA RISA DE TU BEBÉ.
Y QUE SOY INCAPAZ DE DIBUJAR ALGO TAN HERMOSO COMO
MARÍA (O SU HERMANA SOFÍA, NACIDA 8 AÑOS DESPUÉS).

EXCEPTUANDO QUE TARDÓ UN POCO EN GATEAR Y CAMINAR, SU DESARROLLO FUE TOTALMENTE NORMAL.

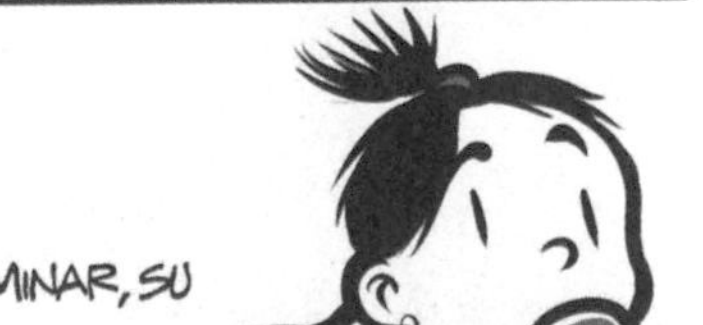

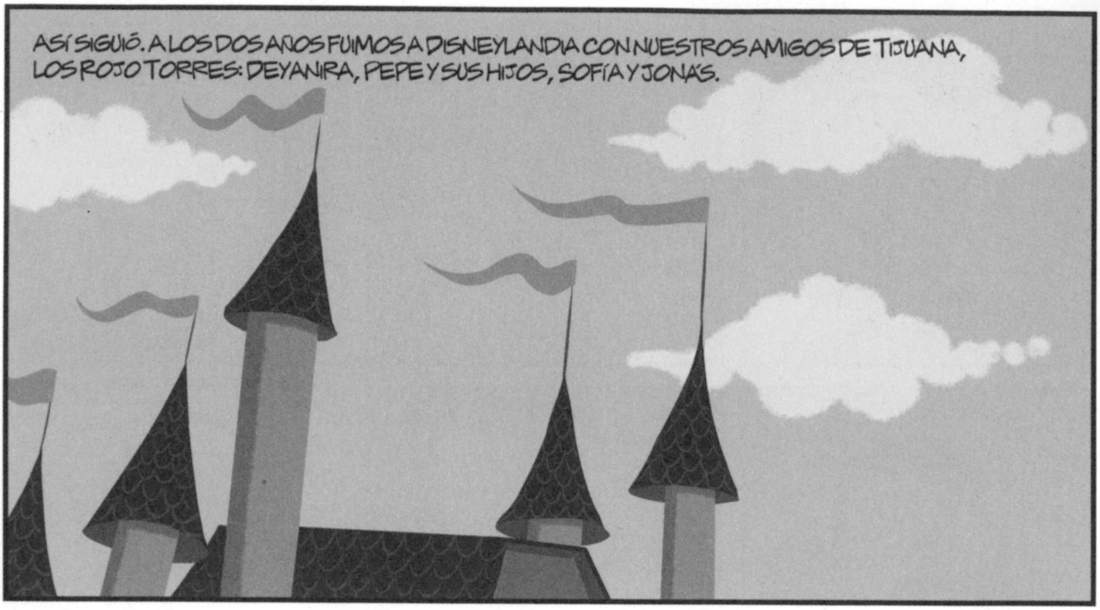
ASÍ SIGUIÓ. A LOS DOS AÑOS FUIMOS A DISNEYLANDIA CON NUESTROS AMIGOS DE TIJUANA, LOS ROJO TORRES: DEYANIRA, PEPE Y SUS HIJOS, SOFÍA Y JONÁS.

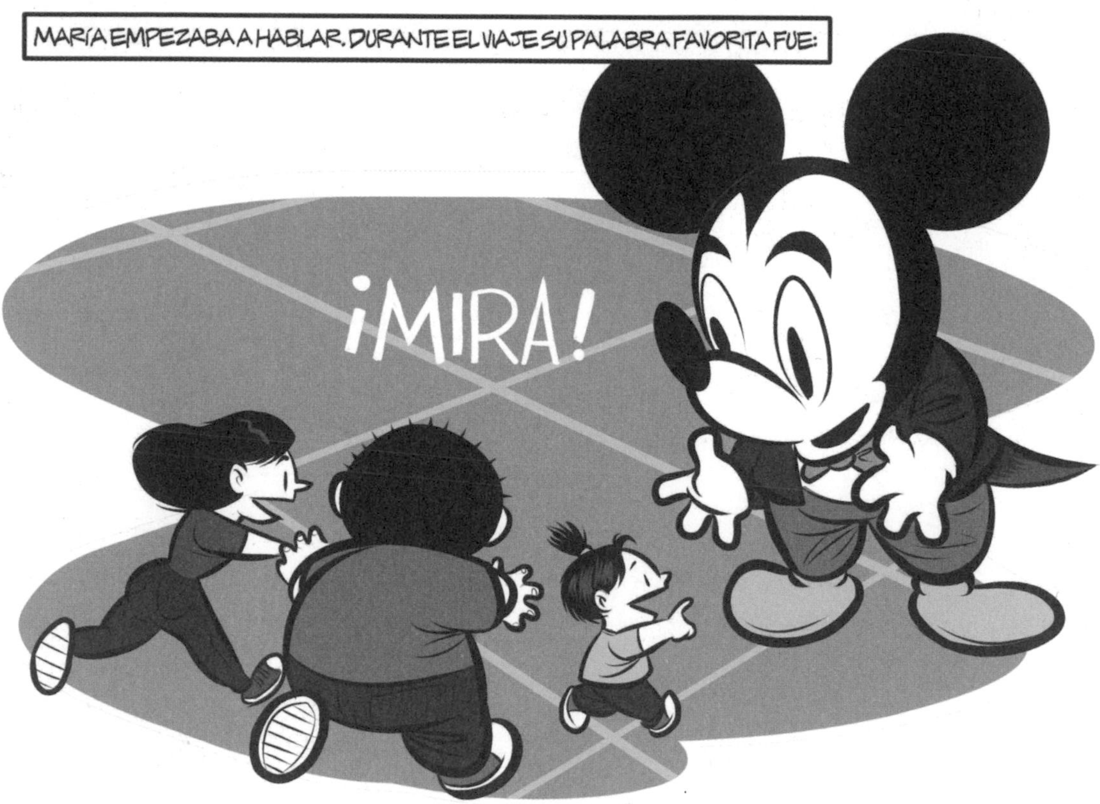
MARÍA EMPEZABA A HABLAR. DURANTE EL VIAJE SU PALABRA FAVORITA FUE:
¡MIRA!

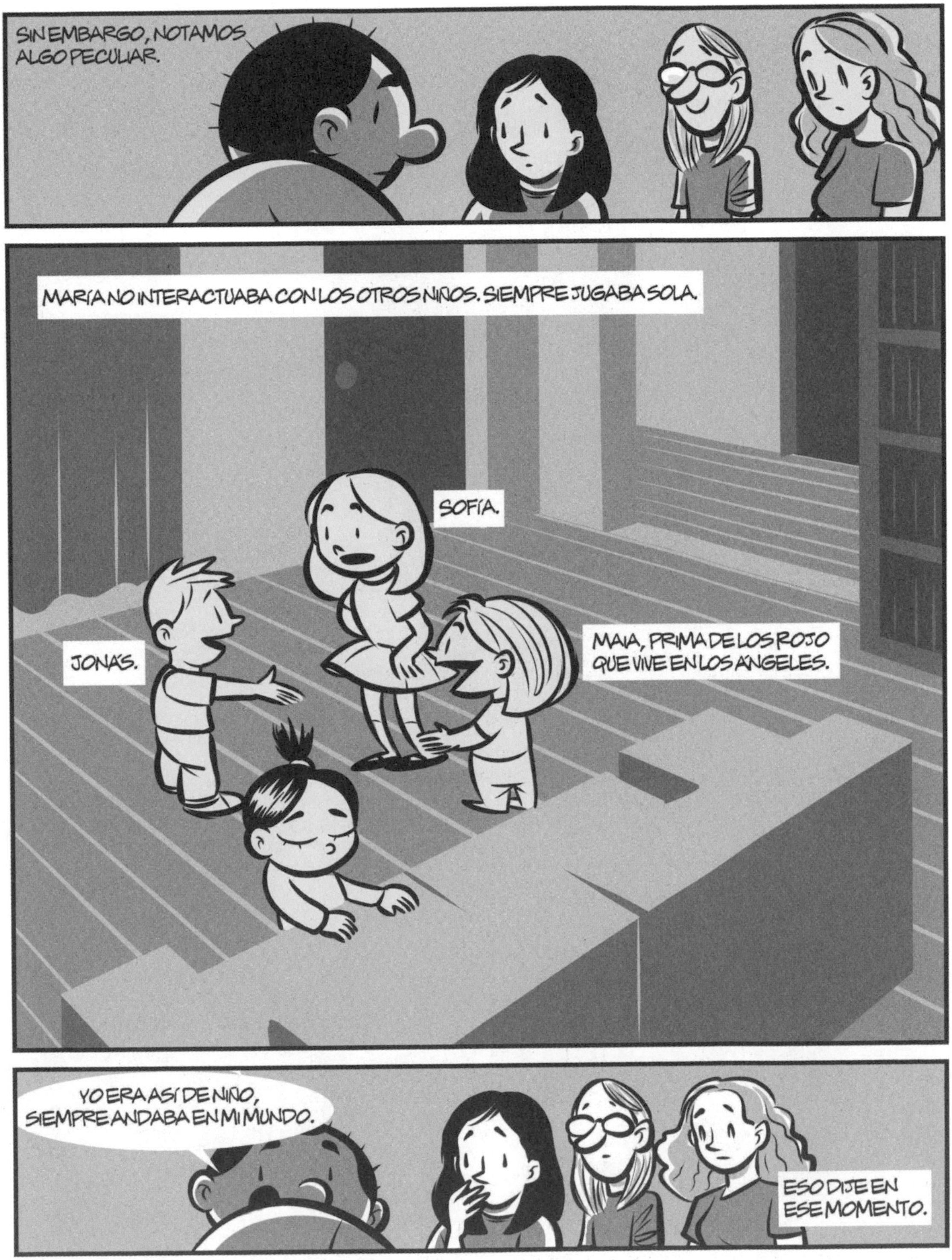
SIN EMBARGO, NOTAMOS ALGO PECULIAR.
MARÍA NO INTERACTUABA CON LOS OTROS NIÑOS. SIEMPRE JUGABA SOLA.
SOFÍA.
JONÁS.
MAIA, PRIMA DE LOS ROJO QUE VIVE EN LOS ÁNGELES.
YO ERA ASÍ DE NIÑO, SIEMPRE ANDABA EN MI MUNDO.
ESO DIJE EN ESE MOMENTO.

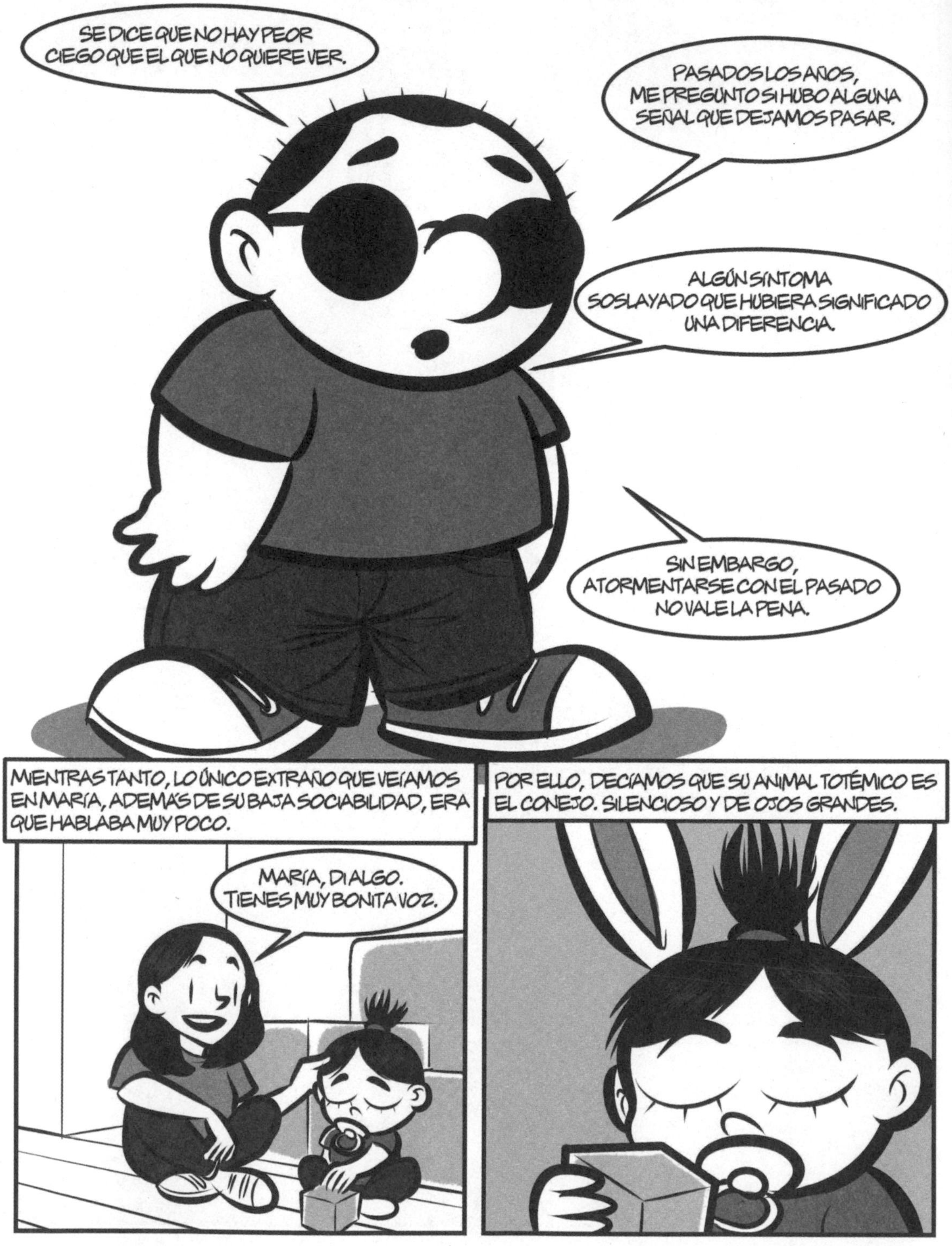
SE DICE QUE NO HAY PEOR CIEGO QUE EL QUE NO QUIERE VER.
PASADOS LOS AÑOS, ME PREGUNTO SI HUBO ALGUNA SEÑAL QUE DEJAMOS PASAR.
ALGÚN SÍNTOMA SOSLAYADO QUE HUBIERA SIGNIFICADO UNA DIFERENCIA.
SIN EMBARGO, ATORMENTARSE CON EL PASADO NO VALE LA PENA.
MIENTRAS TANTO, LO ÚNICO EXTRAÑO QUE VEÍAMOS EN MARÍA, ADEMÁS DE SU BAJA SOCIABILIDAD, ERA QUE HABLABA MUY POCO.
MARÍA, DI ALGO. TIENES MUY BONITA VOZ.
POR ELLO, DECÍAMOS QUE SU ANIMAL TOTÉMICO ES EL CONEJO. SILENCIOSO Y DE OJOS GRANDES.

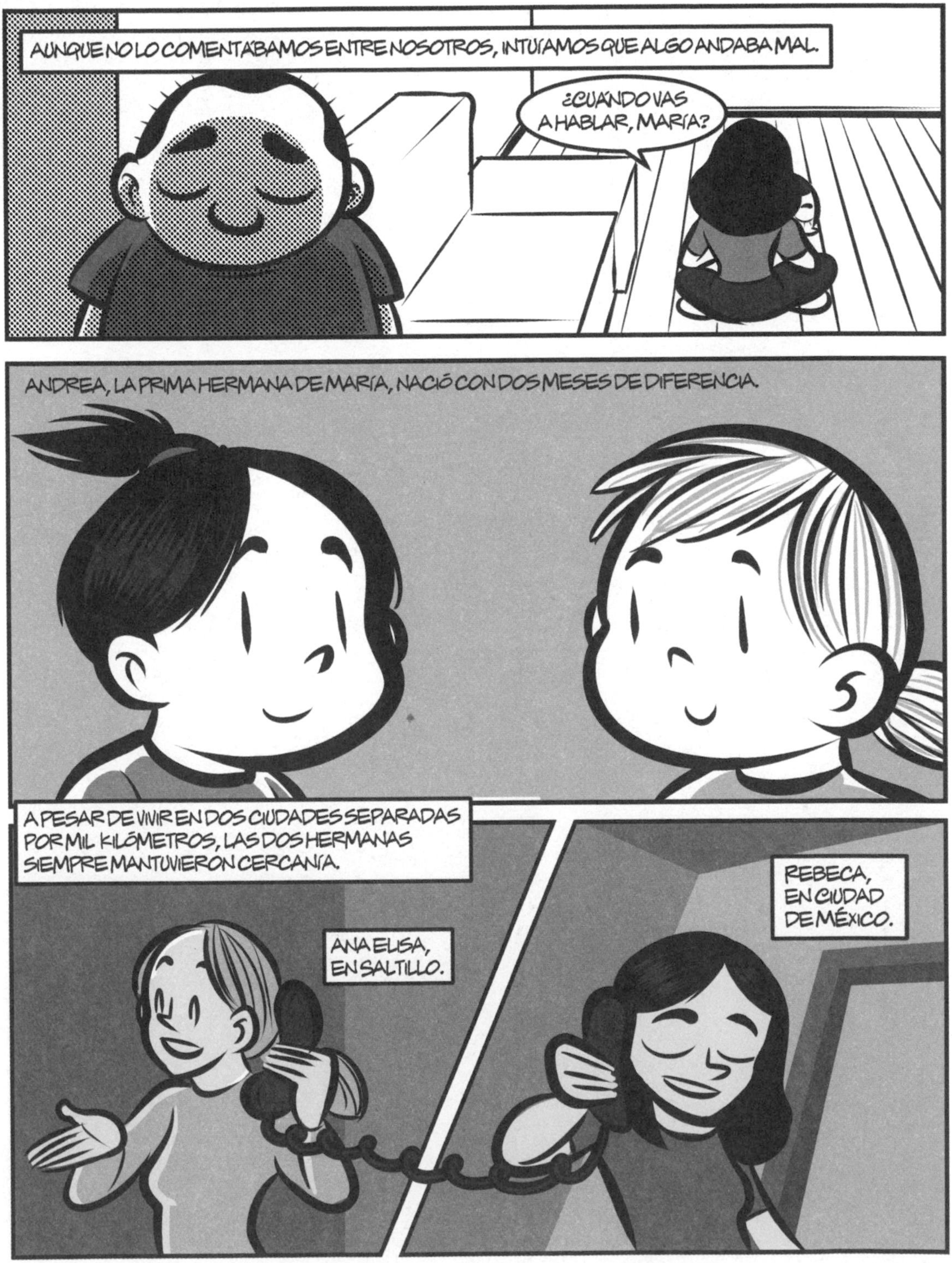
AUNQUE NO LO COMENTÁBAMOS ENTRE NOSOTROS, INTUÍAMOS QUE ALGO ANDABA MAL.
¿CUÁNDO VAS A HABLAR, MARÍA?
ANDREA, LA PRIMA HERMANA DE MARÍA, NACIÓ CON DOS MESES DE DIFERENCIA.
A PESAR DE VIVIR EN DOS CIUDADES SEPARADAS POR MIL KILÓMETROS, LAS DOS HERMANAS SIEMPRE MANTUVIERON CERCANÍA.
ANA ELISA, EN SALTILLO.
REBECA, EN CIUDAD DE MÉXICO.

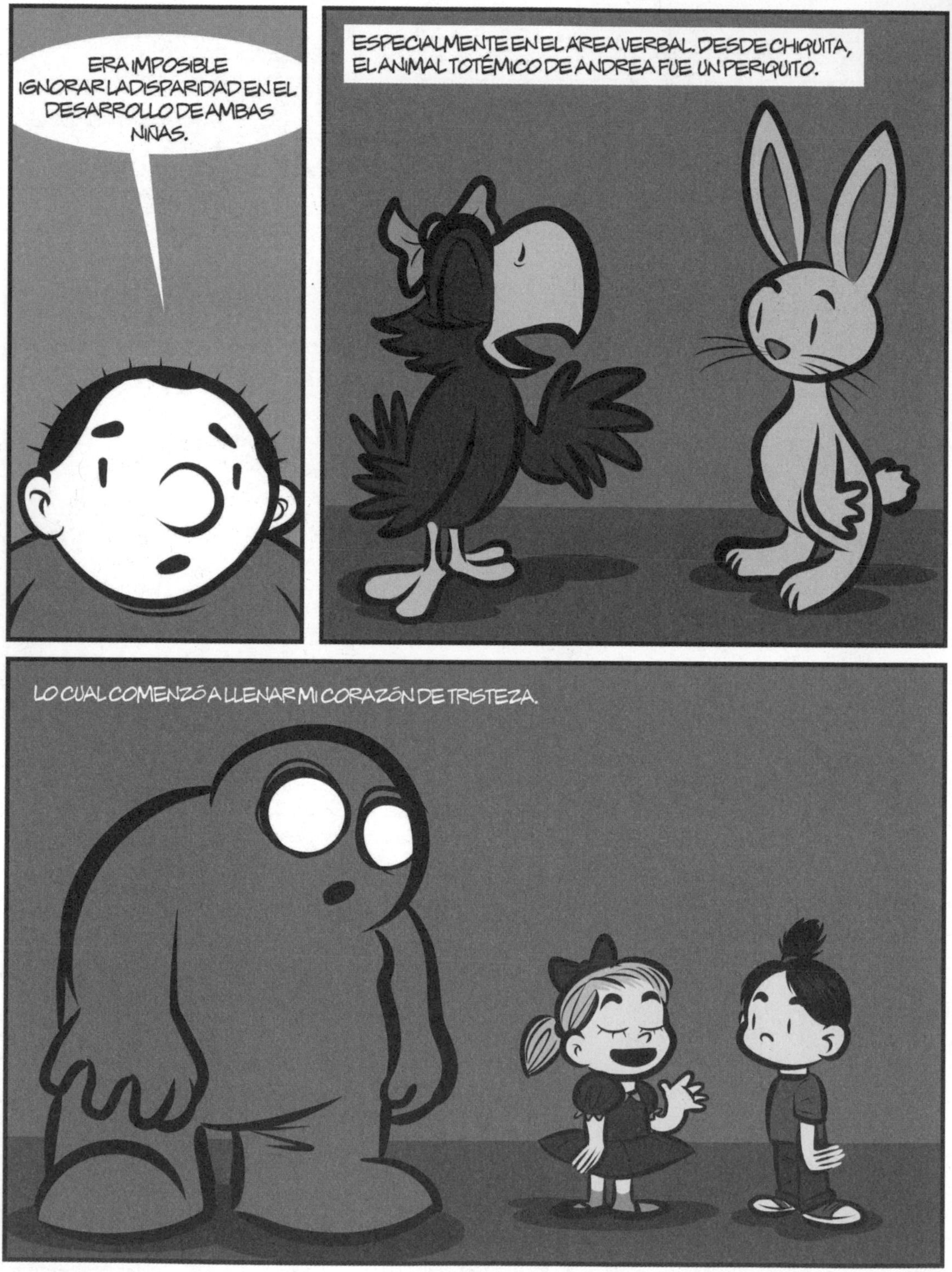
ERA IMPOSIBLE IGNORAR LA DISPARIDAD EN EL DESARROLLO DE AMBAS NIÑAS.
ESPECIALMENTE EN EL ÁREA VERBAL. DESDE CHIQUITA, EL ANIMAL TOTÉMICO DE ANDREA FUE UN PERIQUITO.
LO CUAL COMENZÓ A LLENAR MI CORAZÓN DE TRISTEZA.

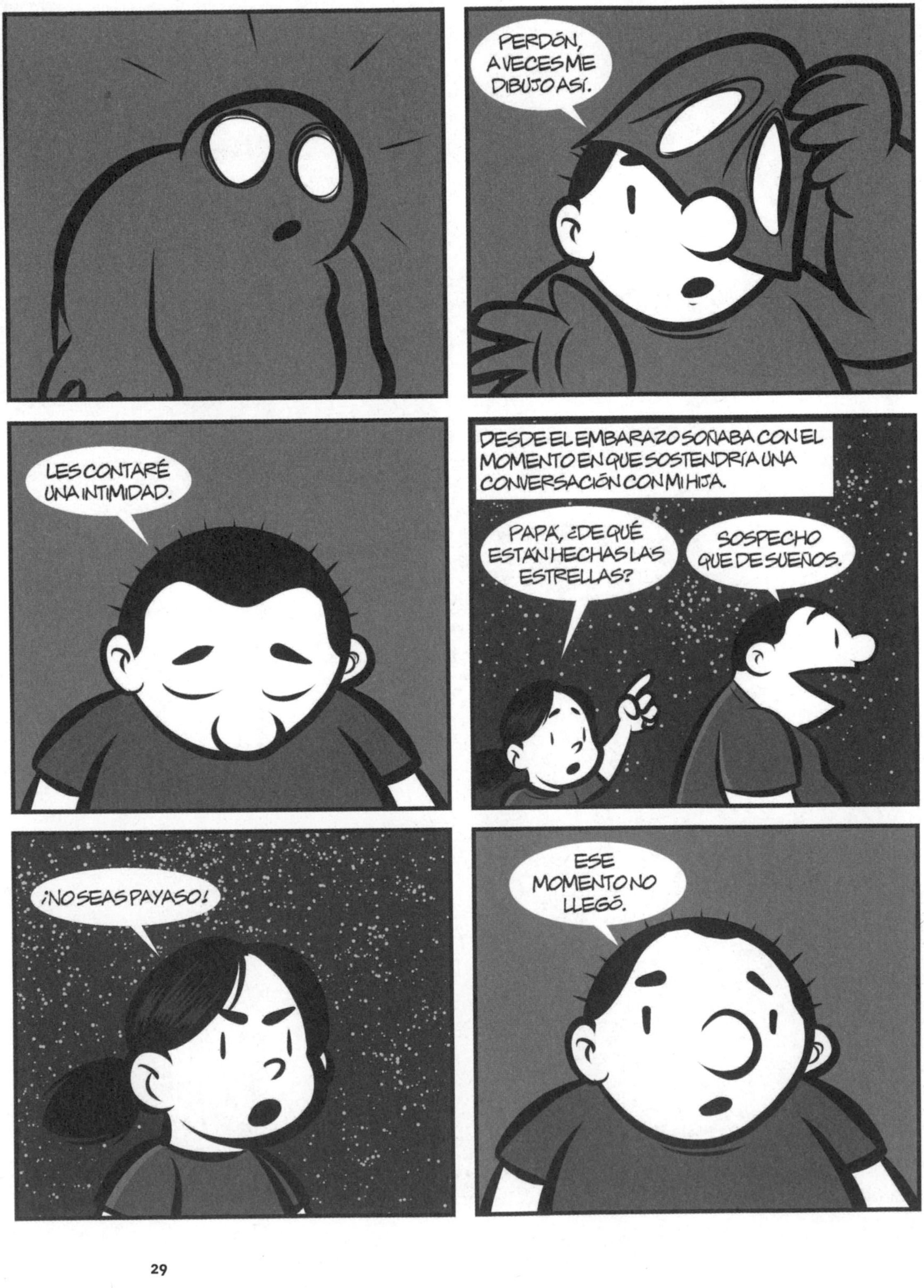
PERDÓN, A VECES ME DIBUJO ASÍ.
LES CONTARÉ UNA INTIMIDAD.
DESDE EL EMBARAZO SOÑABA CON EL MOMENTO EN QUE SOSTENDRÍA UNA CONVERSACIÓN CON MI HIJA.
PAPÁ, ¿DE QUÉ ESTÁN HECHAS LAS ESTRELLAS?
SOSPECHO QUE DE SUEÑOS.
¡NO SEAS PAYASO!
ESE MOMENTO NO LLEGÓ.

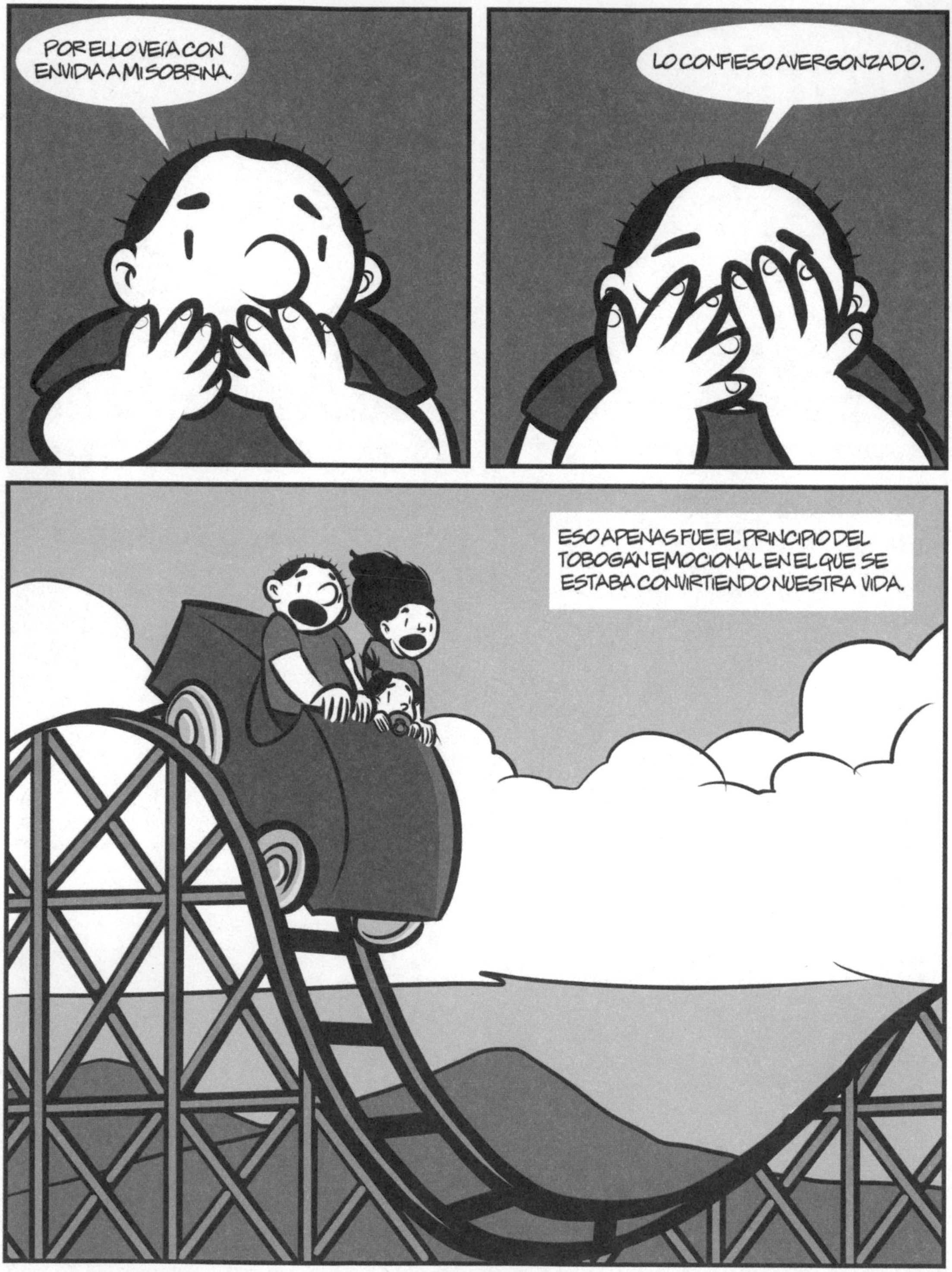
POR ELLO VEÍA CON ENVIDIA A MI SOBRINA.
LO CONFIESO AVERGONZADO.
ESO APENAS FUE EL PRINCIPIO DEL TOBOGÁN EMOCIONAL EN EL QUE SE ESTABA CONVIRTIENDO NUESTRA VIDA.

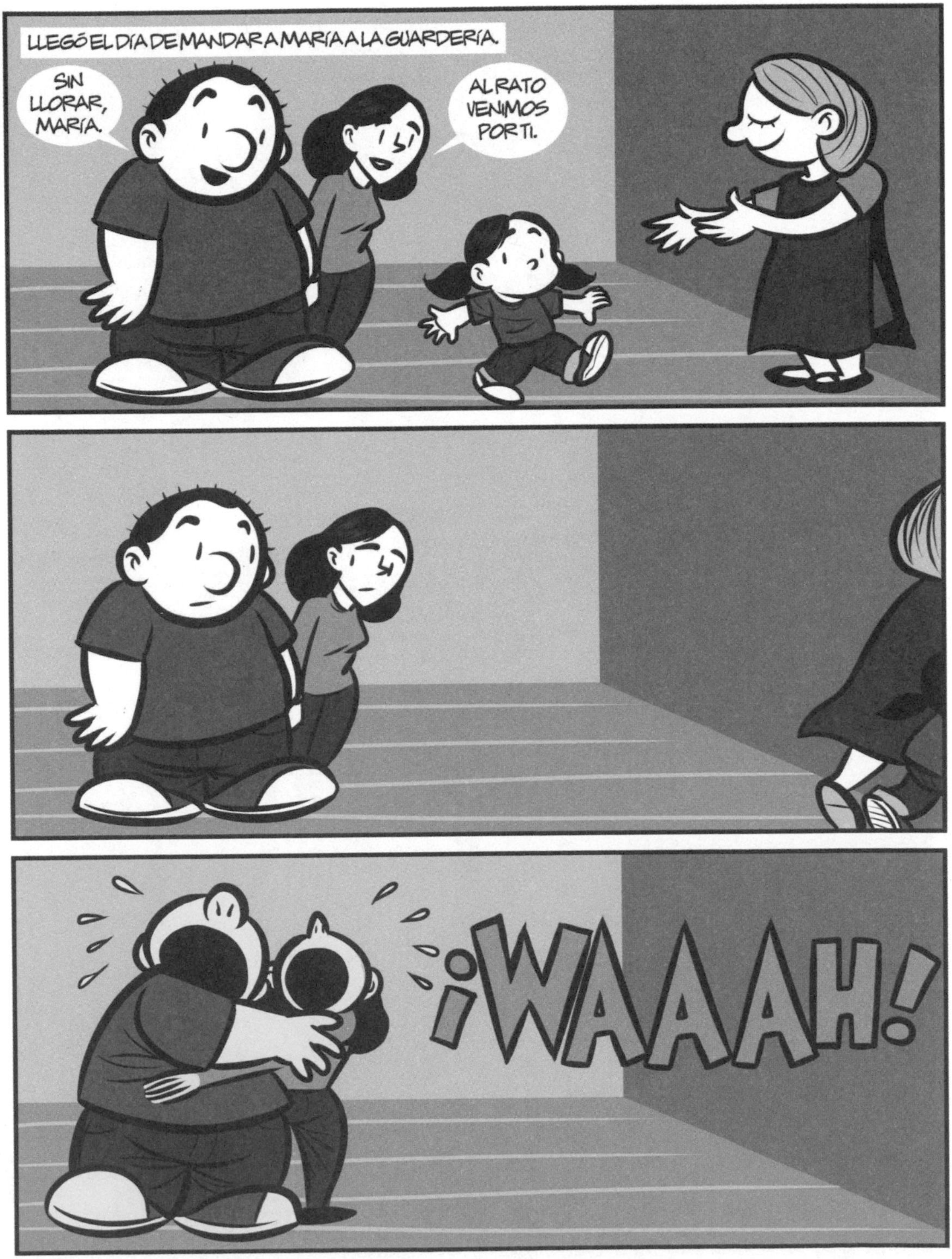
LLEGÓ EL DÍA DE MANDAR A MARÍA A LA GUARDERÍA.
SIN LLORAR, MARÍA.
AL RATO VENIMOS POR TI.
¡WAAAH!

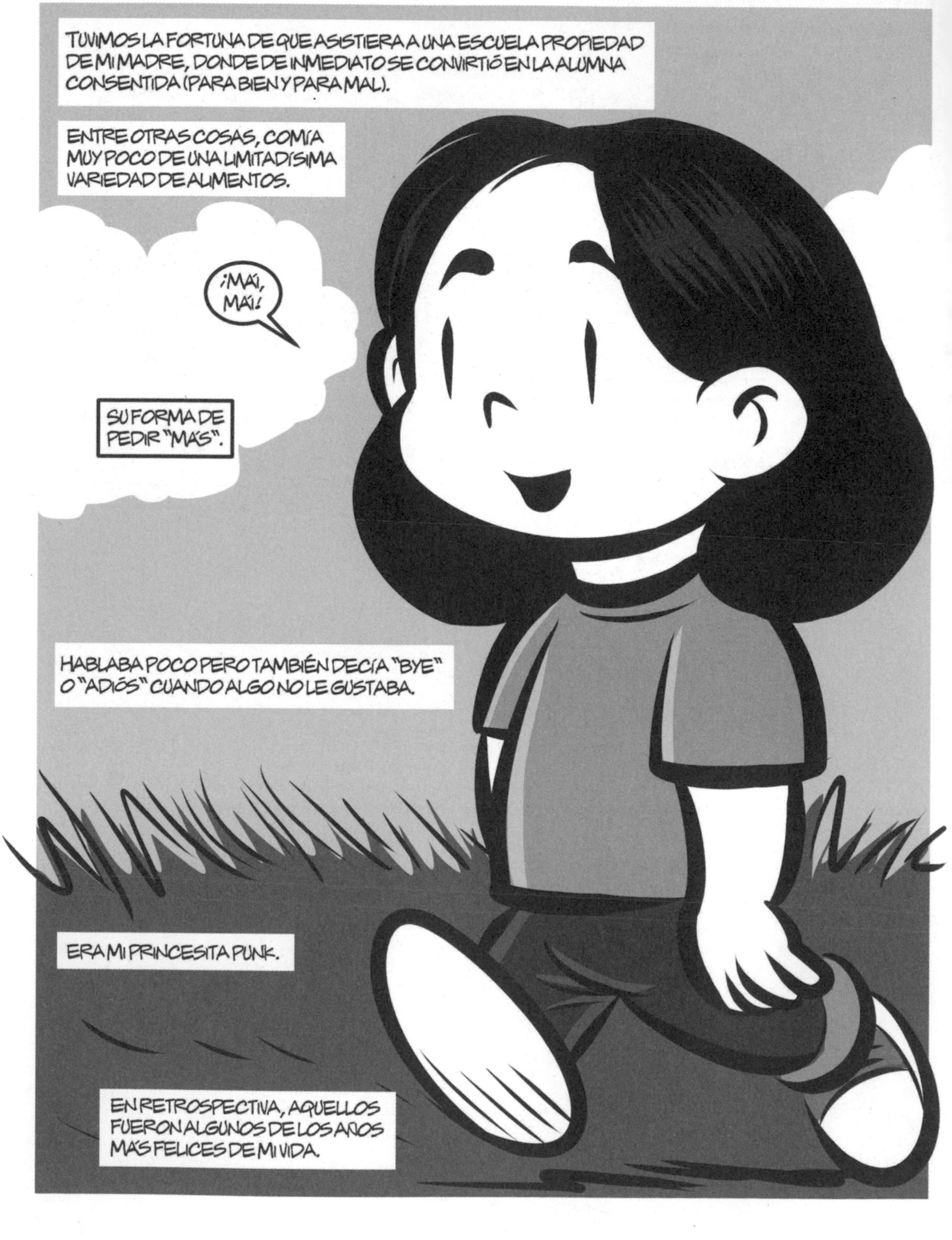
TUVIMOS LA FORTUNA DE QUE ASISTIERA A UNA ESCUELA PROPIEDAD DE MI MADRE, DONDE DE INMEDIATO SE CONVIRTIÓ EN LA ALUMNA CONSENTIDA (PARA BIEN Y PARA MAL).
ENTRE OTRAS COSAS, COMÍA MUY POCO DE UNA LIMITADÍSIMA VARIEDAD DE ALIMENTOS.
¡MÁI, MÁI!
SU FORMA DE PEDIR "MÁS".
HABLABA POCO PERO TAMBIÉN DECÍA "BYE" O "ADIÓS" CUANDO ALGO NO LE GUSTABA.
ERA MI PRINCESITA PUNK.
EN RETROSPECTIVA, AQUELLOS FUERON ALGUNOS DE LOS AÑOS MÁS FELICES DE MI VIDA.

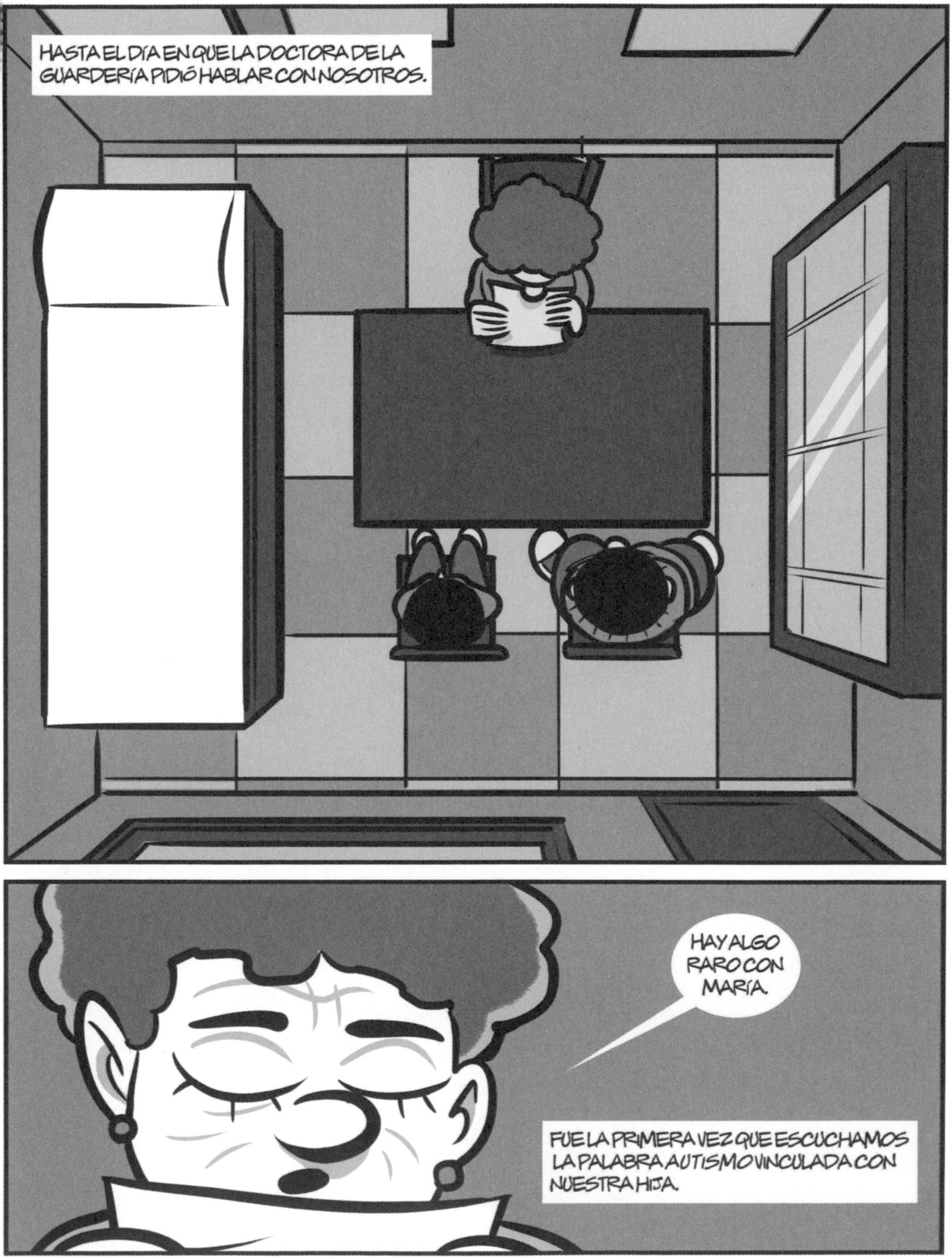
HASTA EL DÍA EN QUE LA DOCTORA DE LA GUARDERÍA PIDIÓ HABLAR CON NOSOTROS.
HAY ALGO RARO CON MARÍA.
FUE LA PRIMERA VEZ QUE ESCUCHAMOS LA PALABRA AUTISMO VINCULADA CON NUESTRA HIJA.

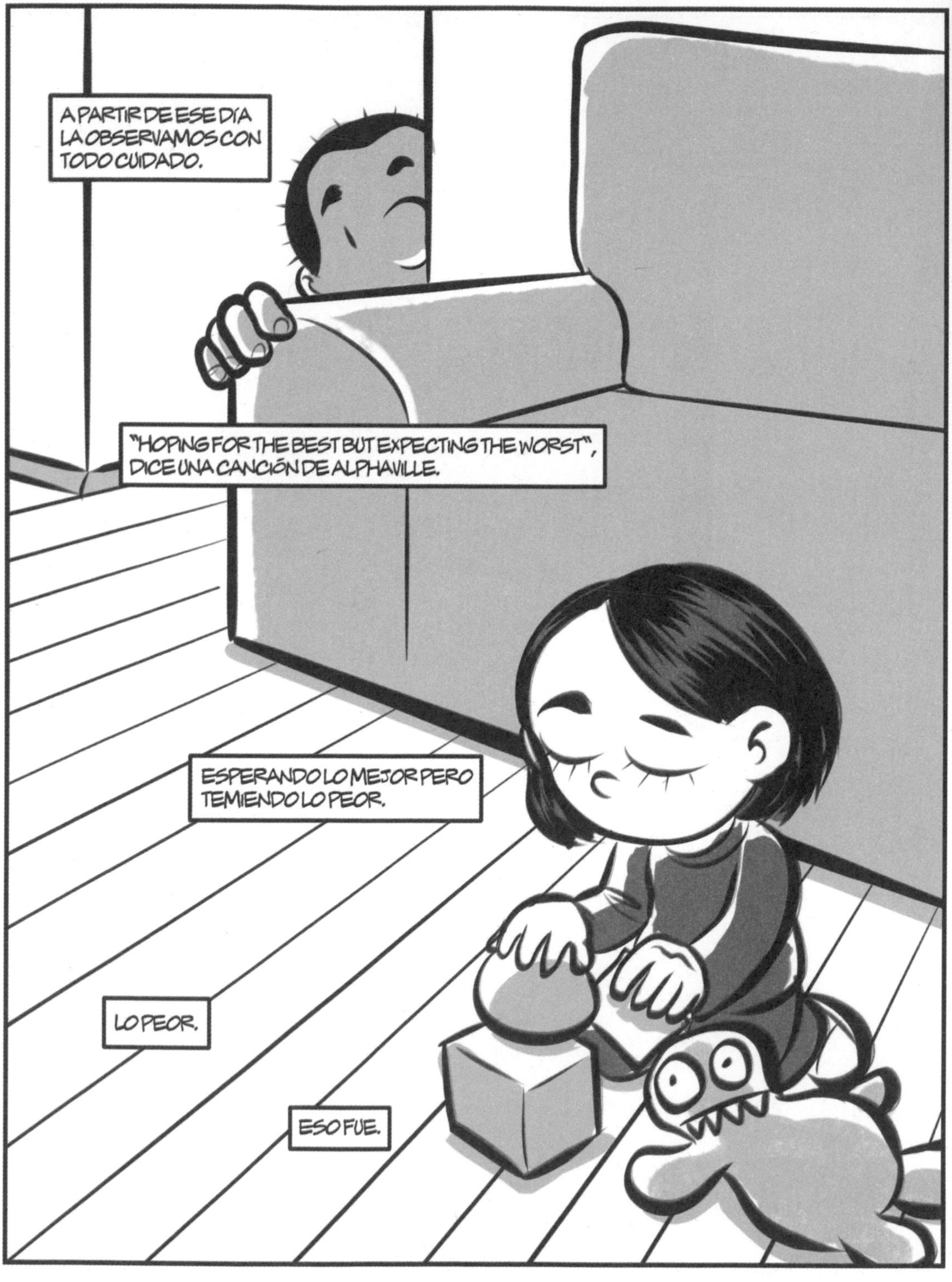
A PARTIR DE ESE DÍA LA OBSERVAMOS CON TODO CUIDADO.
"HOPING FOR THE BEST BUT EXPECTING THE WORST", DICE UNA CANCIÓN DE ALPHAVILLE.
ESPERANDO LO MEJOR PERO TEMIENDO LO PEOR.
LO PEOR.
ESO FUE.

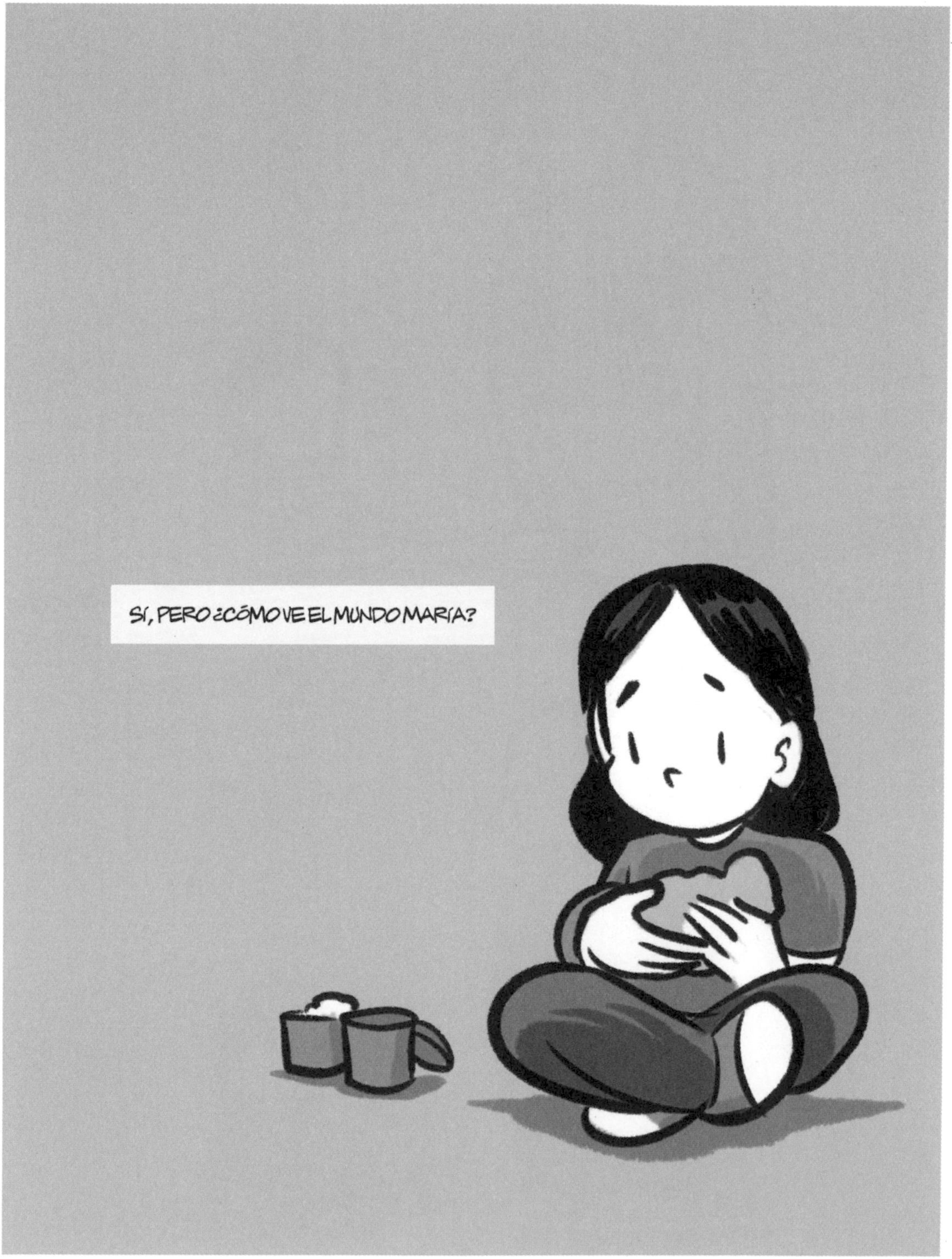
SÍ, PERO ¿CÓMO VE EL MUNDO MARÍA?

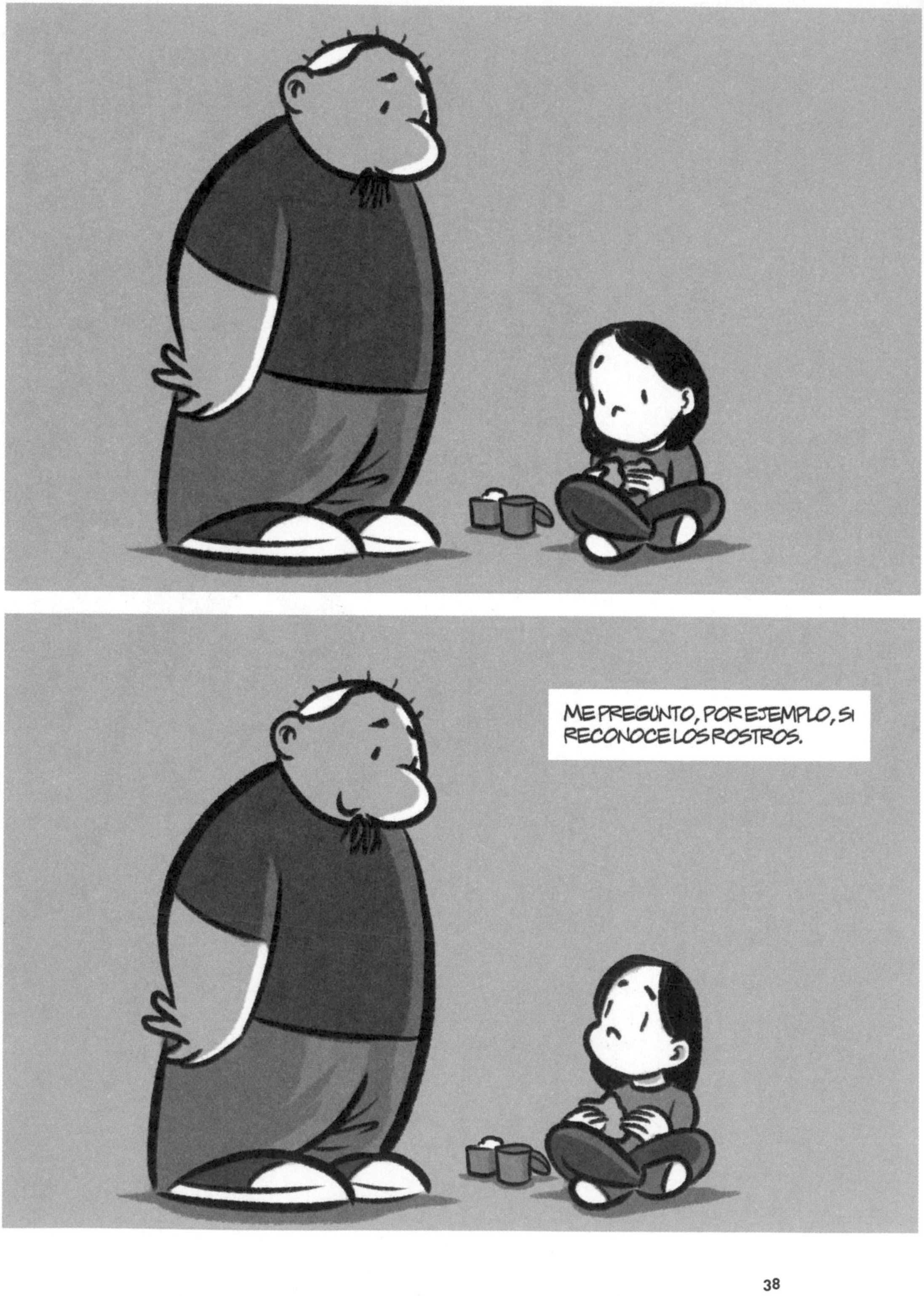
ME PREGUNTO, POR EJEMPLO, SI RECONOCE LOS ROSTROS.

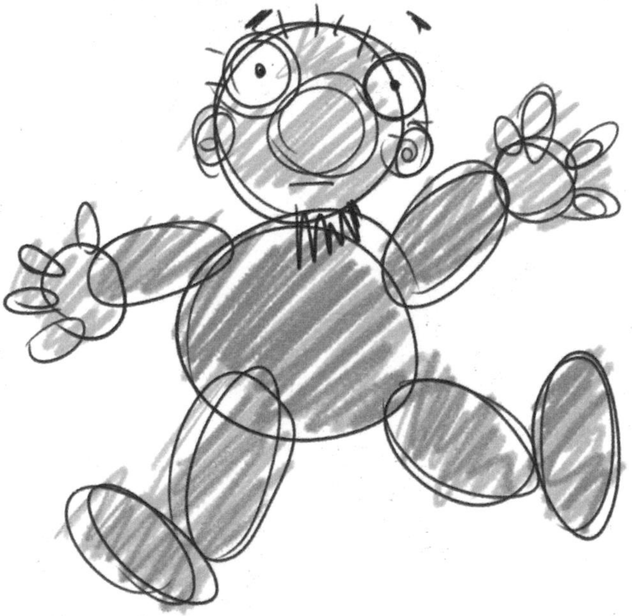
ME IMAGINO QUE NO PODER HACERLO LE DIFICULTARÍA VINCULARSE EMOTIVAMENTE CON LOS OTROS.

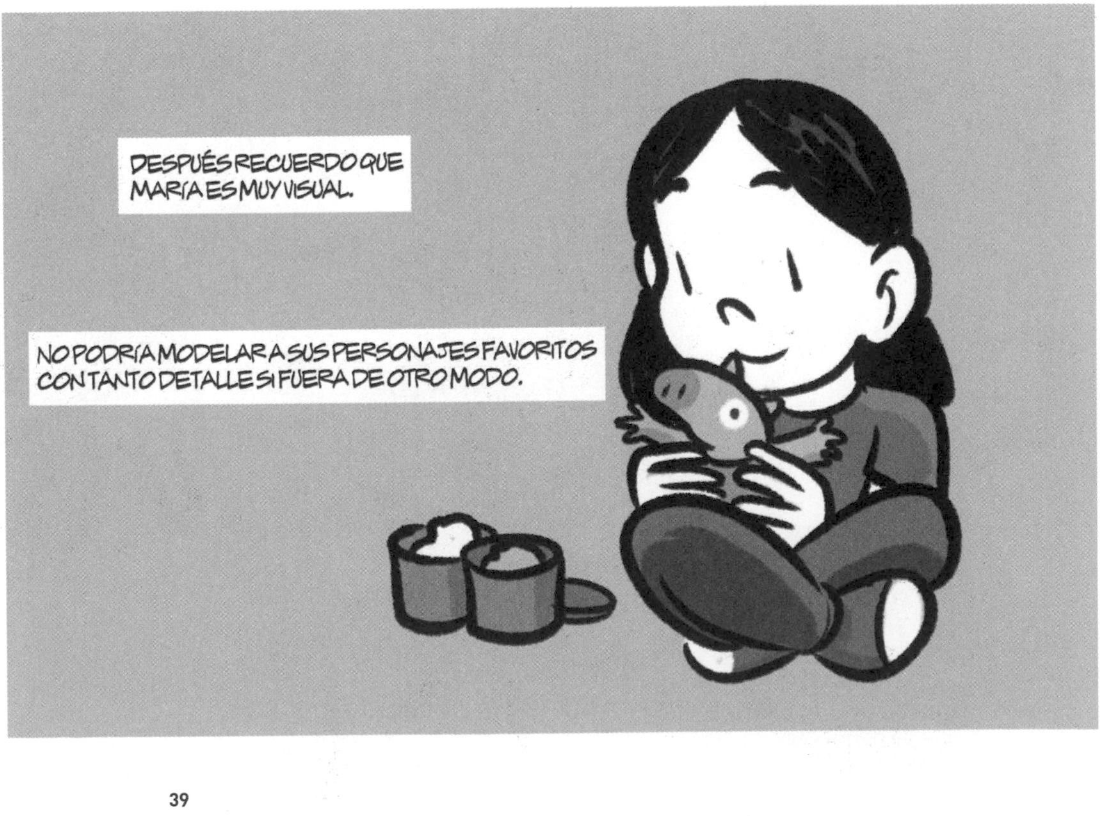
DESPUÉS RECUERDO QUE MARÍA ES MUY VISUAL.
NO PODRÍA MODELAR A SUS PERSONAJES FAVORITOS CON TANTO DETALLE SI FUERA DE OTRO MODO.

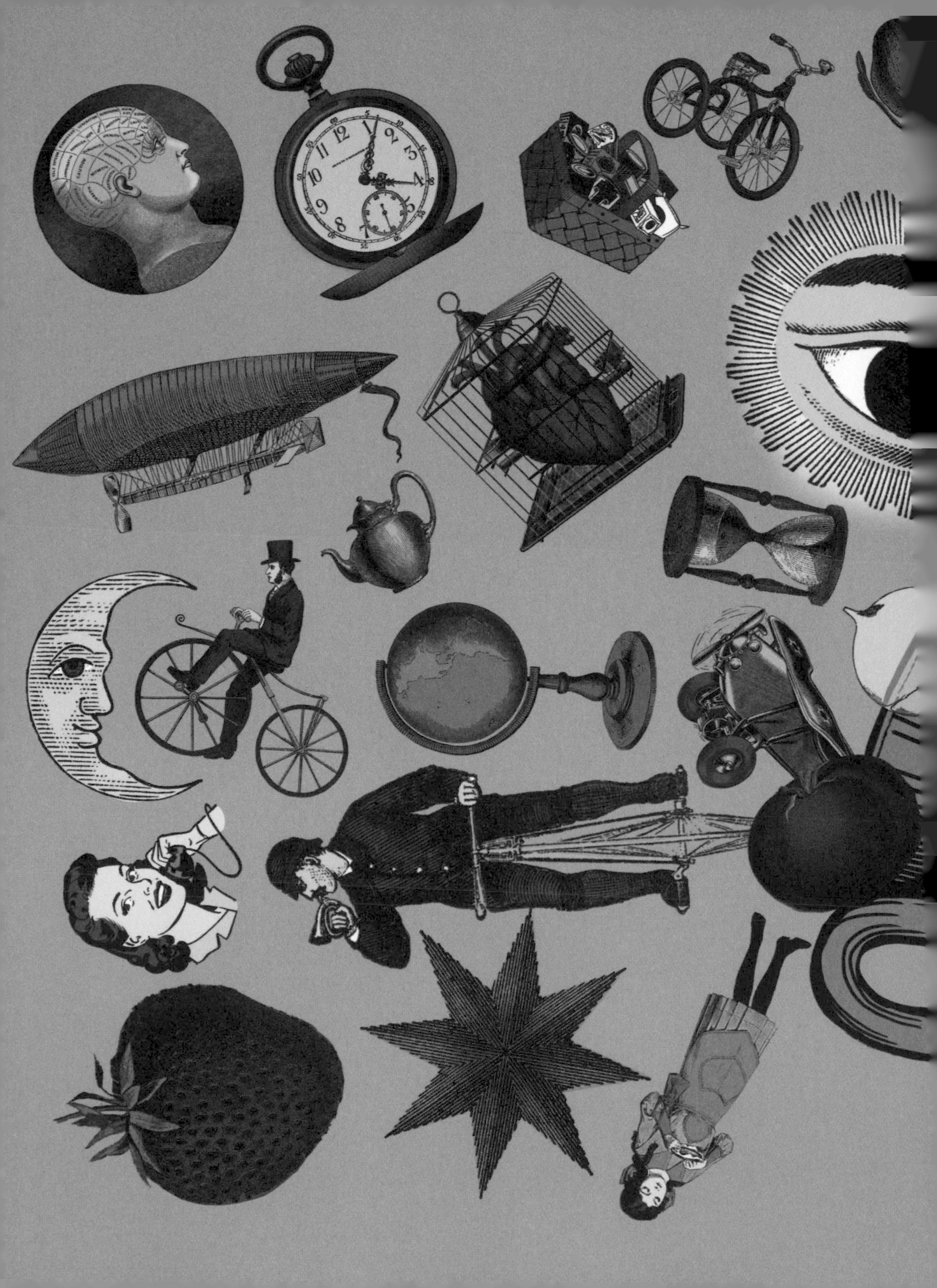

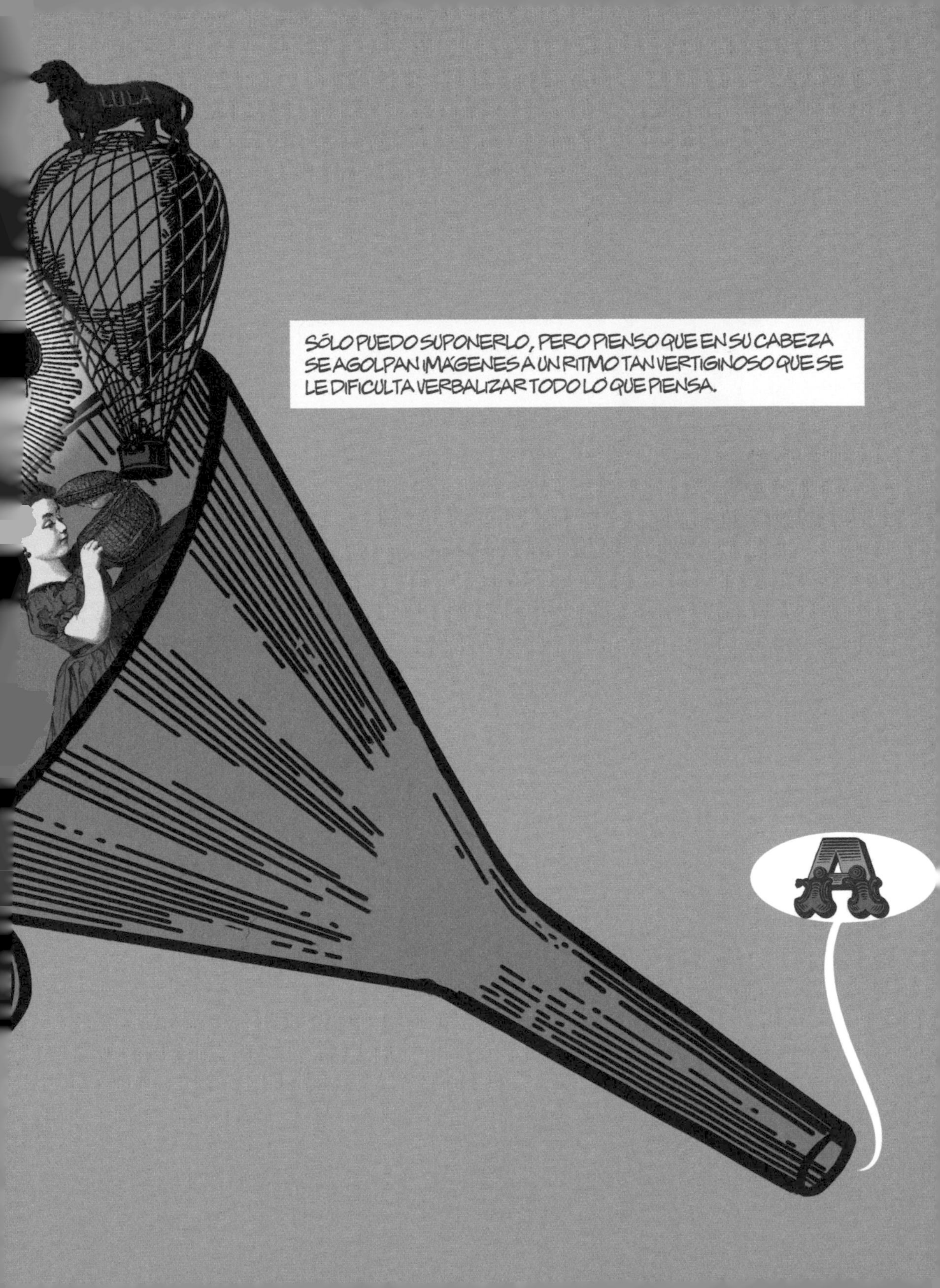
SÓLO PUEDO SUPONERLO, PERO PIENSO QUE EN SU CABEZA SE AGOLPAN IMÁGENES A UN RITMO TAN VERTIGINOSO QUE SE LE DIFICULTA VERBALIZAR TODO LÓ QUE PIENSA.
A

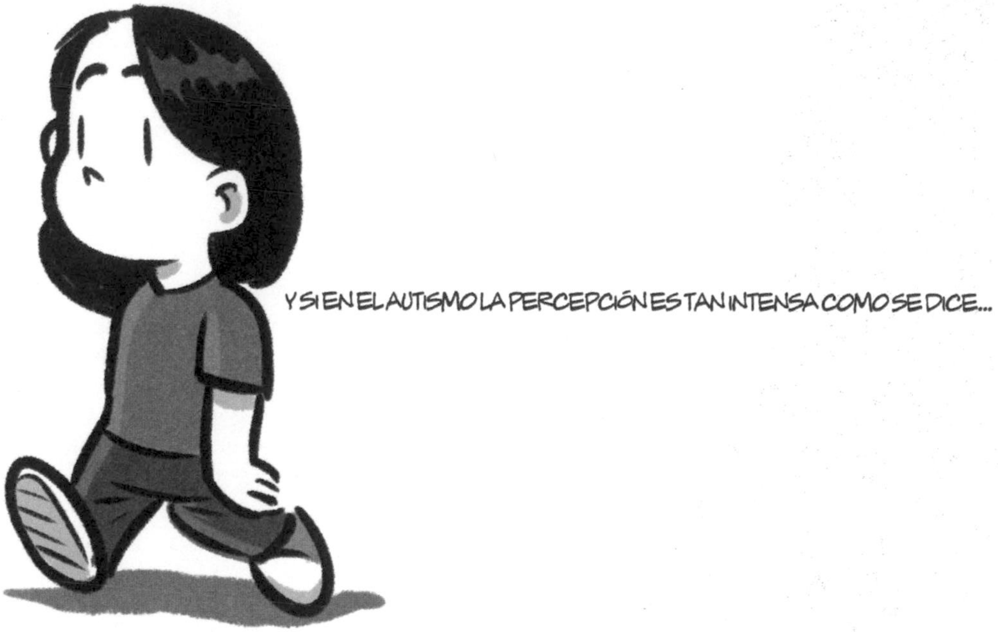
Y SI EN EL AUTISMO LA PERCEPCIÓN ES TAN INTENSA COMO SE DICE...

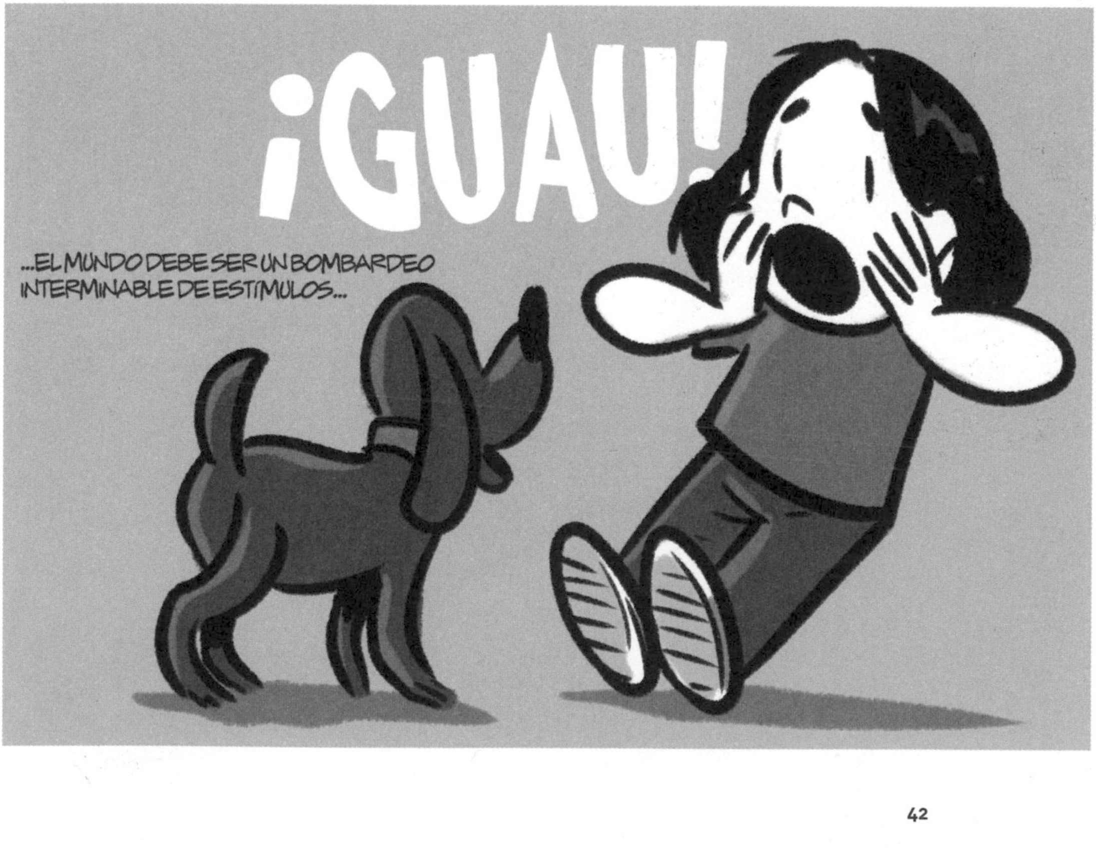
¡GUAU!
...EL MUNDO DEBE SER UN BOMBARDEO INTERMINABLE DE ESTÍMULOS...

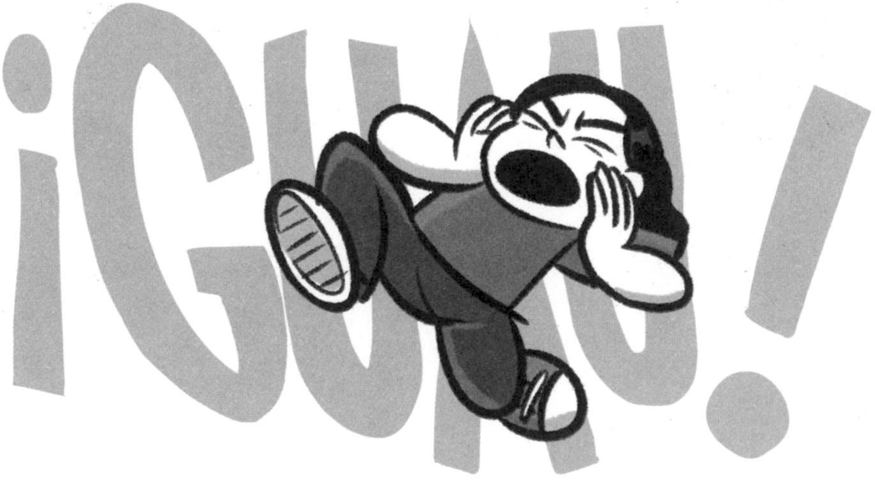
¡GUAU!

...QUE SE SALEN DE CONTROL Y PUEDEN ENLOQUECERLA.

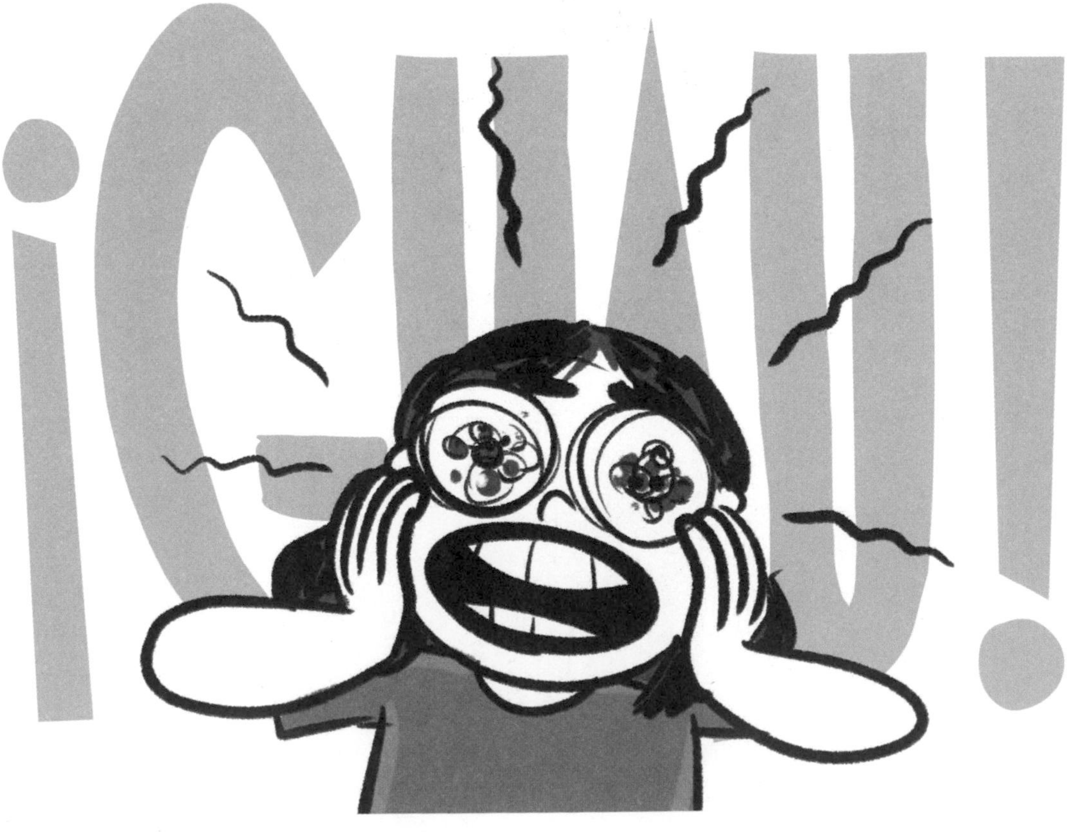
¡GUAU!

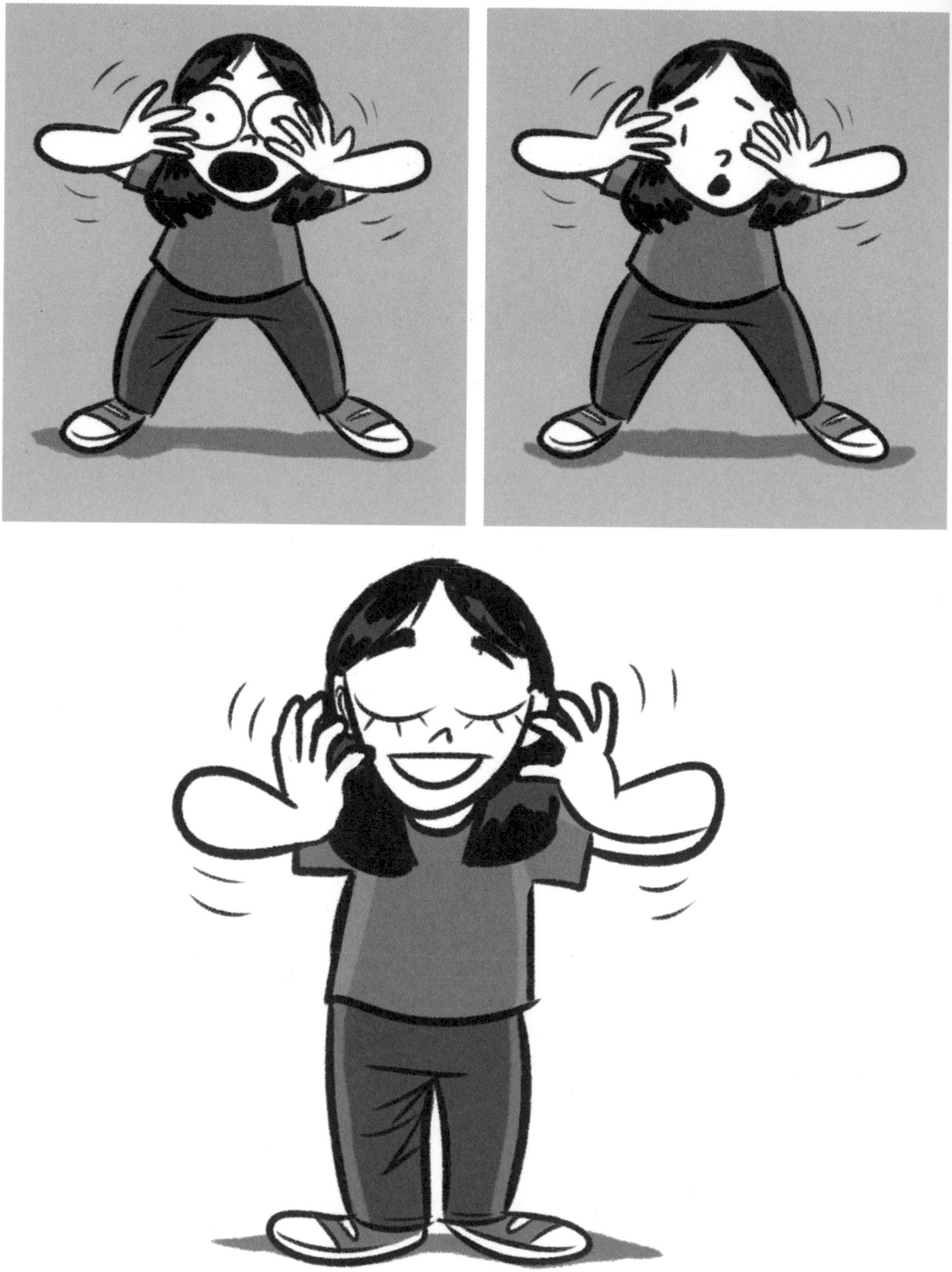

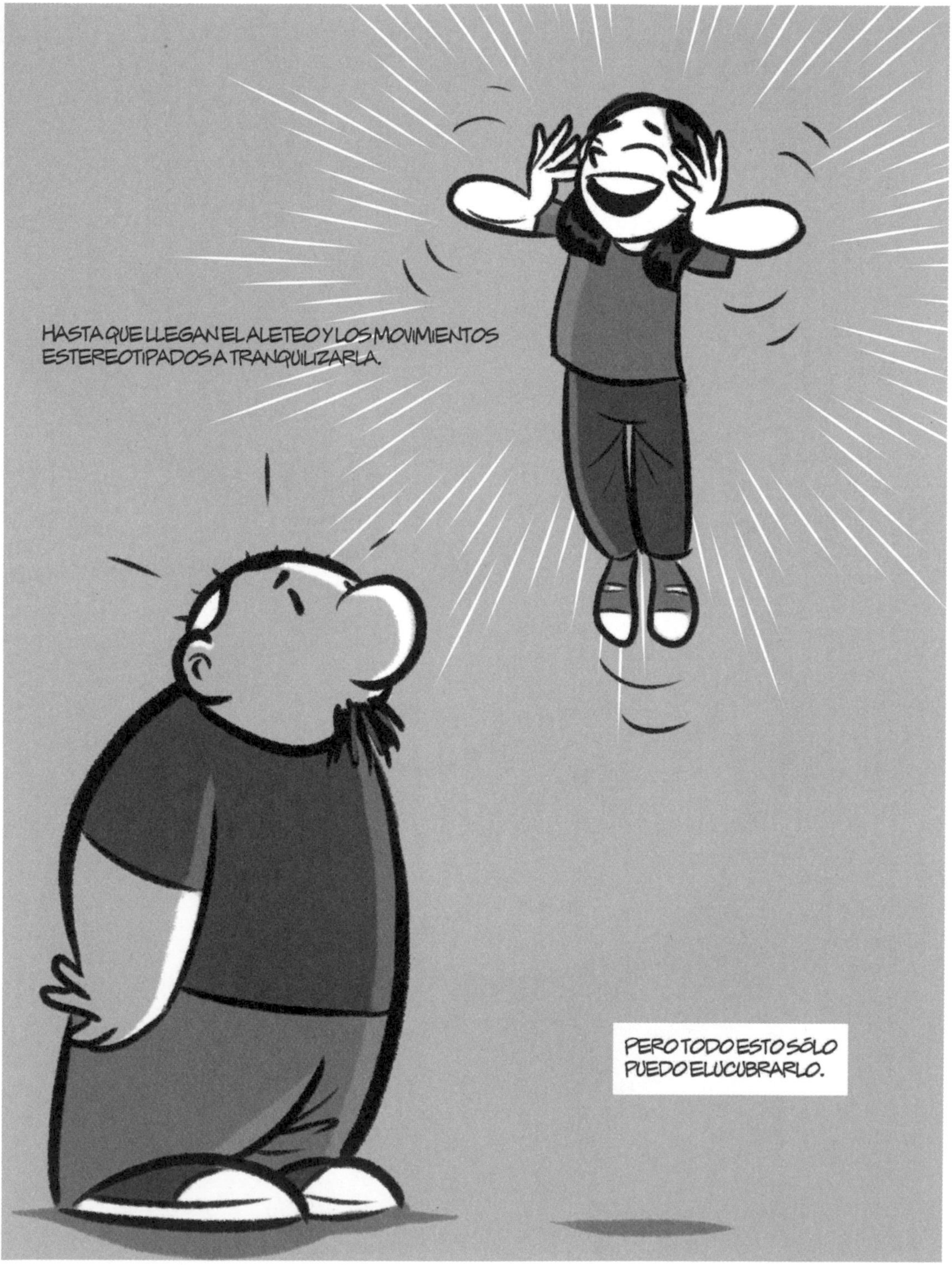
HASTA QUE LLEGAN EL ALETEO Y LOS MOVIMIENTOS ESTEREOTIPADOS A TRANQUILIZARLA.
PERO TODO ESTO SÓLO PUEDO ELUCUBRARLO.

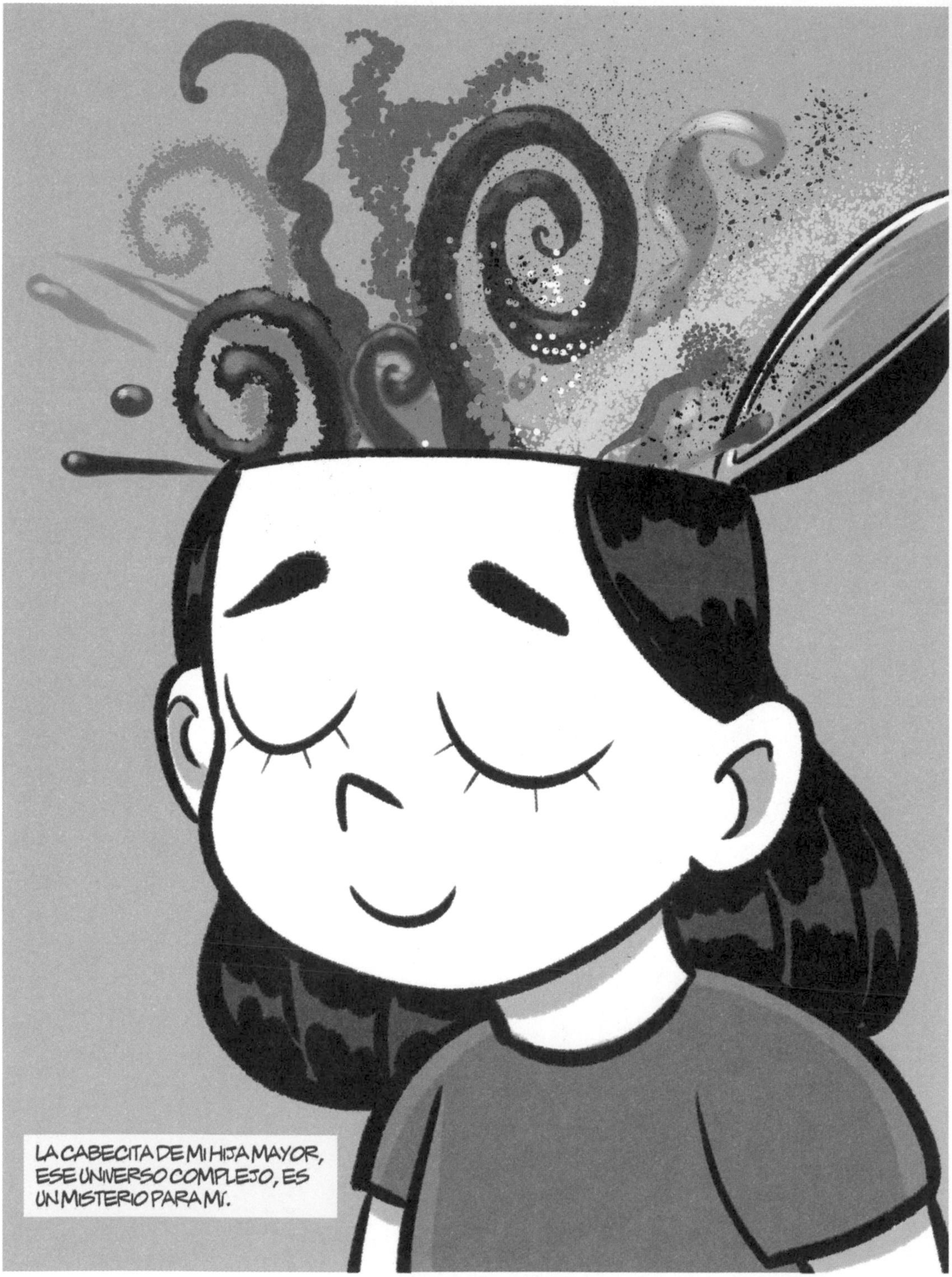
LA CABECITA DE MI HIJA MAYOR, ESE UNIVERSO COMPLEJO, ES UN MISTERIO PARA MÍ.

DOS

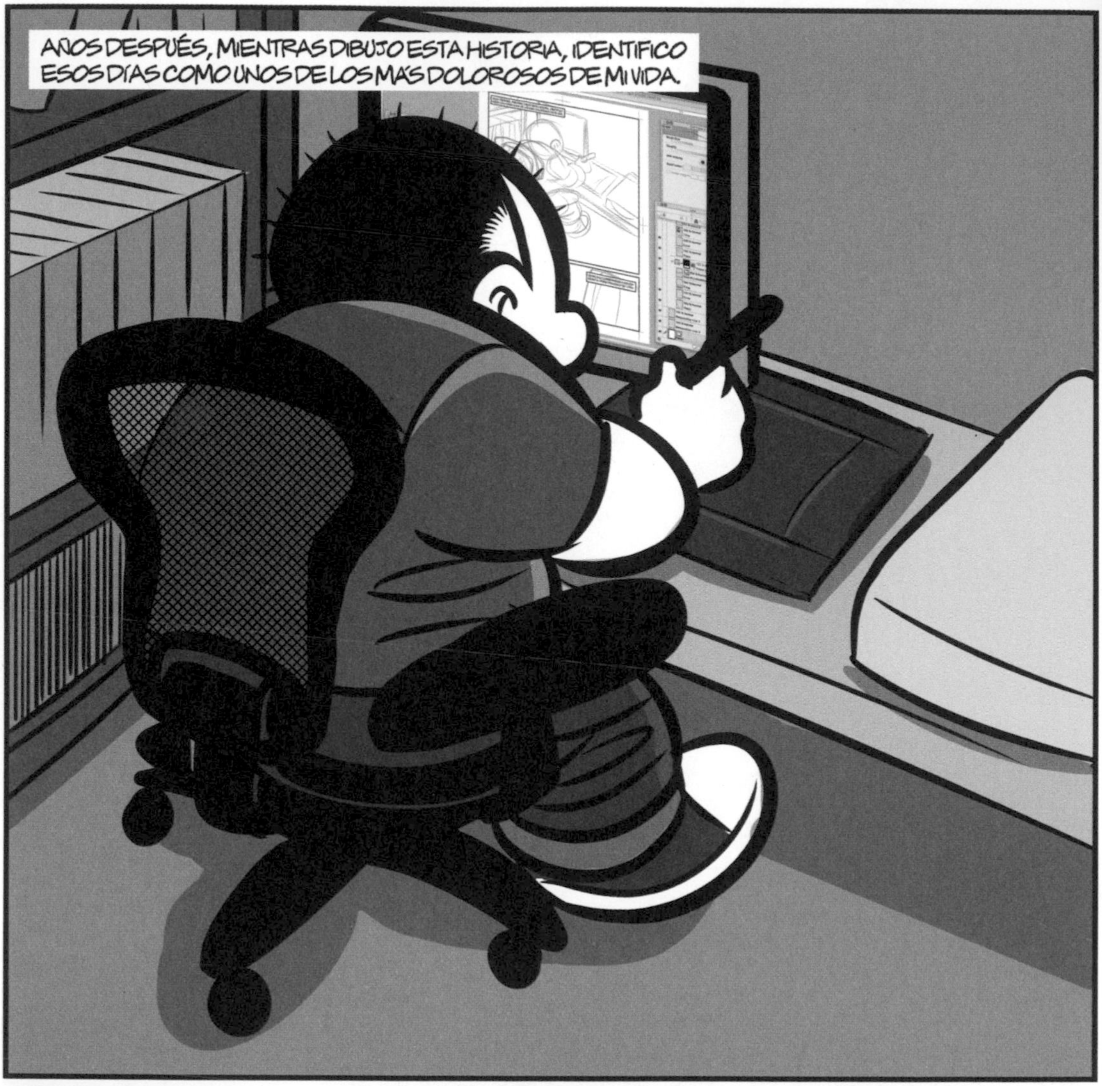
AÑOS DESPUÉS, MIENTRAS DIBUJO ESTA HISTORIA, IDENTIFICO ESOS DÍAS COMO UNOS DE LOS MÁS DOLOROSOS DE MI VIDA.

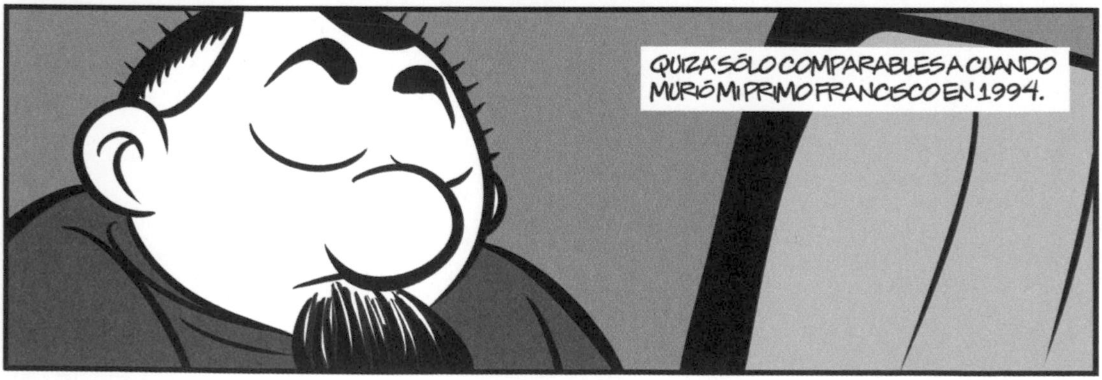
QUIZÁ SÓLO COMPARABLES A CUANDO MURIÓ MI PRIMO FRANCISCO EN 1994.

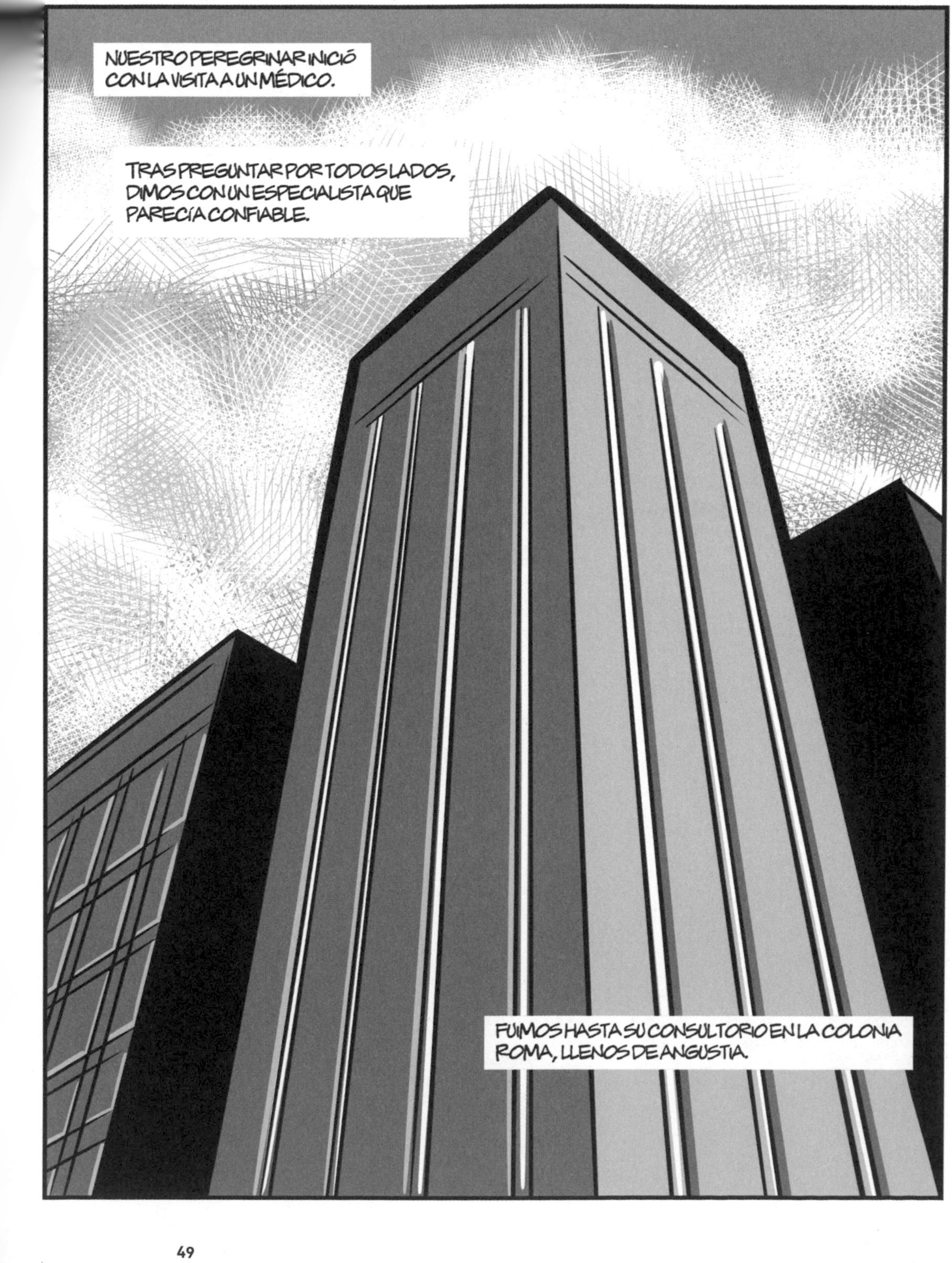
NUESTRO PEREGRINAR INICIÓ CON LA VISITA A UN MÉDICO.
TRAS PREGUNTAR POR TODOS LADOS, DIMOS CON UN ESPECIALISTA QUE PARECÍA CONFIABLE.
FUIMOS HASTA SU CONSULTORIO EN LA COLONIA ROMA, LLENOS DE ANGUSTIA.

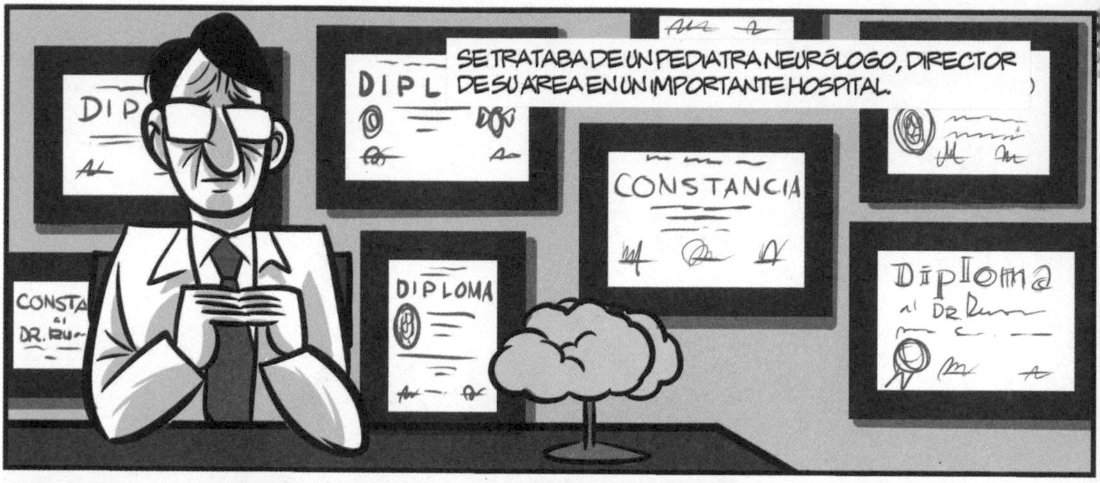
SE TRATABA DE UN PEDIATRA NEURÓLOGO, DIRECTOR DE SU ÁREA EN UN IMPORTANTE HOSPITAL.
DIPLOMA
CONSTANCIA
Diploma

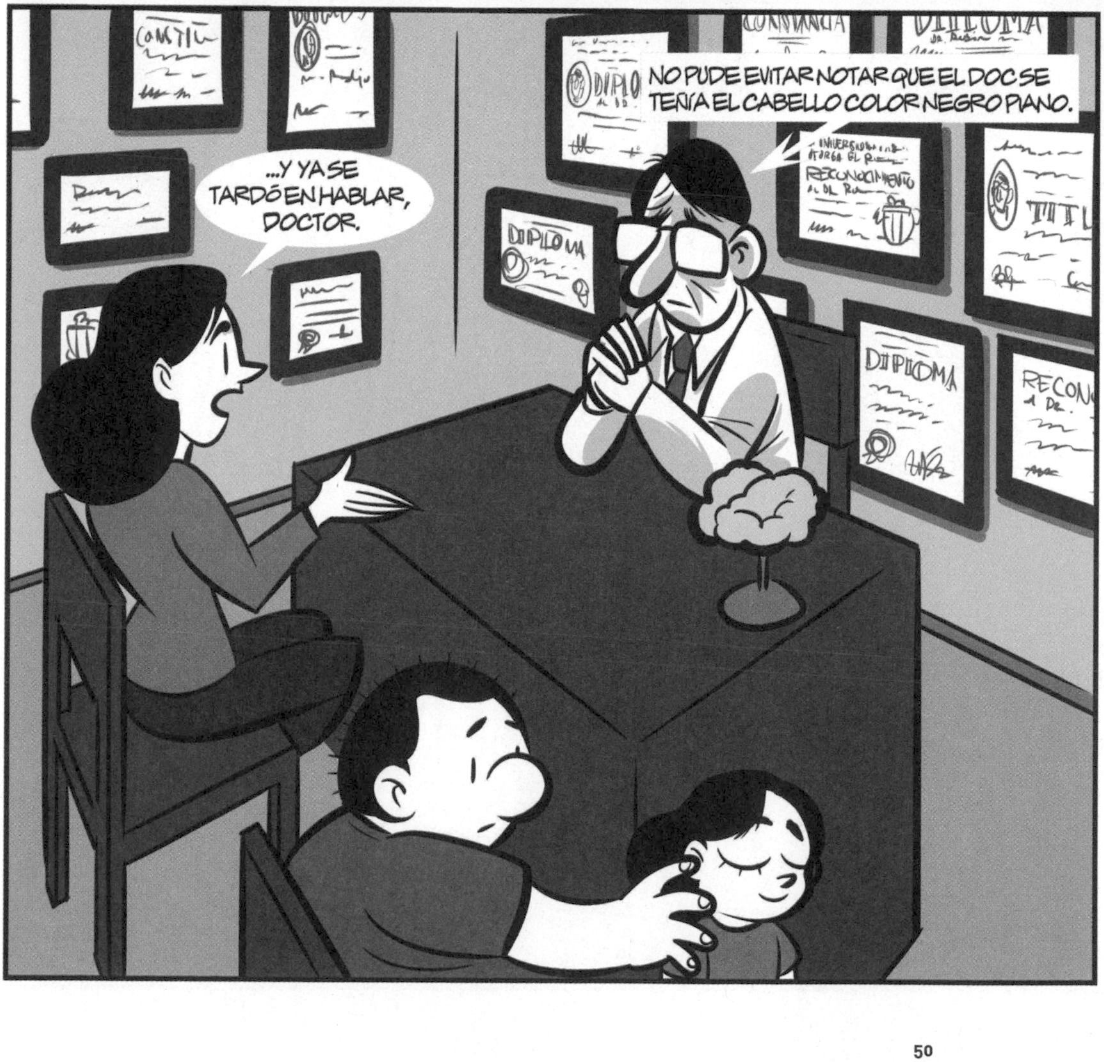
NO PUDE EVITAR NOTAR QUE EL DOC SE TEÑÍA EL CABELLO COLOR NEGRO PIANO.
...Y YA SE TARDÓ EN HABLAR, DOCTOR.
DIPLOMA

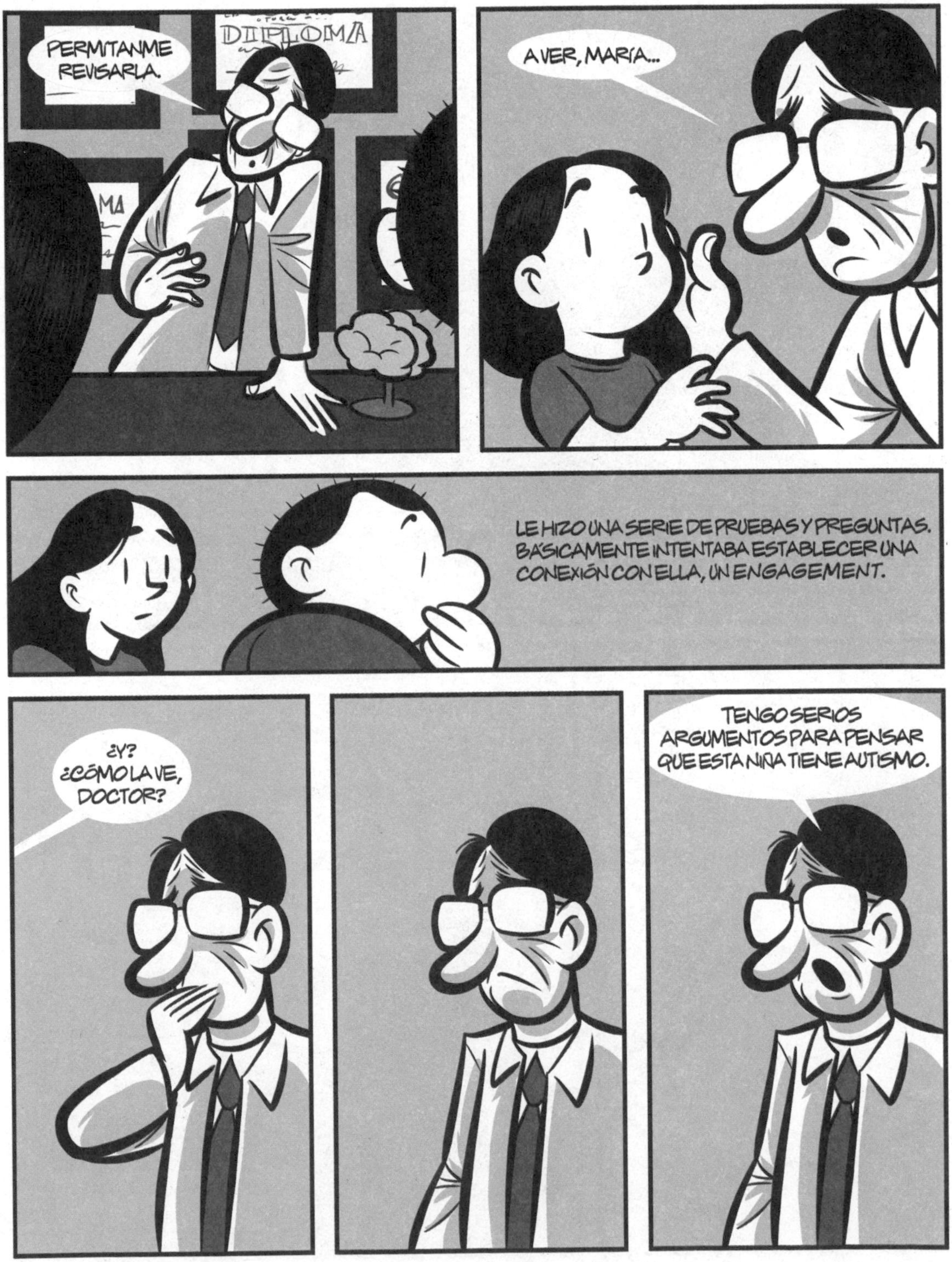
PERMITANME REVISARLA.
A VER, MARÍA...
LE HIZO UNA SERIE DE PRUEBAS Y PREGUNTAS. BÁSICAMENTE INTENTABA ESTABLECER UNA CONEXIÓN CON ELLA, UN ENGAGEMENT.
¿Y? ¿CÓMO LA VE, DOCTOR?
TENGO SERIOS ARGUMENTOS PARA PENSAR QUE ESTA NIÑA TIENE AUTISMO.

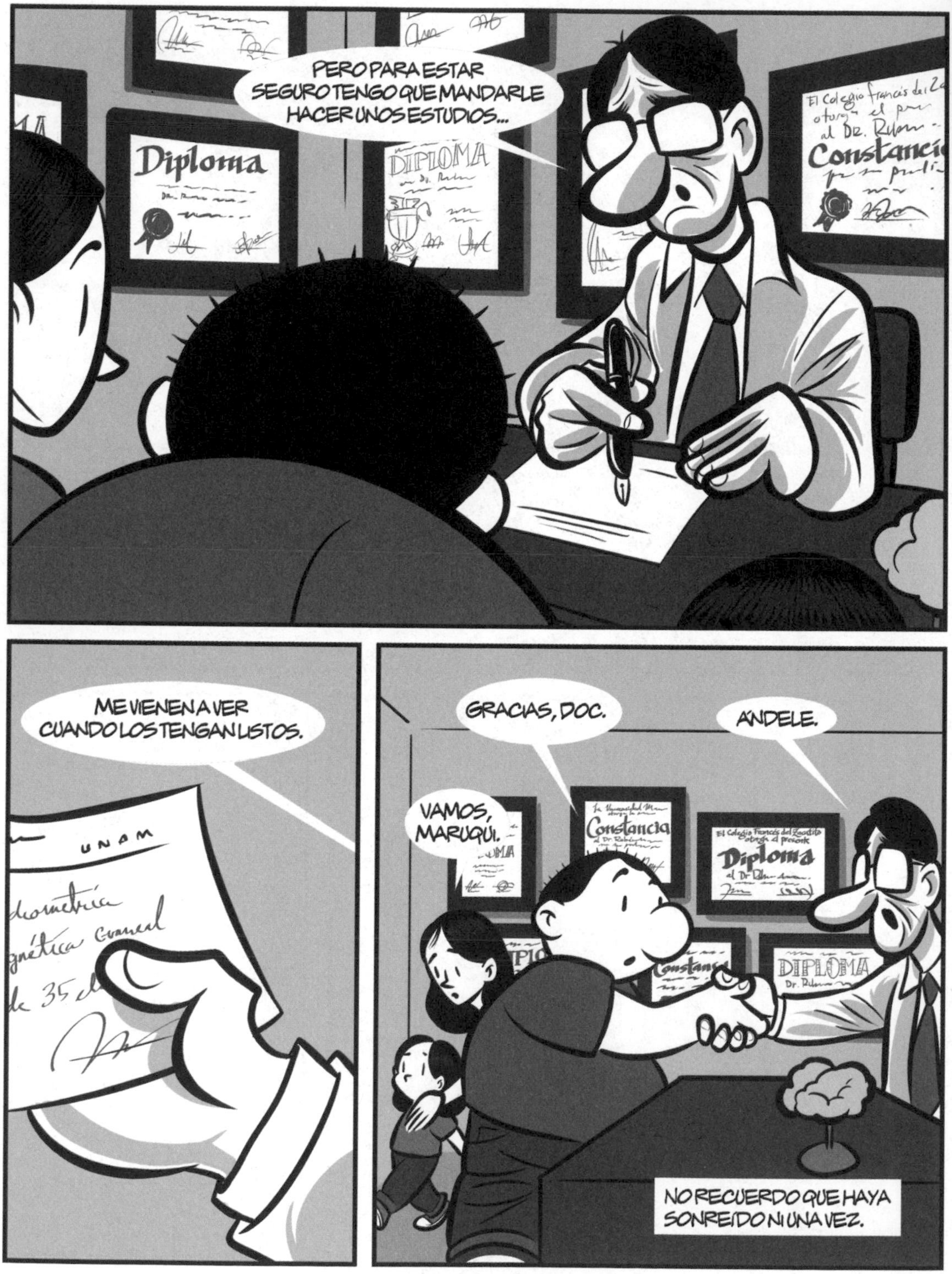
PERO PARA ESTAR SEGURO TENGO QUE MANDARLE HACER UNOS ESTUDIOS...
ME VIENEN A VER CUANDO LOS TENGAN LISTOS.
GRACIAS, DOC.
ÁNDELE.
VAMOS, MARUQUI.
NO RECUERDO QUE HAYA SONREÍDO NI UNA VEZ.

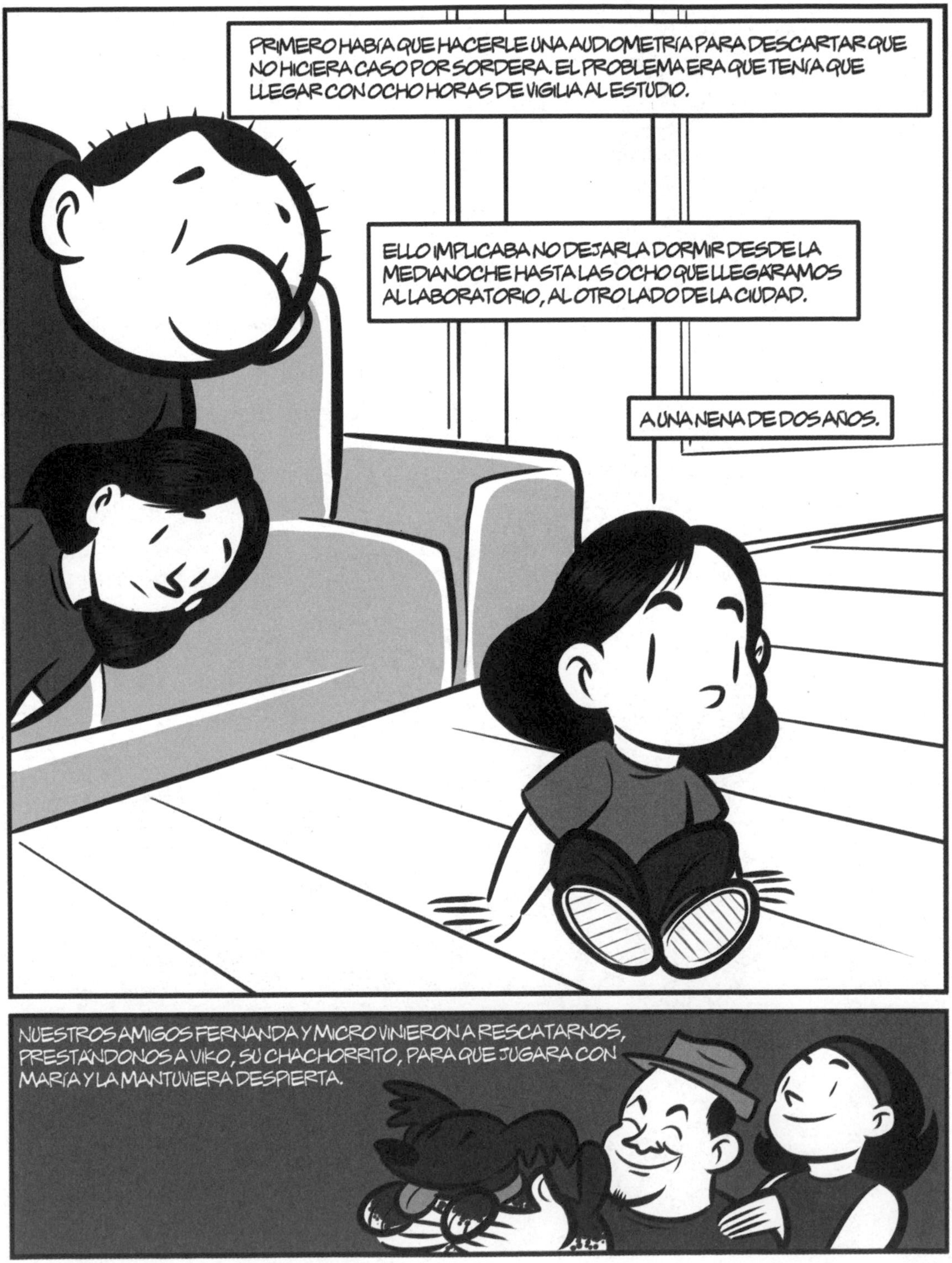
PRIMERO HABÍA QUE HACERLE UNA AUDIOMETRÍA PARA DESCARTAR QUE NO HICIERA CASO POR SORDERA. EL PROBLEMA ERA QUE TENÍA QUE LLEGAR CON OCHO HORAS DE VIGILIA AL ESTUDIO.
ELLO IMPLICABA NO DEJARLA DORMIR DESDE LA MEDIANOCHE HASTA LAS OCHO QUE LLEGÁRAMOS AL LABORATORIO, AL OTRO LADO DE LA CIUDAD.
A UNA NENA DE DOS AÑOS.
NUESTROS AMIGOS FERNANDA Y MICRO VINIERON A RESCATARNOS, PRESTÁNDONOS A VIKO, SU CHACHORRITO, PARA QUE JUGARA CON MARÍA Y LA MANTUVIERA DESPIERTA.

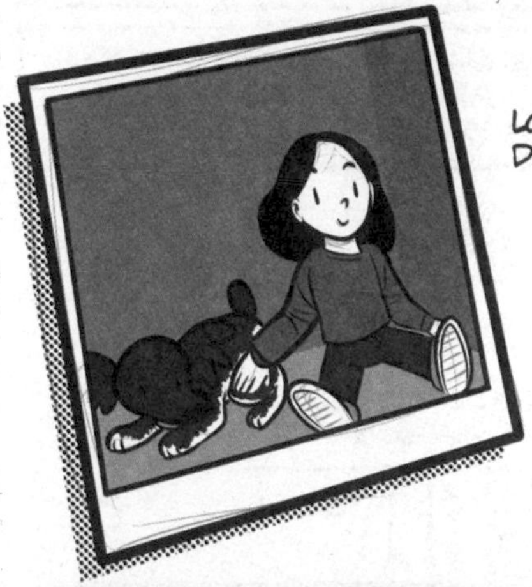

LO LOGRAMOS. HAY UNA FOTO PRECIOSA DE MARÍA CON VIKO DE ESA NOCHE.

AL DÍA SIGUIENTE LA AUDIOMETRÍA MARCÓ PERFECTA NORMALIDAD.

VINO ENTONCES LA RESONANCIA MAGNÉTICA.

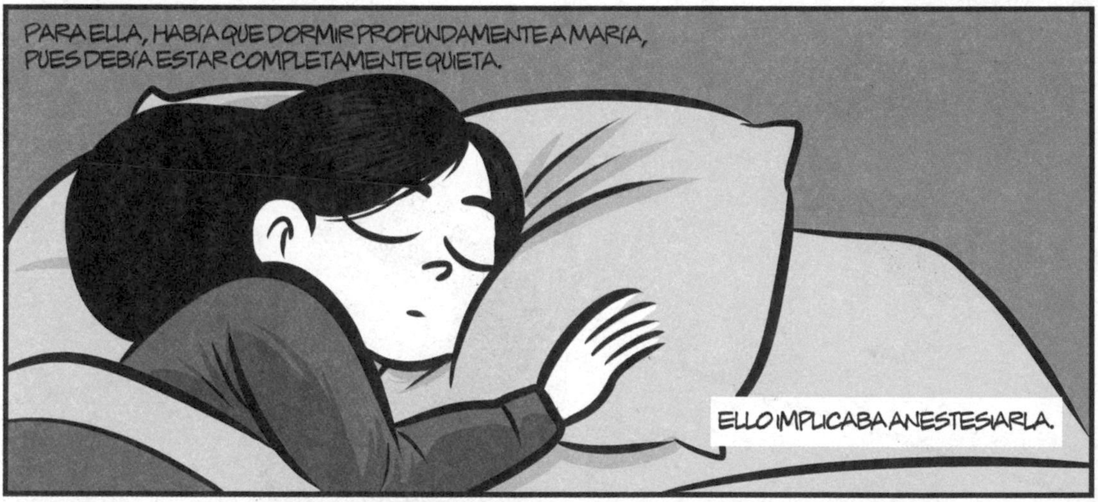
PARA ELLA, HABÍA QUE DORMIR PROFUNDAMENTE A MARÍA, PUES DEBÍA ESTAR COMPLETAMENTE QUIETA.
ELLO IMPLICABA ANESTESIARLA.

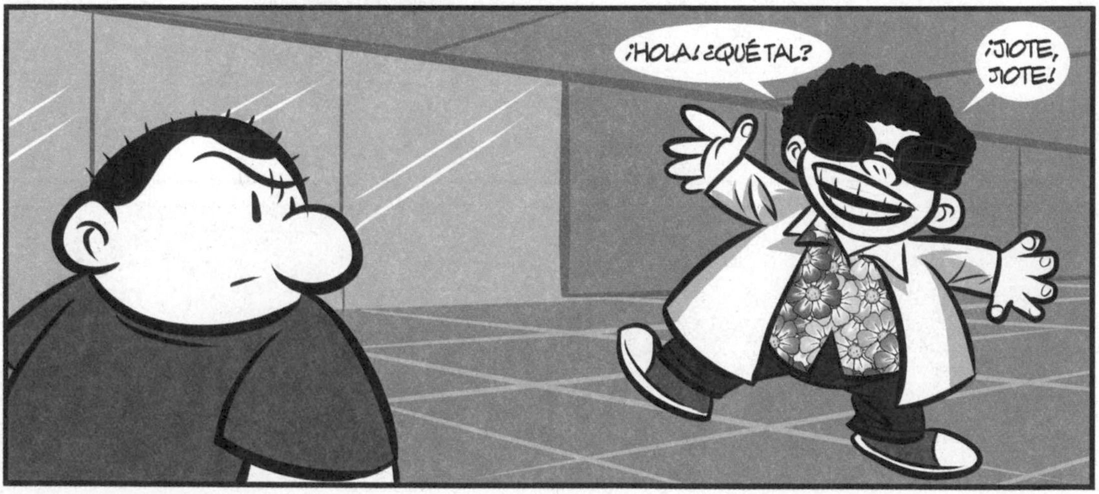
¡HOLA! ¿QUÉ TAL?
¡JIOTE, JIOTE!

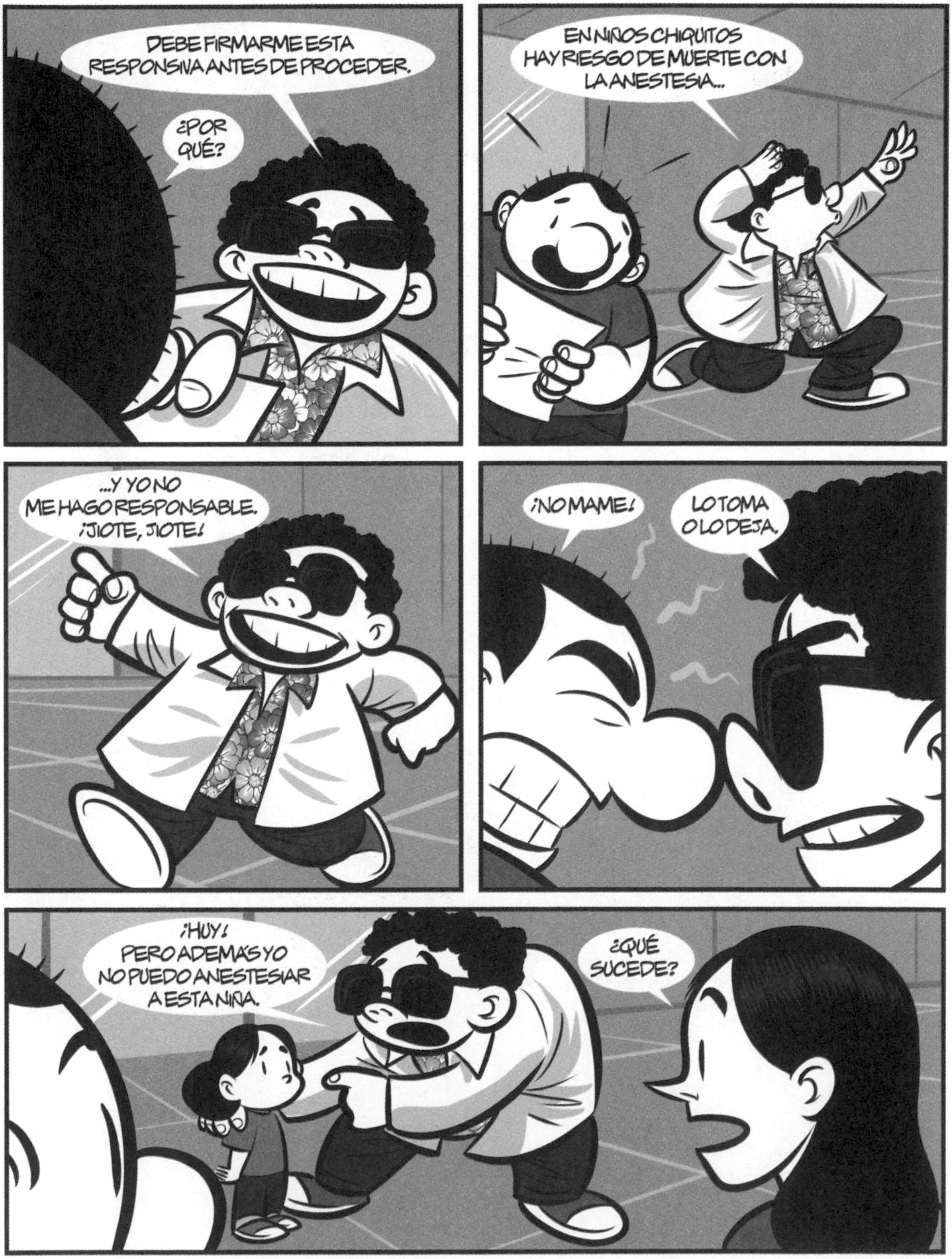
DEBE FIRMARME ESTA RESPONSIVA ANTES DE PROCEDER.
¿POR QUÉ?
EN NIÑOS CHIQUITOS HAY RIESGO DE MUERTE CON LA ANESTESIA...
...Y YO NO ME HAGO RESPONSABLE. ¡JIOTE, JIOTE!
¡NO MAME!
LO TOMA O LO DEJA.
¡HUY! PERO ADEMÁS YO NO PUEDO ANESTESIAR A ESTA NIÑA.
¿QUÉ SUCEDE?

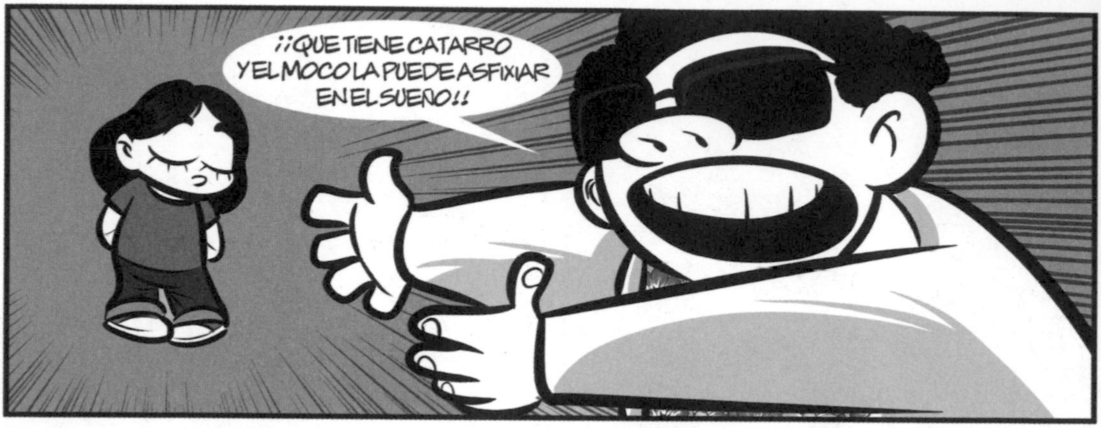
¡¡QUE TIENE CATARRO Y EL MOCO LA PUEDE ASFIXIAR EN EL SUEÑO!!

FRUSTRADOS, TUVIMOS QUE VOLVER A CASA SIN EL ESTUDIO PARA REGRESAR DIEZ DÍAS DESPUÉS.

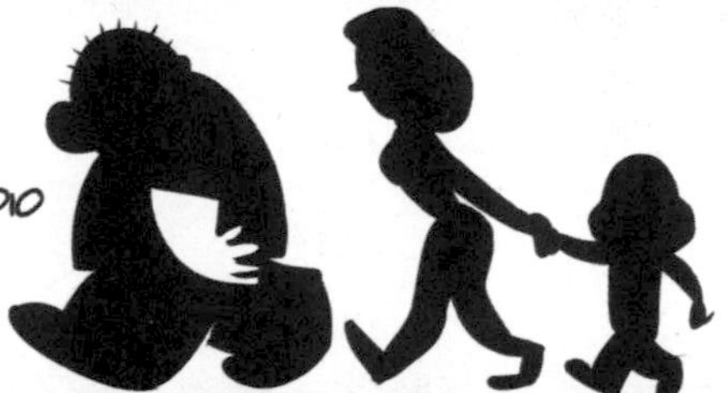

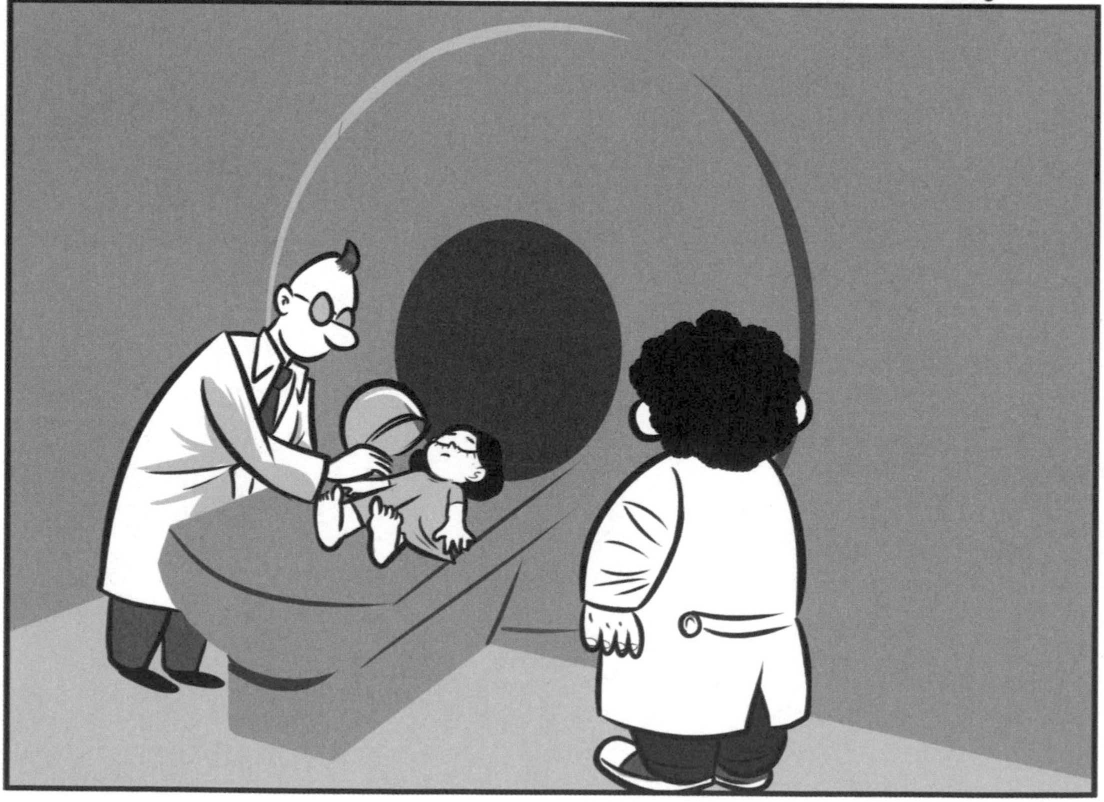

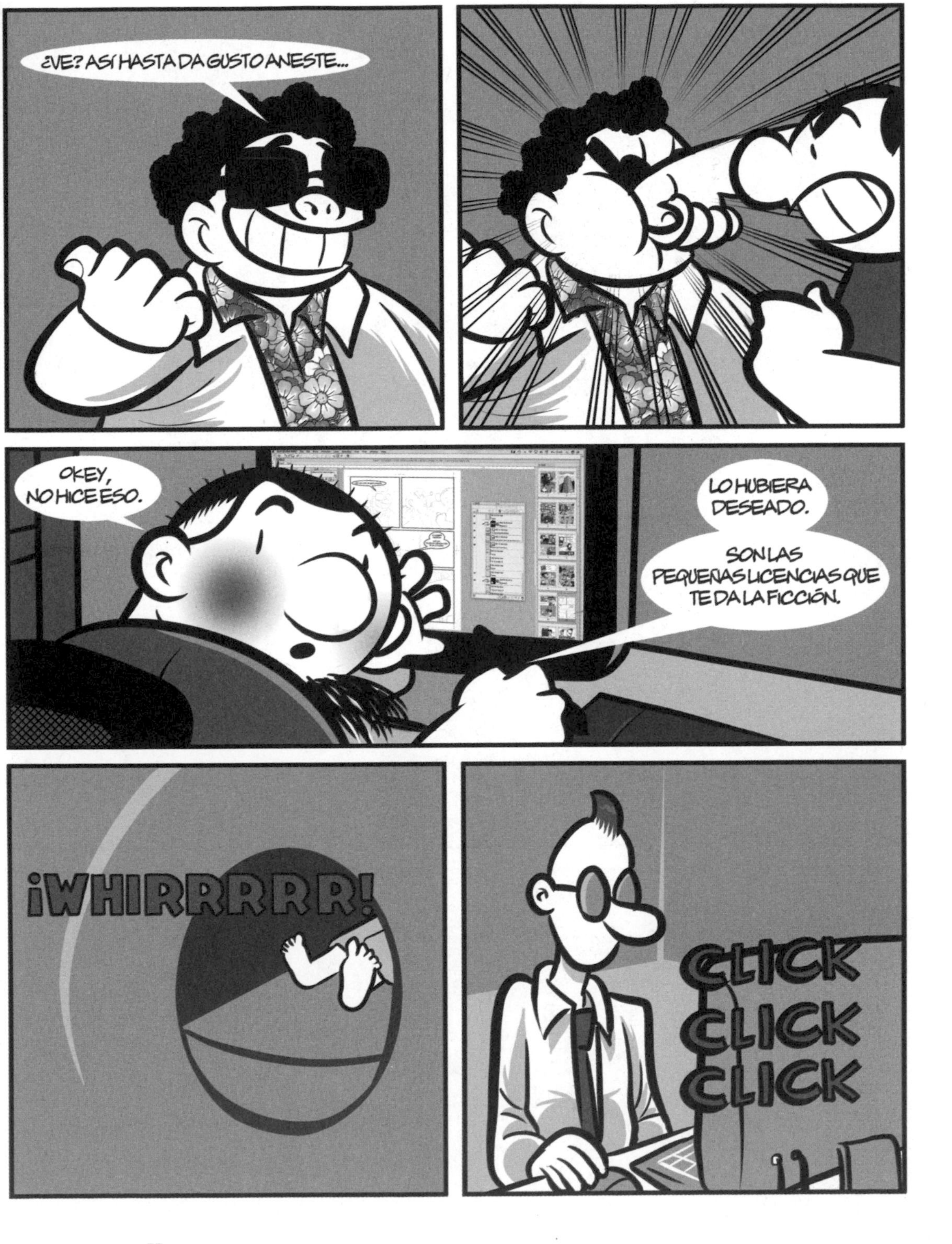
¿VE? ASÍ HASTA DA GUSTO ANESTE...
OKEY, NO HICE ESO.
LO HUBIERA DESEADO.
SON LAS PEQUEÑAS LICENCIAS QUE TE DA LA FICCIÓN.
¡WHIRRRRR!
CLICK
CLICK
CLICK

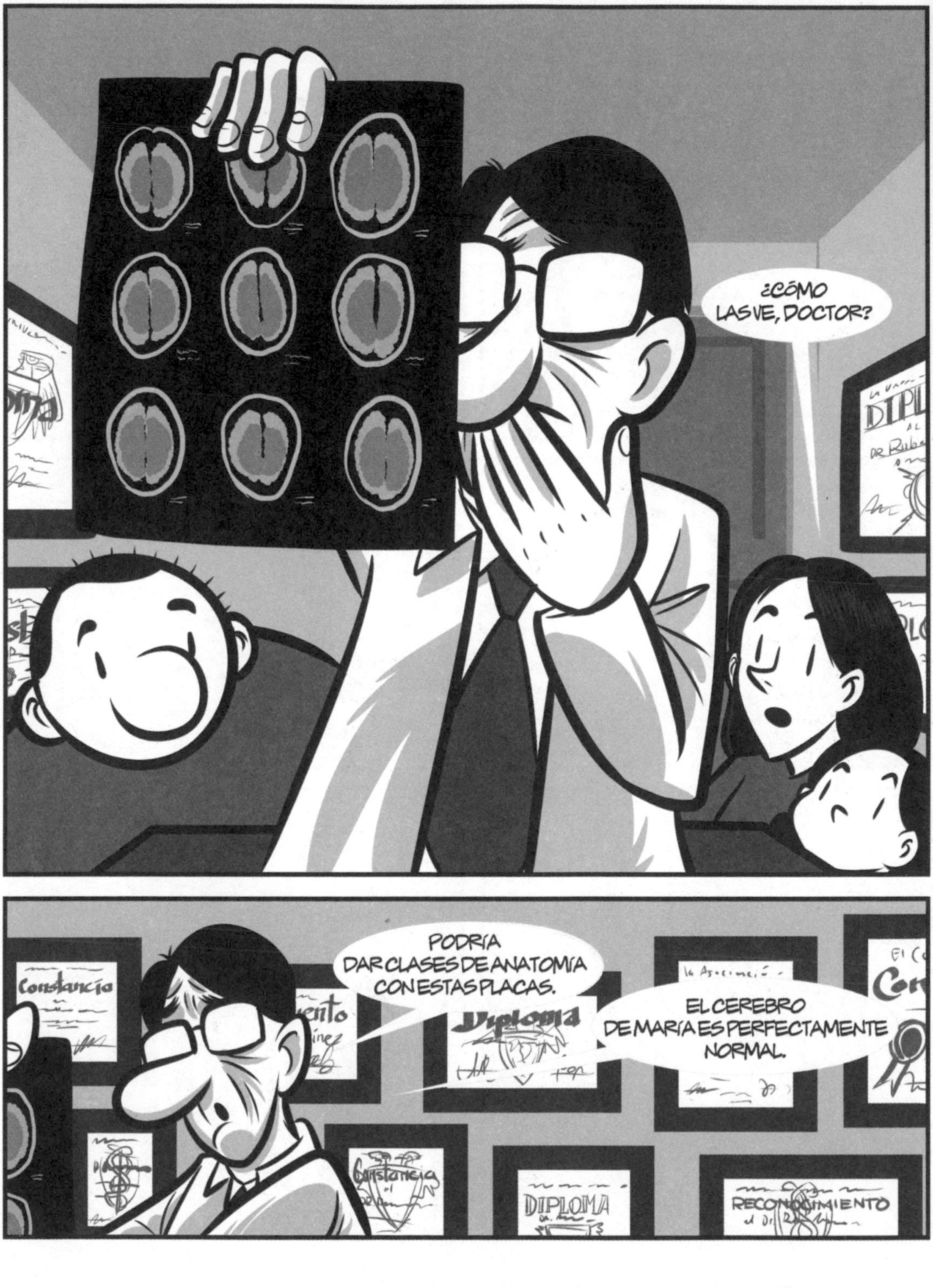
¿CÓMO LAS VE, DOCTOR?
PODRÍA DAR CLASES DE ANATOMÍA CON ESTAS PLACAS.
EL CEREBRO DE MARÍA ES PERFECTAMENTE NORMAL.

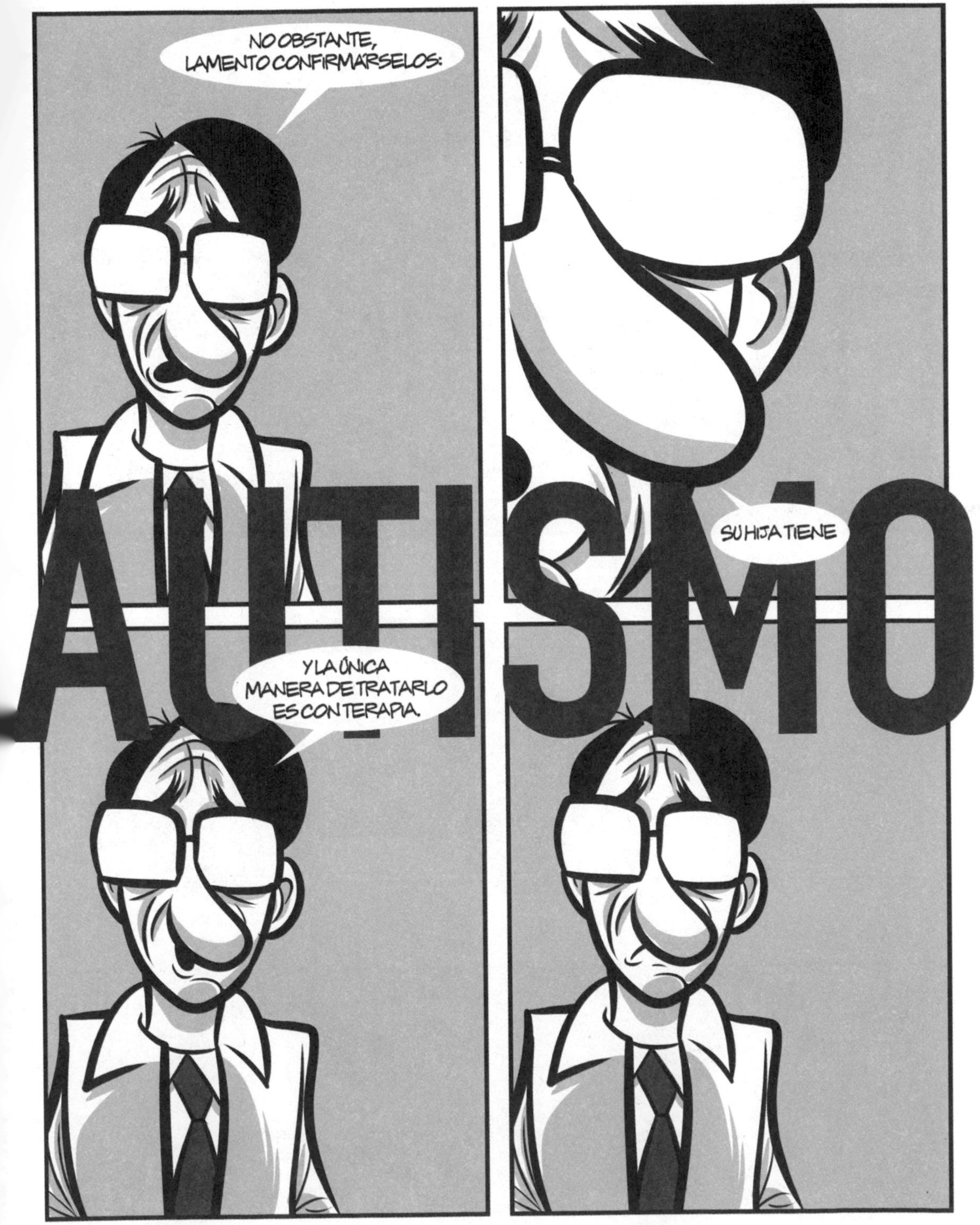
NO OBSTANTE,
LAMENTO CONFIRMÁRSELOS:
SU HIJA TIENE
AUTISMO
Y LA ÚNICA
MANERA DE TRATARLO
ES CON TERAPIA.

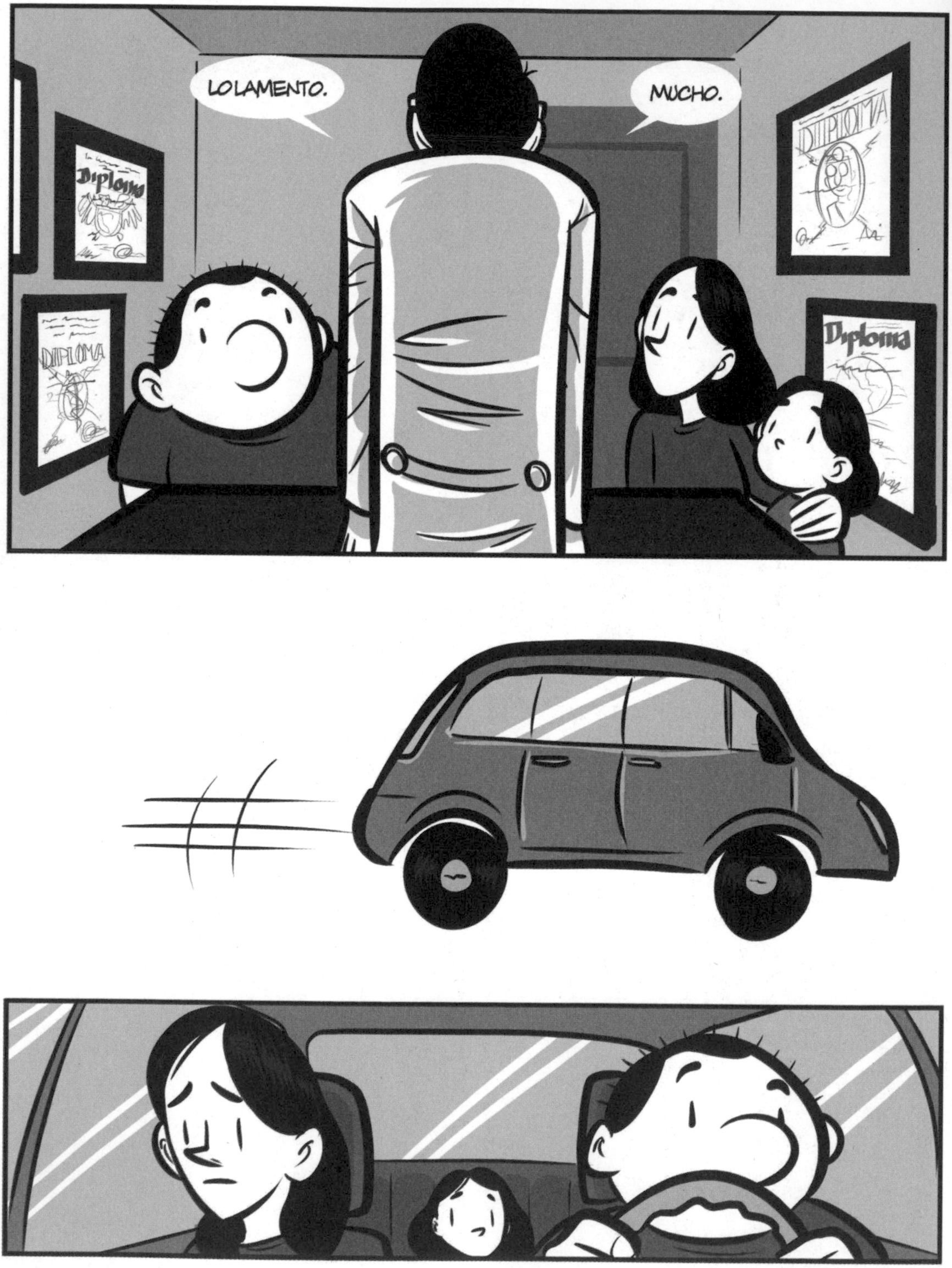
LO LAMENTO.
MUCHO.

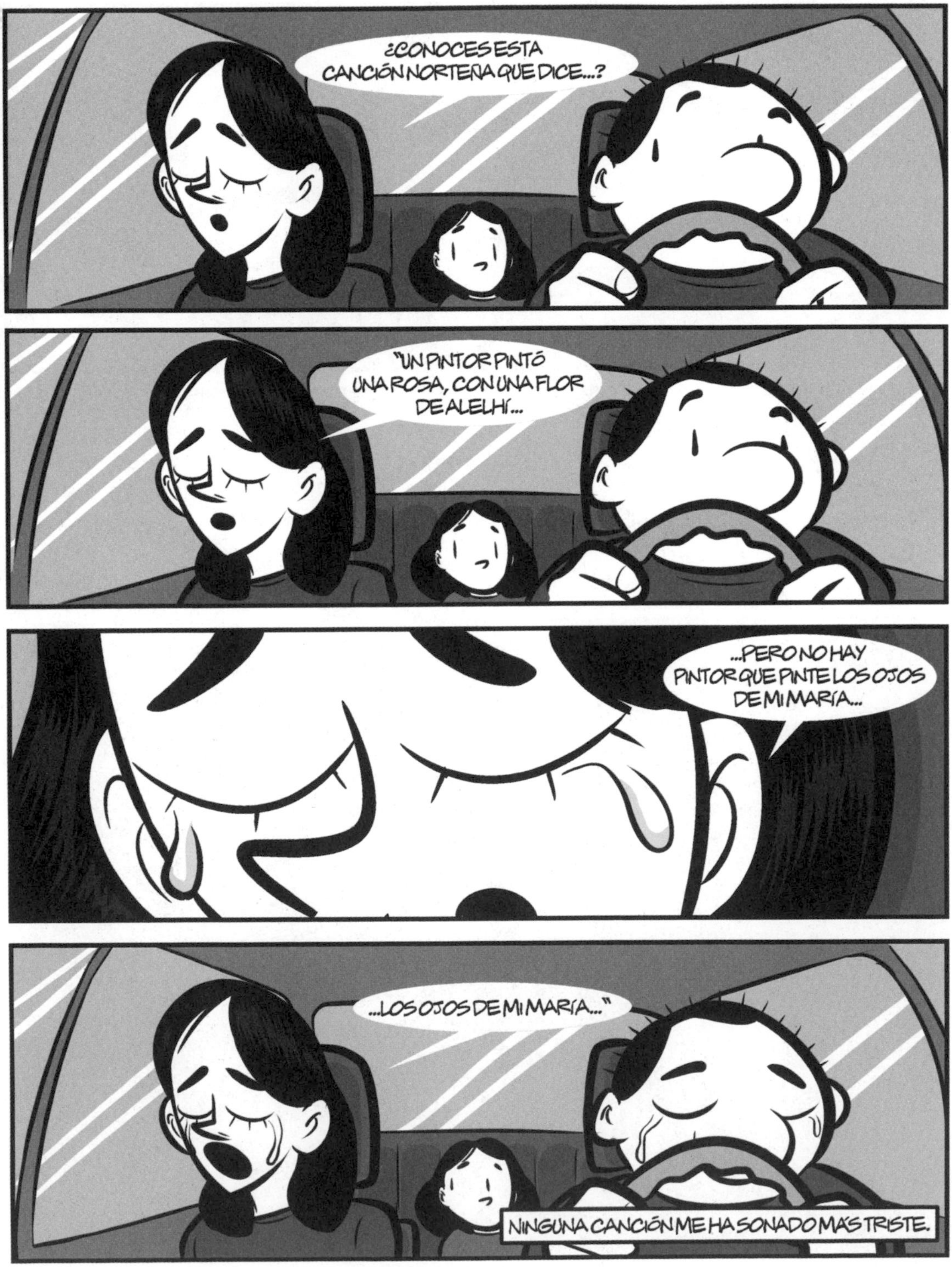
¿CONOCES ESTA CANCIÓN NORTEÑA QUE DICE...?
"UN PINTOR PINTÓ UNA ROSA, CON UNA FLOR DE ALELHÍ...
...PERO NO HAY PINTOR QUE PINTE LOS OJOS DE MI MARÍA...
...LOS OJOS DE MI MARÍA..."
NINGUNA CANCIÓN ME HA SONADO MÁS TRISTE.

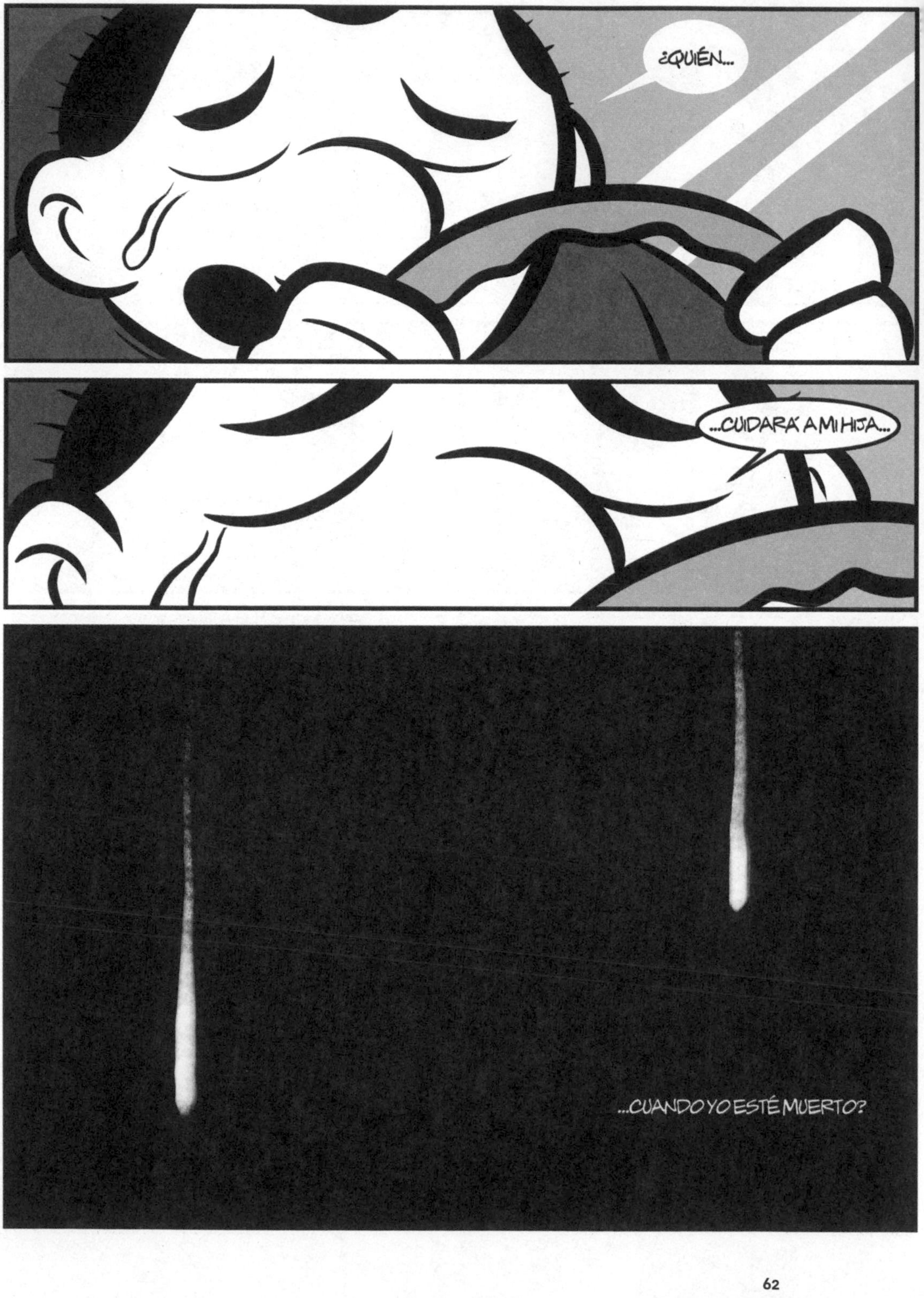
¿QUIÉN...
...CUIDARÁ A MI HIJA...
...CUANDO YO ESTÉ MUERTO?

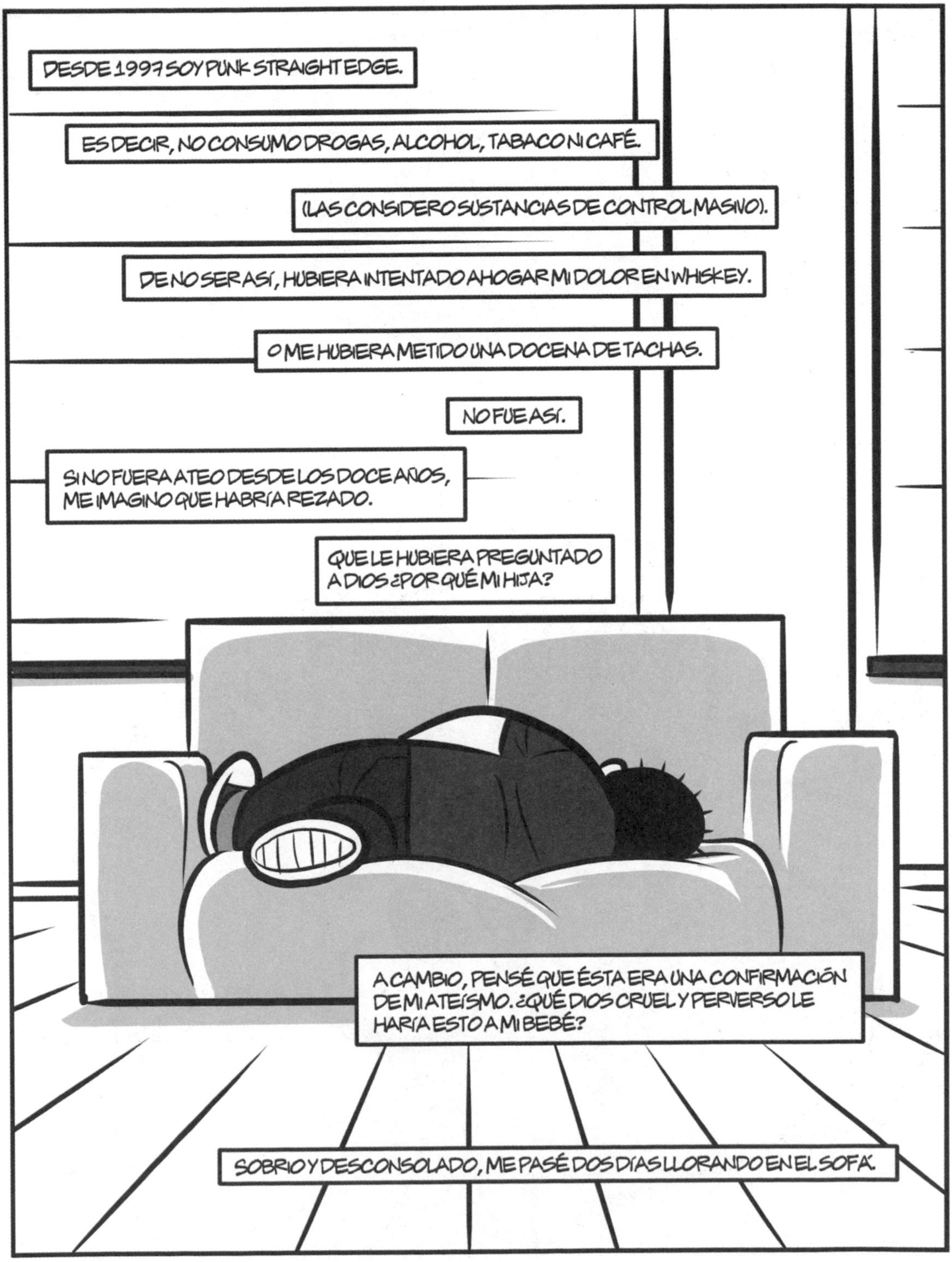
DESDE 1997 SOY PUNK STRAIGHT EDGE.
ES DECIR, NO CONSUMO DROGAS, ALCOHOL, TABACO NI CAFÉ.
(LAS CONSIDERO SUSTANCIAS DE CONTROL MASIVO).
DE NO SER ASÍ, HUBIERA INTENTADO AHOGAR MI DOLOR EN WHISKEY.
O ME HUBIERA METIDO UNA DOCENA DE TACHAS.
NO FUE ASÍ.
SI NO FUERA ATEO DESDE LOS DOCE AÑOS, ME IMAGINO QUE HABRÍA REZADO.
QUE LE HUBIERA PREGUNTADO A DIOS ¿POR QUÉ MI HIJA?
A CAMBIO, PENSÉ QUE ÉSTA ERA UNA CONFIRMACIÓN DE MI ATEÍSMO. ¿QUÉ DIOS CRUEL Y PERVERSO LE HARÍA ESTO A MI BEBÉ?
SOBRIO Y DESCONSOLADO, ME PASÉ DOS DÍAS LLORANDO EN EL SOFÁ.

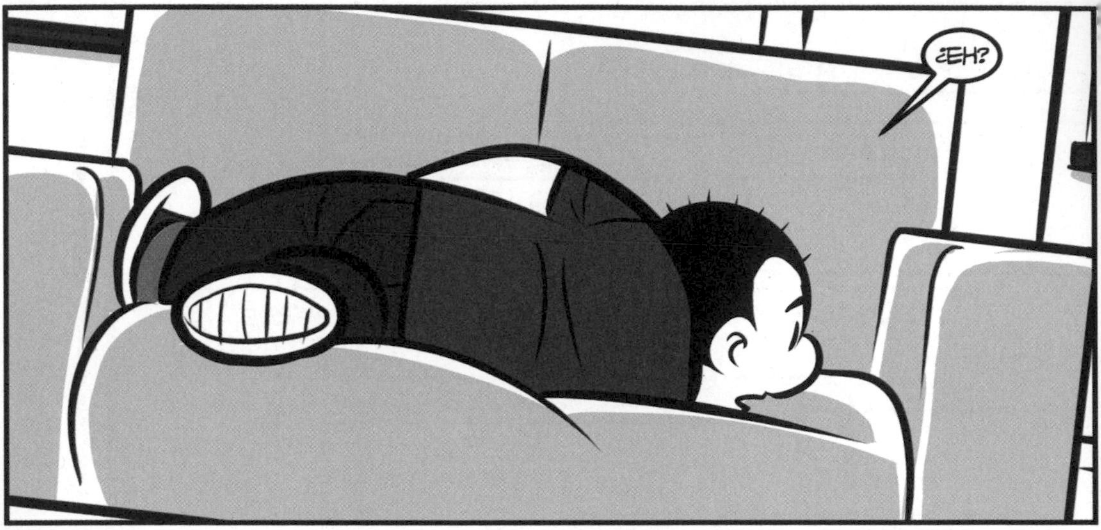
¿EH?

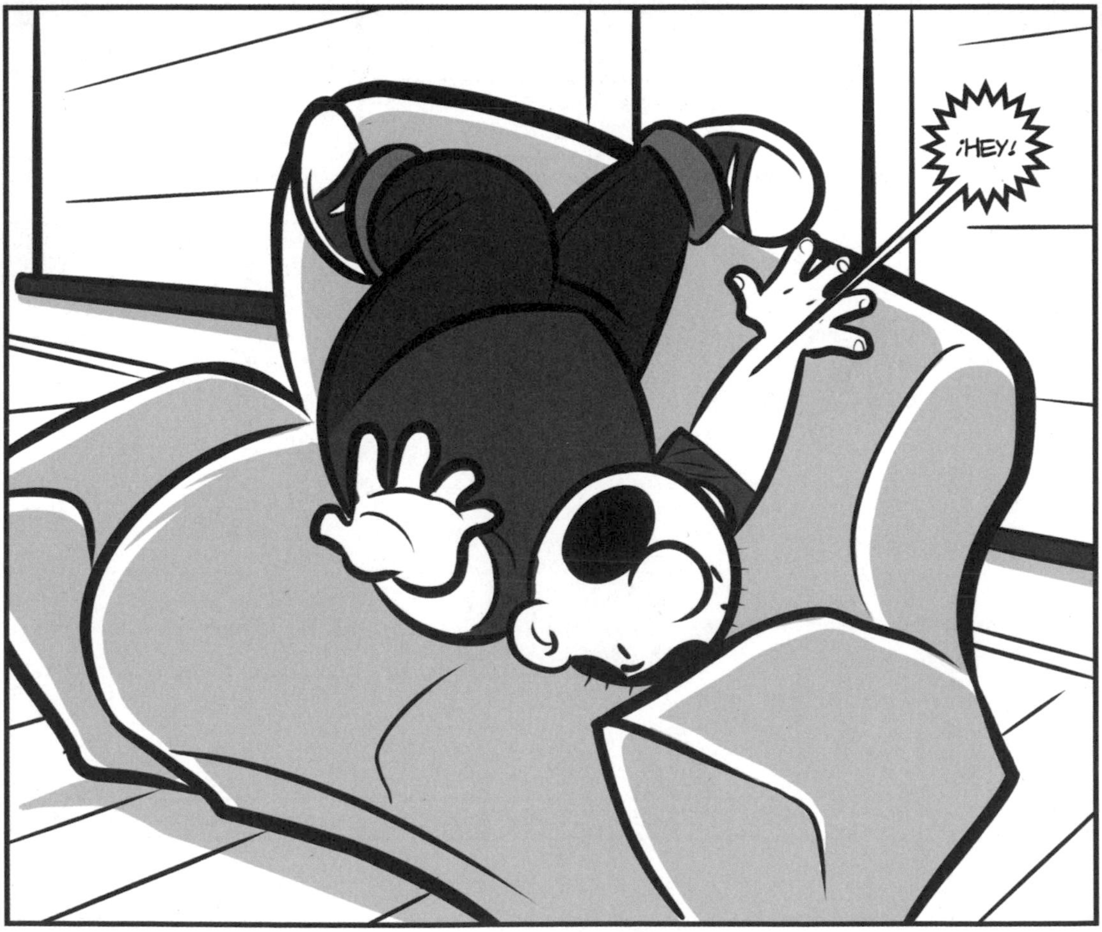
¡HEY!

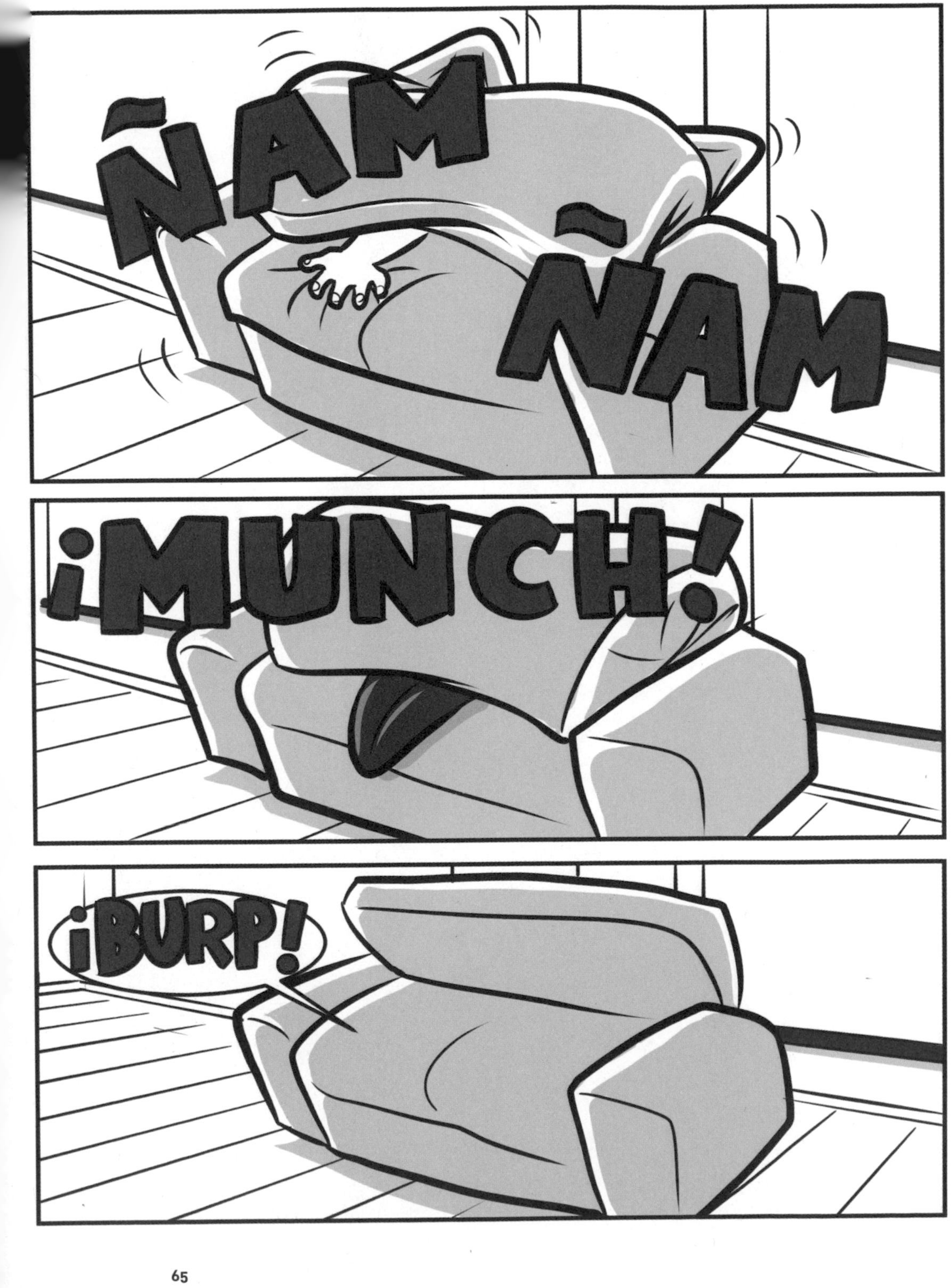
ÑAM
ÑAM
¡MUNCH!
¡BURP!

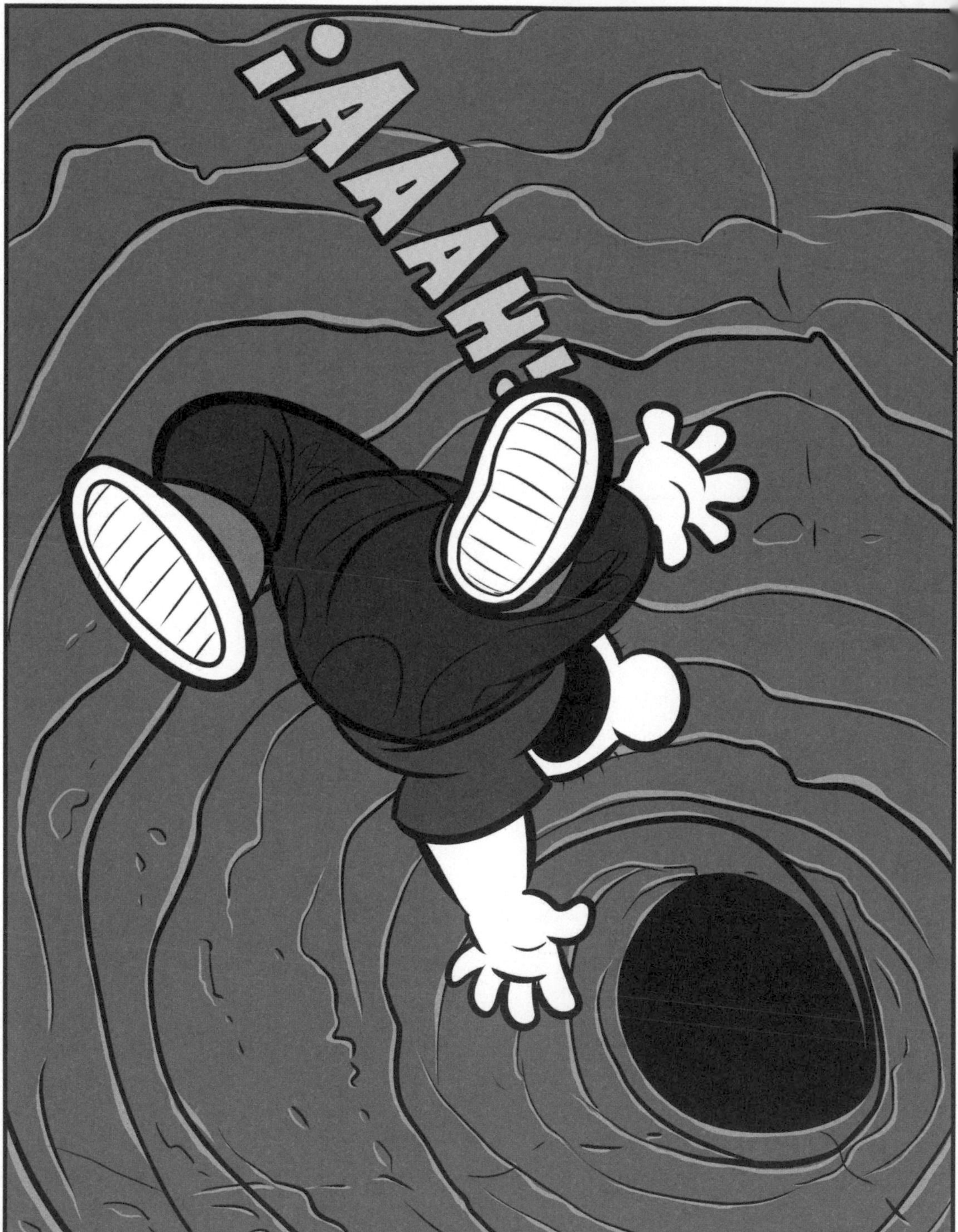
¡AAAAH!

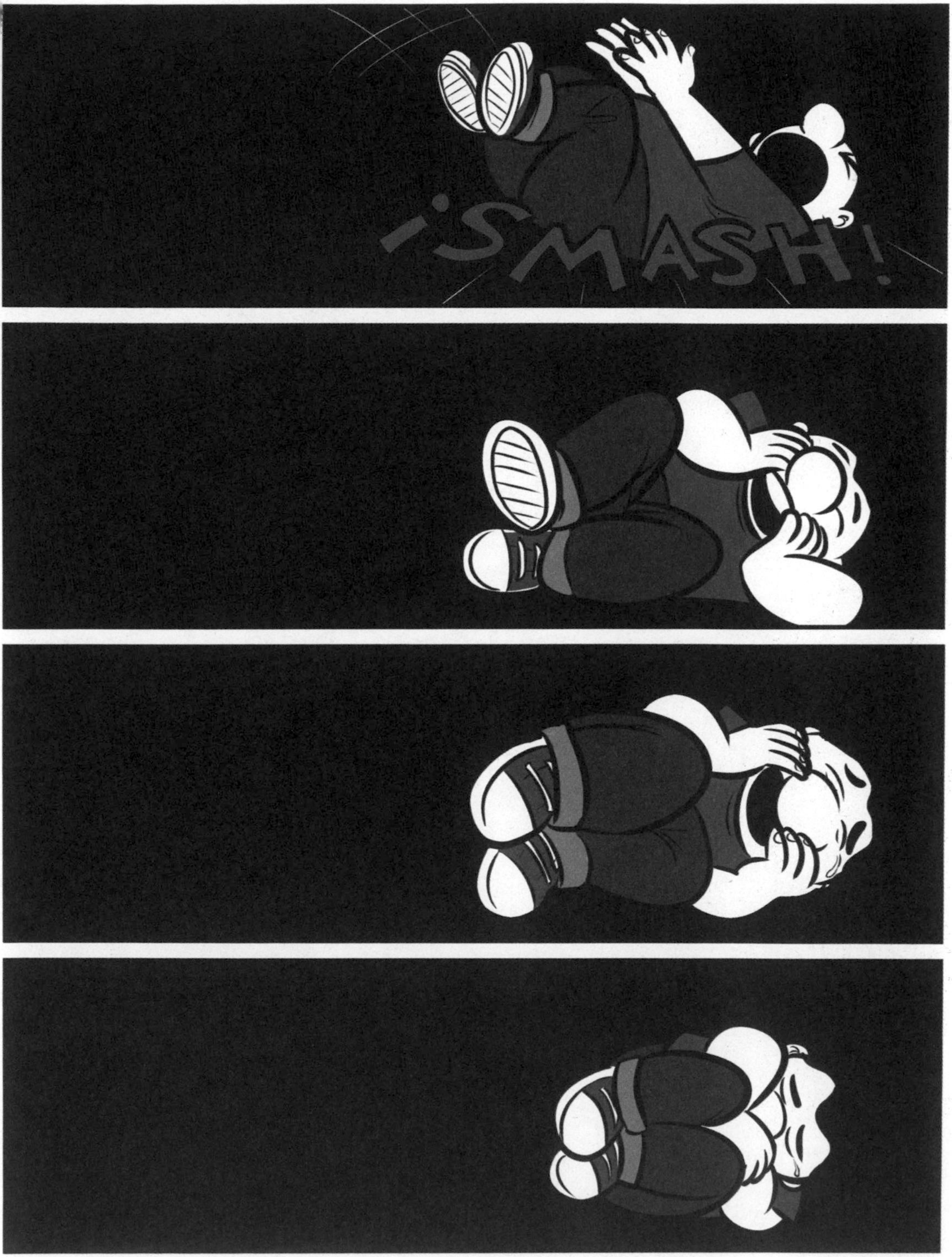
¡SMASH!

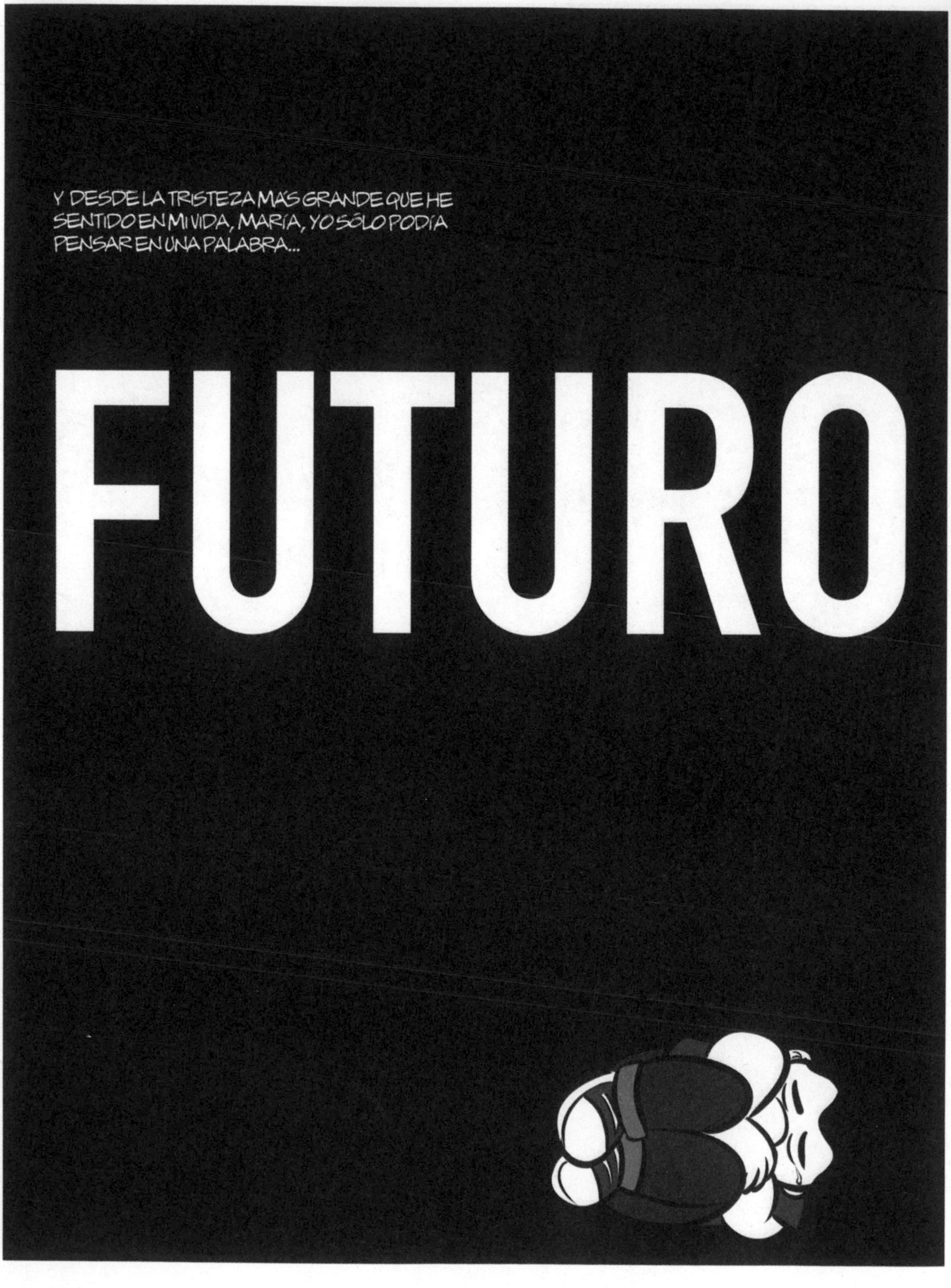
Y DESDE LA TRISTEZA MÁS GRANDE QUE HE SENTIDO EN MI VIDA, MARÍA, YO SÓLO PODÍA PENSAR EN UNA PALABRA...
FUTURO

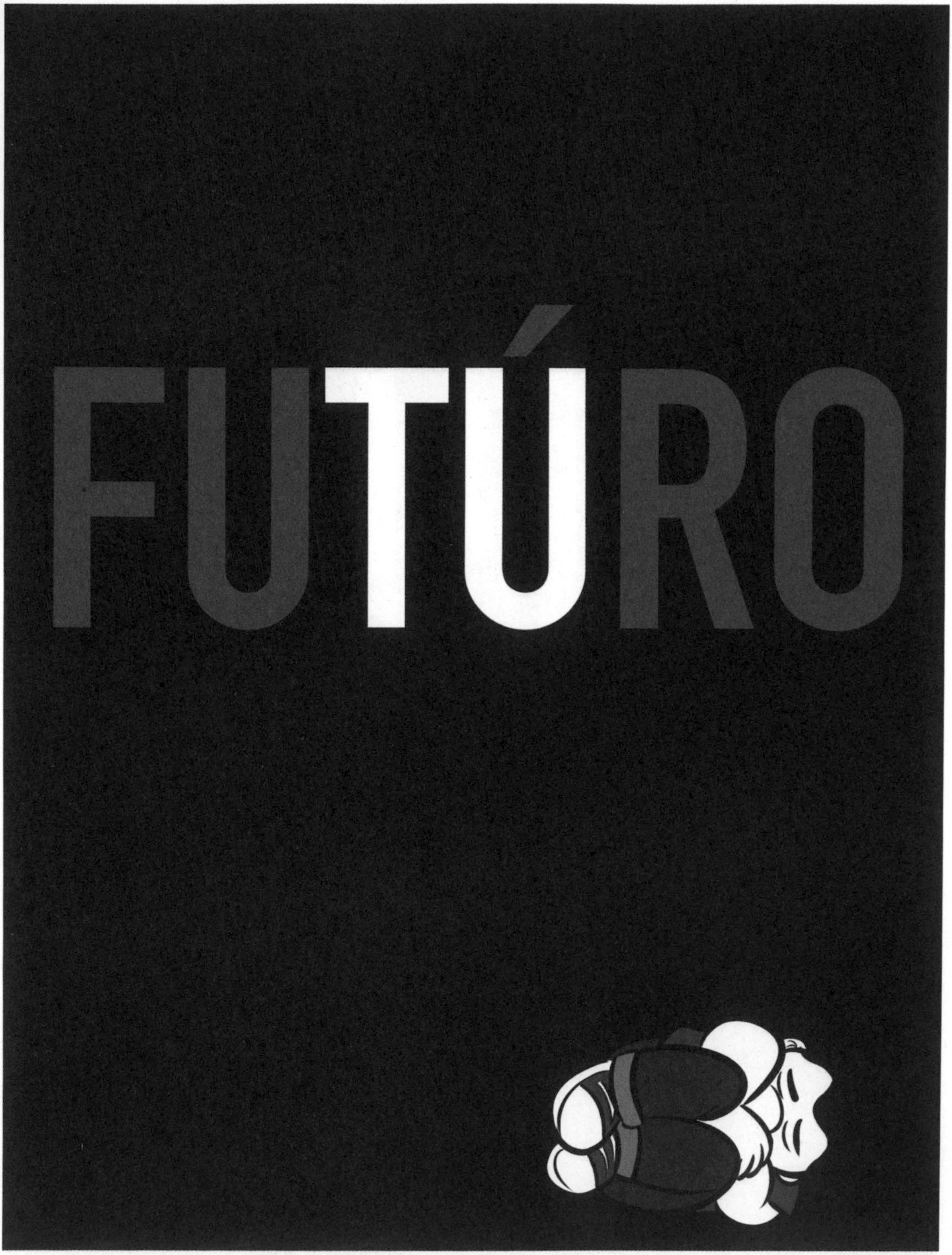
FUTÚRO

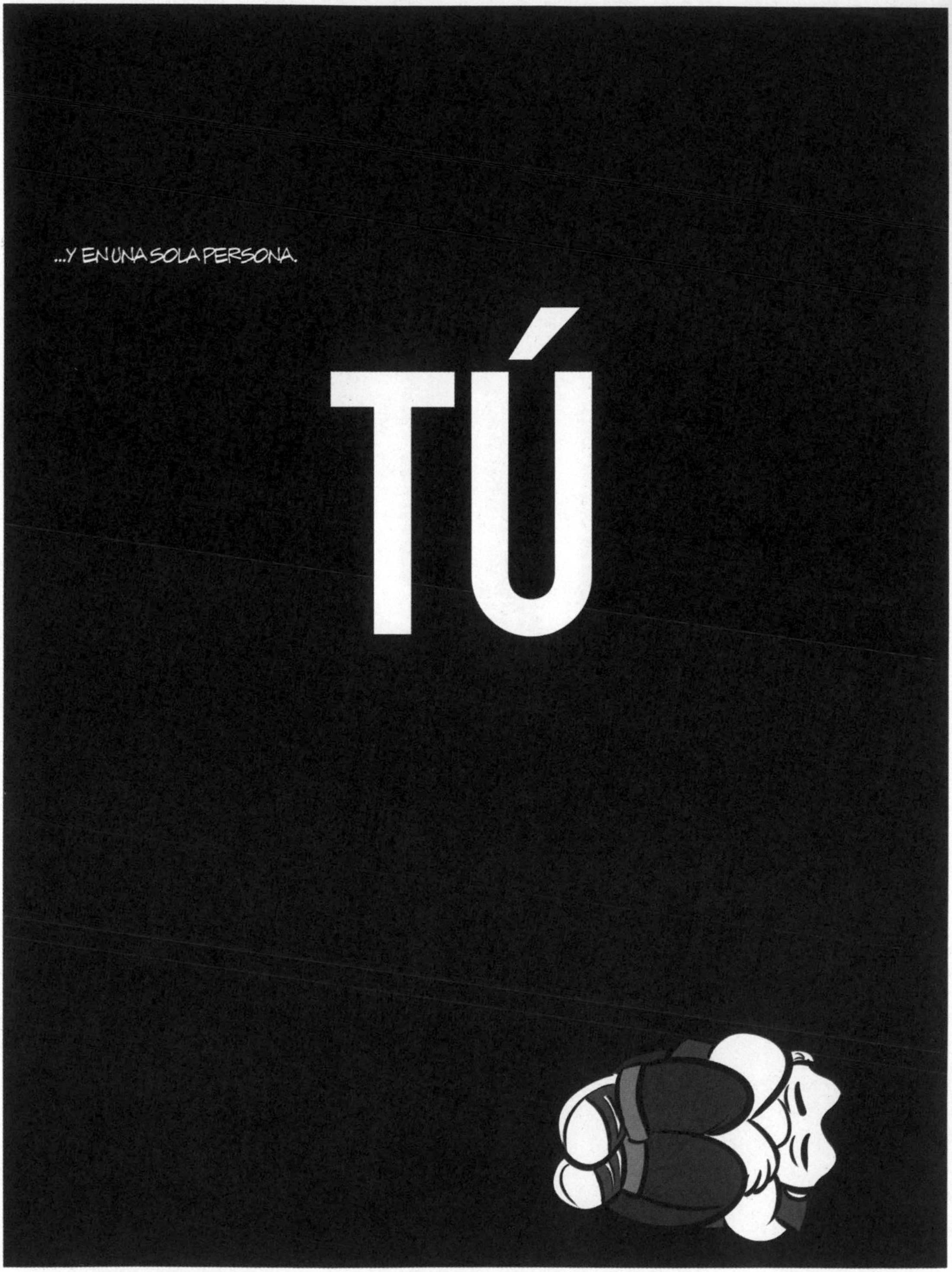
...Y EN UNA SOLA PERSONA.
TÚ

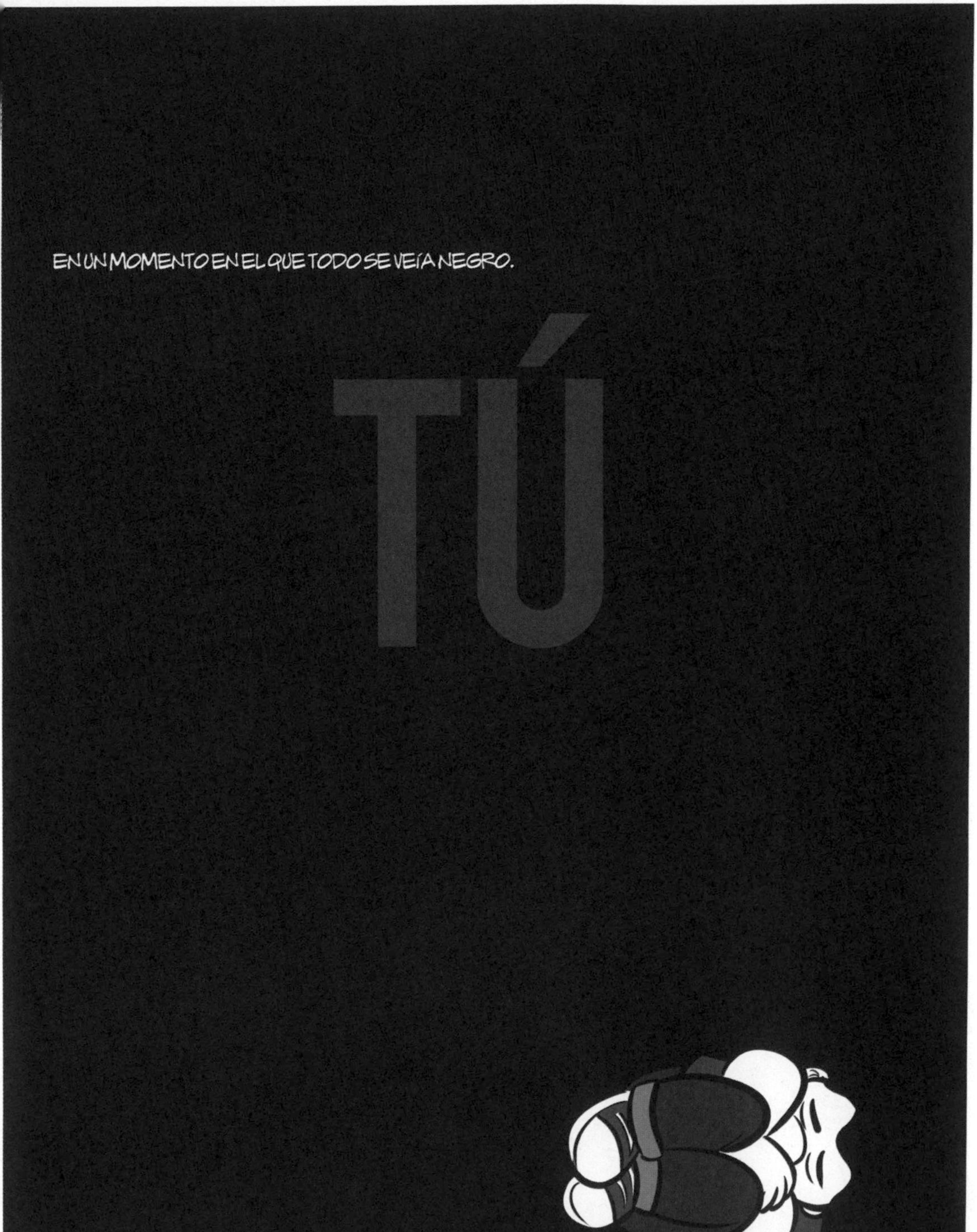
EN UN MOMENTO EN EL QUE TODO SE VEÍA NEGRO.
TÚ

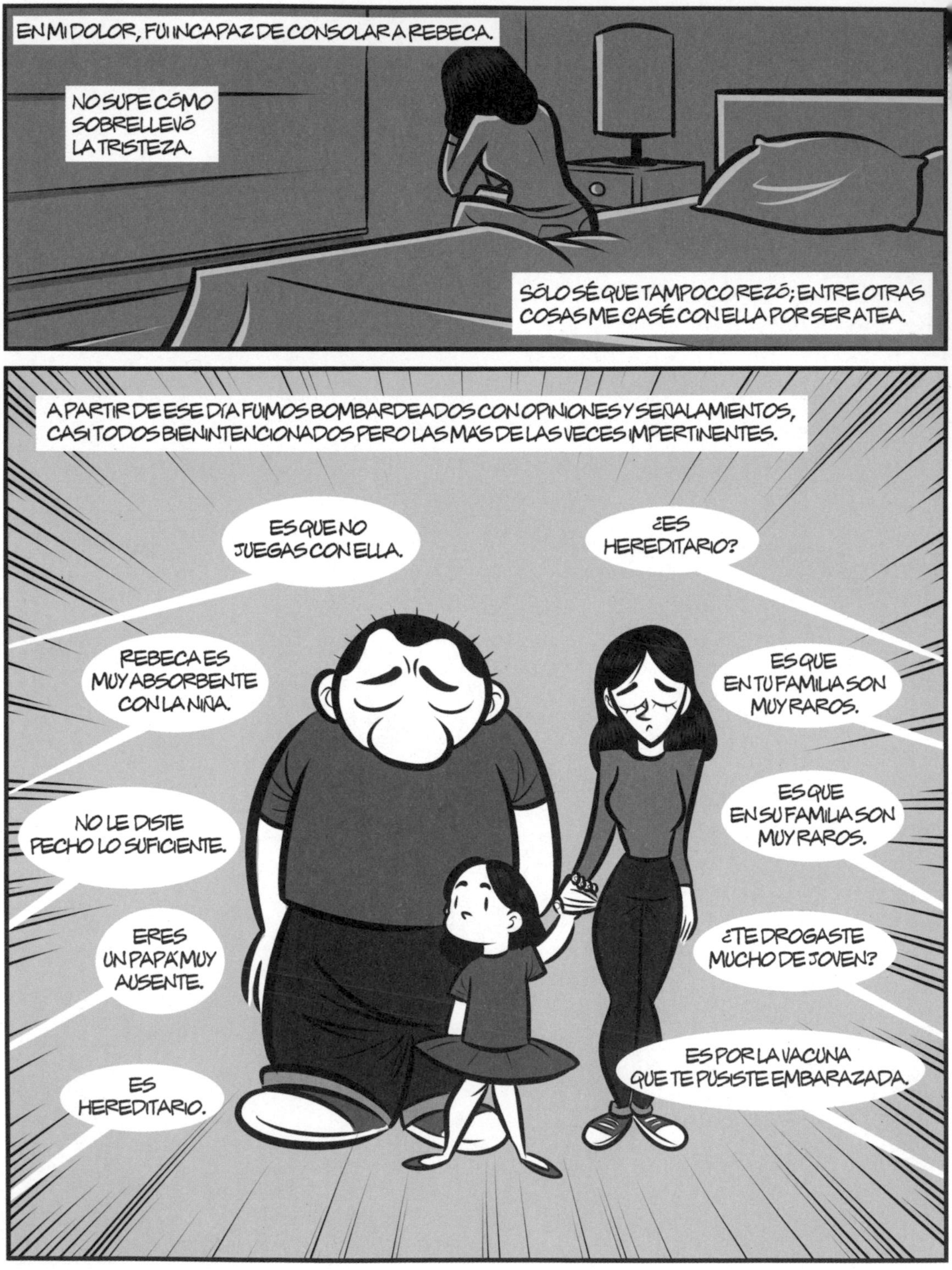
EN MI DOLOR, FUI INCAPAZ DE CONSOLAR A REBECA.
NO SUPE CÓMO SOBRELLEVÓ LA TRISTEZA.
SÓLO SÉ QUE TAMPOCO REZÓ; ENTRE OTRAS COSAS ME CASÉ CON ELLA POR SER ATEA.
A PARTIR DE ESE DÍA FUIMOS BOMBARDEADOS CON OPINIONES Y SEÑALAMIENTOS, CASI TODOS BIENINTENCIONADOS PERO LAS MÁS DE LAS VECES IMPERTINENTES.
ES QUE NO JUEGAS CON ELLA.
¿ES HEREDITARIO?
REBECA ES MUY ABSORBENTE CON LA NIÑA.
ES QUE EN TU FAMILIA SON MUY RAROS.
NO LE DISTE PECHO LO SUFICIENTE.
ES QUE EN SU FAMILIA SON MUY RAROS.
ERES UN PAPÁ MUY AUSENTE.
¿TE DROGASTE MUCHO DE JOVEN?
ES HEREDITARIO.
ES POR LA VACUNA QUE TE PUSISTE EMBARAZADA.

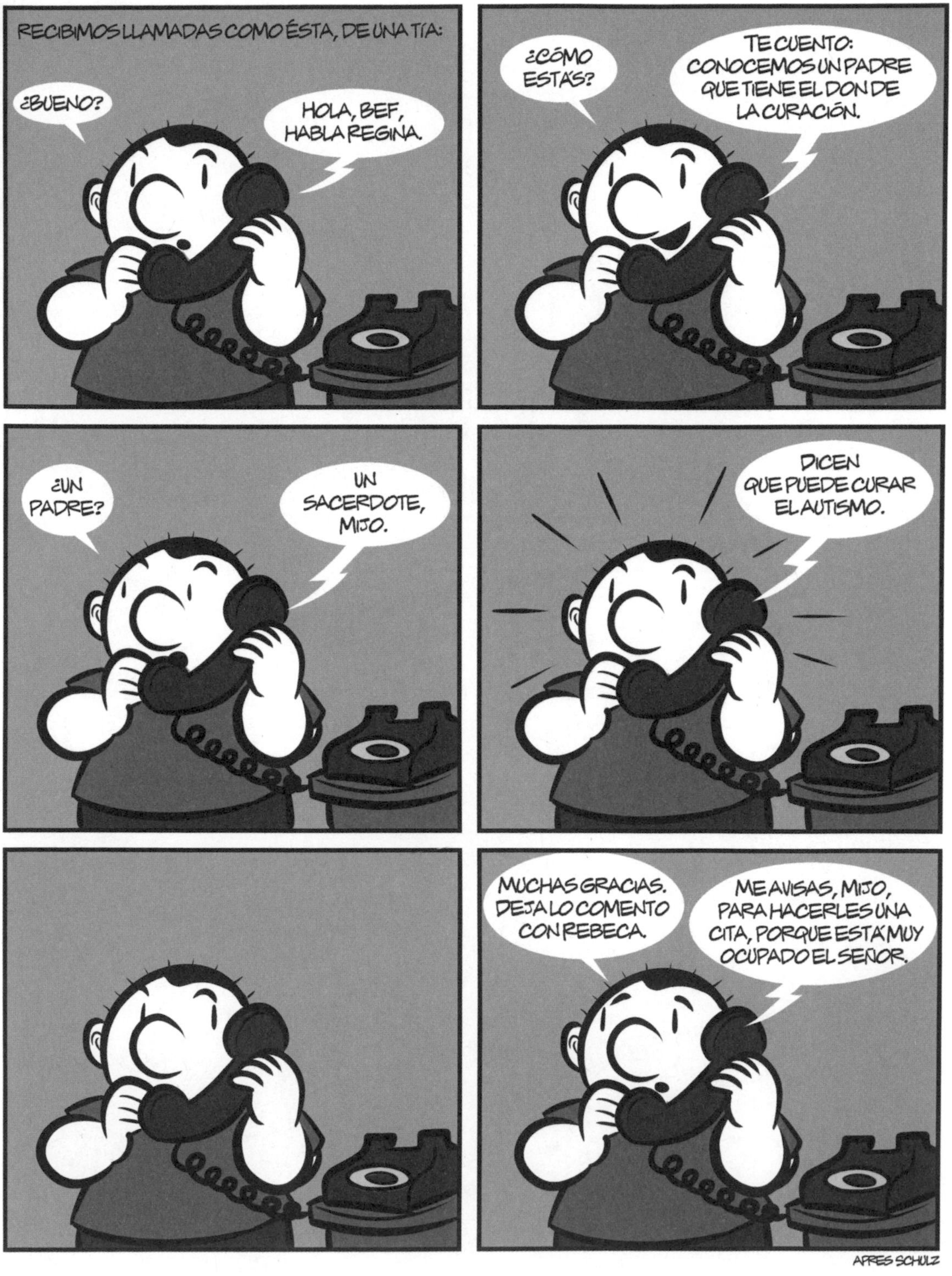
RECIBIMOS LLAMADAS COMO ÉSTA, DE UNA TÍA:
¿BUENO?
HOLA, BEF, HABLA REGINA.
¿CÓMO ESTÁS?
TE CUENTO: CONOCEMOS UN PADRE QUE TIENE EL DON DE LA CURACIÓN.
¿UN PADRE?
UN SACERDOTE, MIJO.
DICEN QUE PUEDE CURAR EL AUTISMO.
MUCHAS GRACIAS. DEJA LO COMENTO CON REBECA.
ME AVISAS, MIJO, PARA HACERLES UNA CITA, PORQUE ESTÁ MUY OCUPADO EL SEÑOR.
APRES SCHULZ

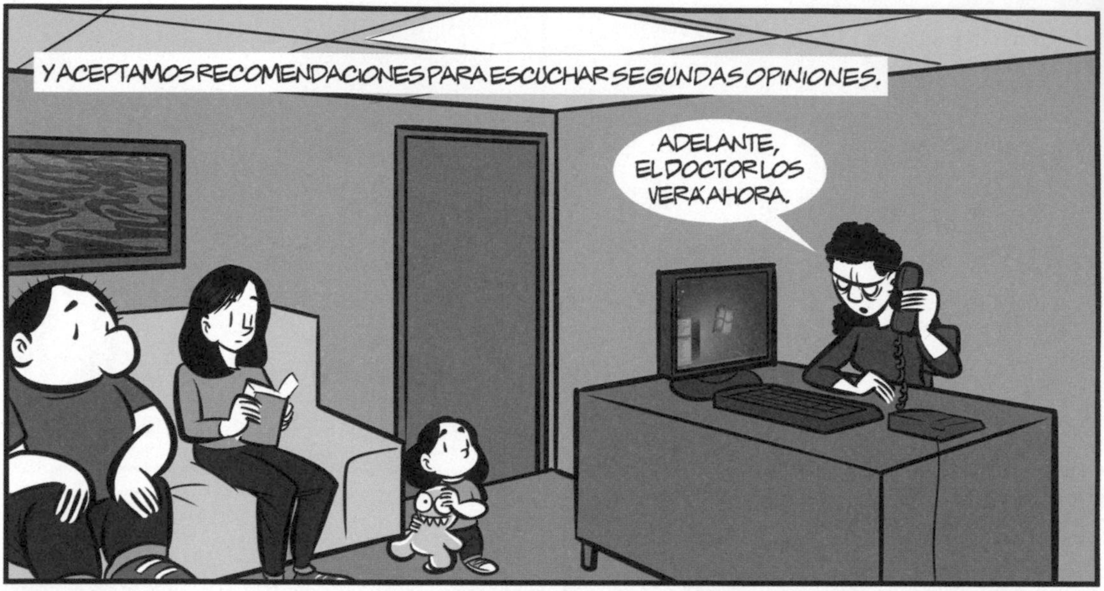
Y ACEPTAMOS RECOMENDACIONES PARA ESCUCHAR SEGUNDAS OPINIONES.
ADELANTE, EL DOCTOR LOS VERÁ AHORA.
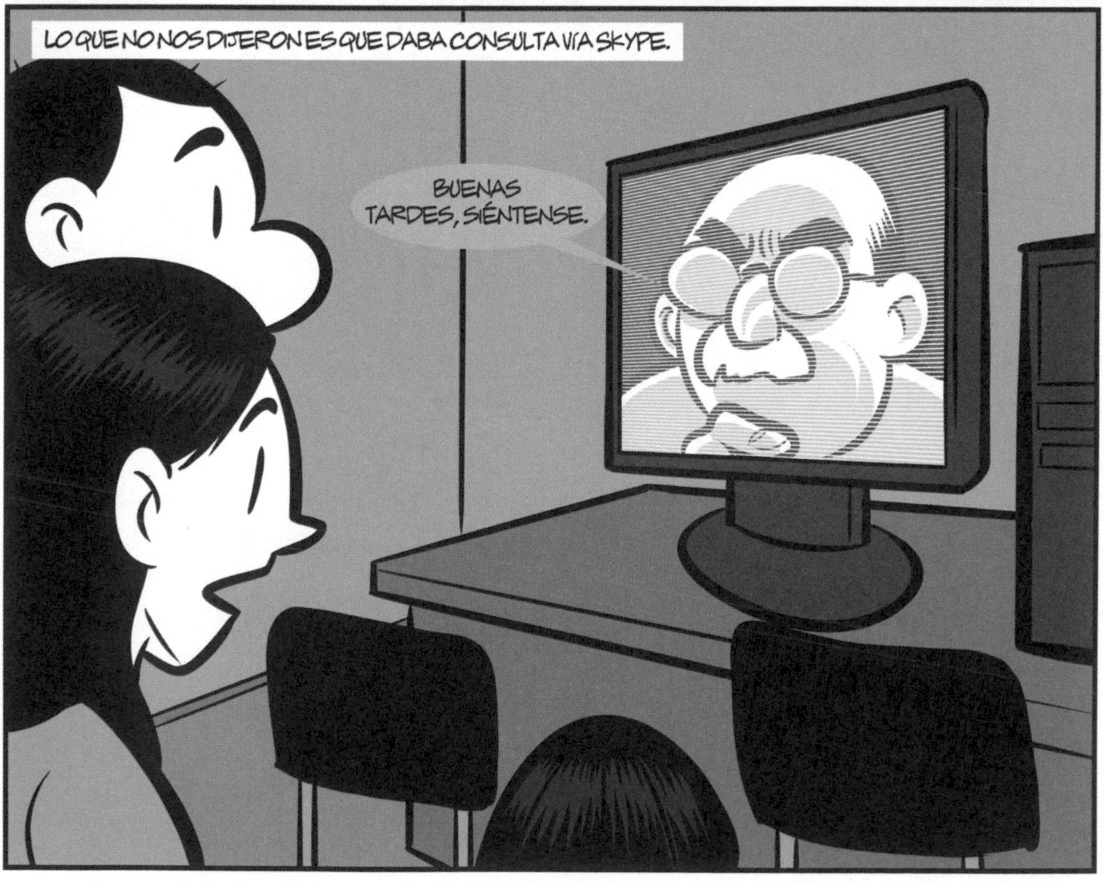
LO QUE NO NOS DIJERON ES QUE DABA CONSULTA VÍA SKYPE.
BUENAS TARDES, SIÉNTENSE.

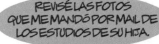

REVISÉ LAS FOTOS QUE ME MANDÓ POR MAIL DE LOS ESTUDIOS DE SU HIJA.

AQUÍ PUEDE VERSE CLARAMENTE UN PICO ELÉCTRICO EN SU ACTIVIDAD CEREBRAL.

YO NO VEO NADA, DOCTOR.

NO ME INTERRUMPA.

ESTO SE DEBE A UN DESEQUILIBRIO PROTEÍNICO.

SIGUIENDO MI TRATAMIENTO CON ENZIMAS DE ESTÓMAGO DE VACA PODEMOS LOGRAR GRANDES AVANCES.

YO HE LOGRADO ELIMINAR COMPLETAMENTE LOS SÍNTOMAS DEL AUTISMO.

SI DECIDEN TOMARLO, AGENDEN SU SIGUIENTE CITA CON MI ASISTENTE.

AHORA LOS DEJO.

OIGA, ¡ESPERE!

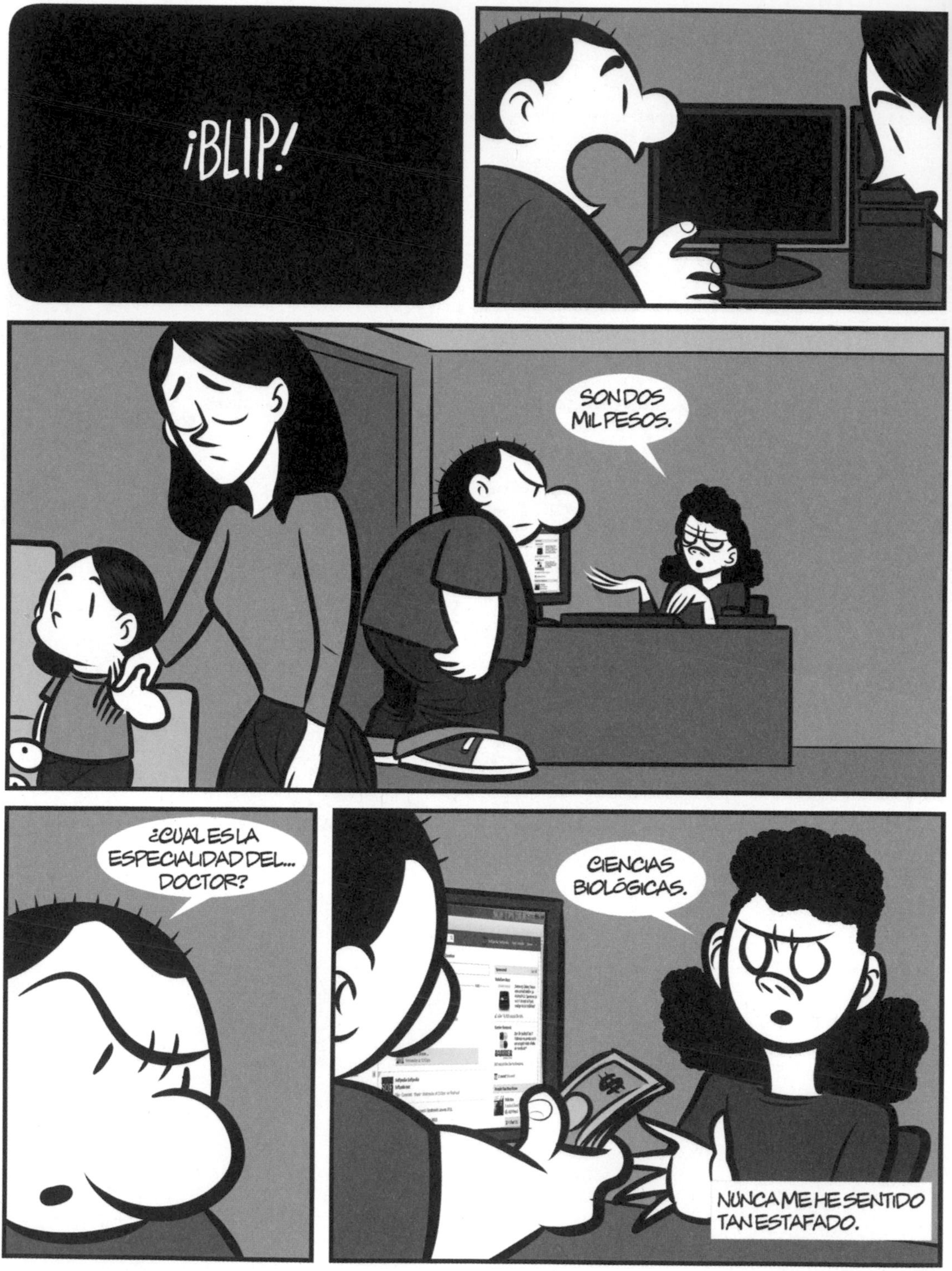
¡BLIP!
SON DOS MIL PESOS.
¿CUÁL ES LA ESPECIALIDAD DEL... DOCTOR?
CIENCIAS BIOLÓGICAS.
NUNCA ME HE SENTIDO TAN ESTAFADO.

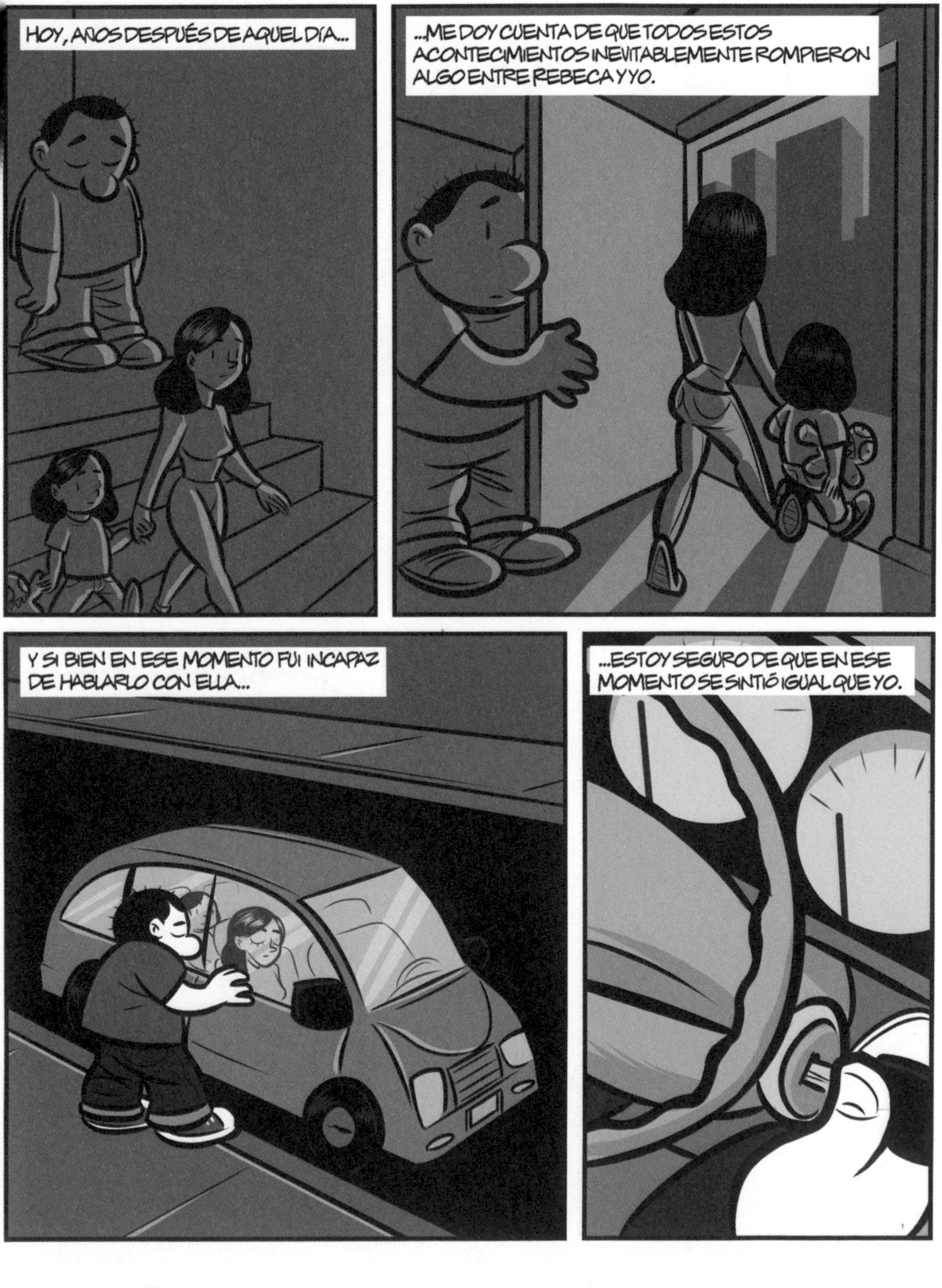
HOY, AÑOS DESPUÉS DE AQUEL DÍA...
...ME DOY CUENTA DE QUE TODOS ESTOS ACONTECIMIENTOS INEVITABLEMENTE ROMPIERON ALGO ENTRE REBECA Y YO.
Y SI BIEN EN ESE MOMENTO FUI INCAPAZ DE HABLARLO CON ELLA...
...ESTOY SEGURO DE QUE EN ESE MOMENTO SE SINTIÓ IGUAL QUE YO.

Y QUE TODOS LOS PAPÁS DE NIÑOS CON AUTISMO CUANDO LES CONFIRMAN EL DIAGNÓSTICO:

PROFUNDAMENTE SOLA.

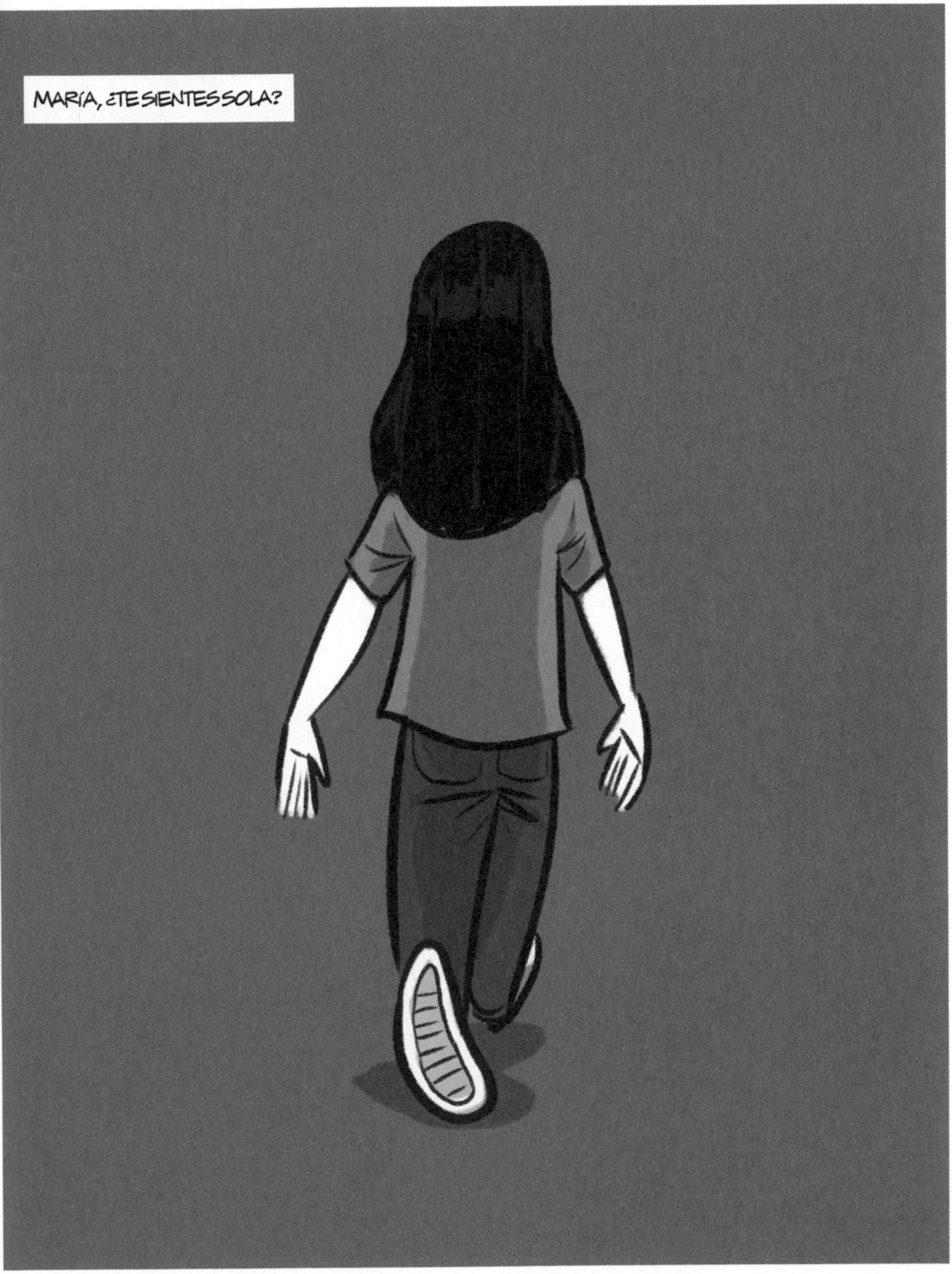
MARÍA, ¿TE SIENTES SOLA?

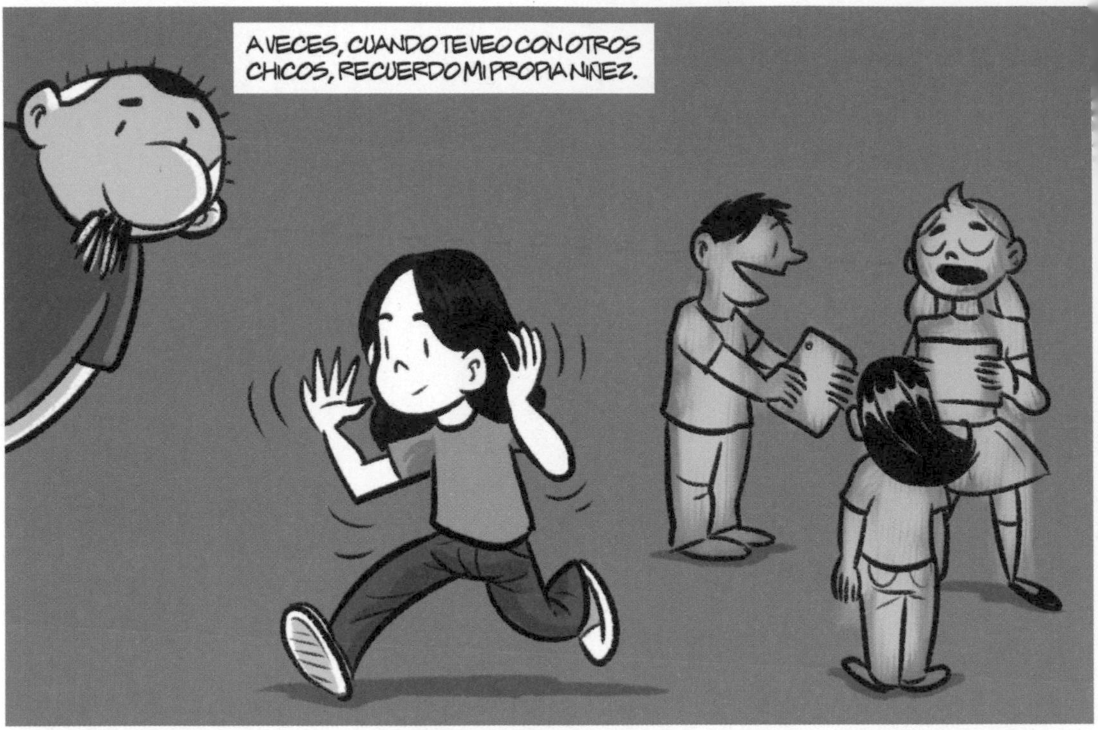
A VECES, CUANDO TE VEO CON OTROS CHICOS, RECUERDO MI PROPIA NIÑEZ.

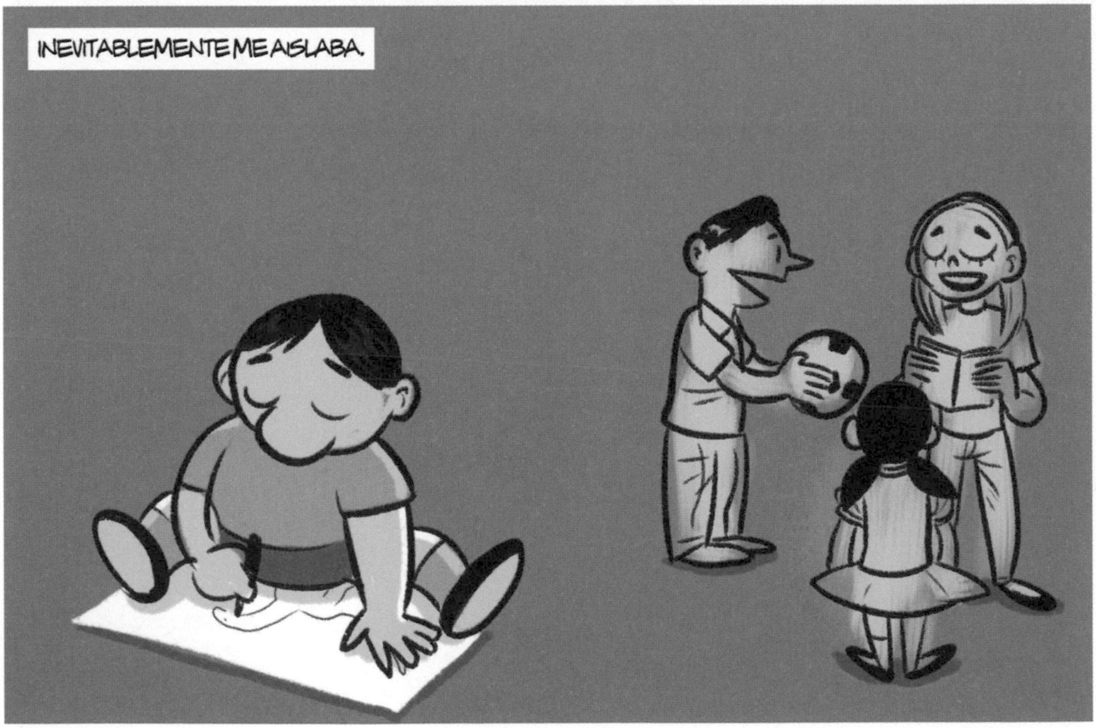
INEVITABLEMENTE ME AISLABA.

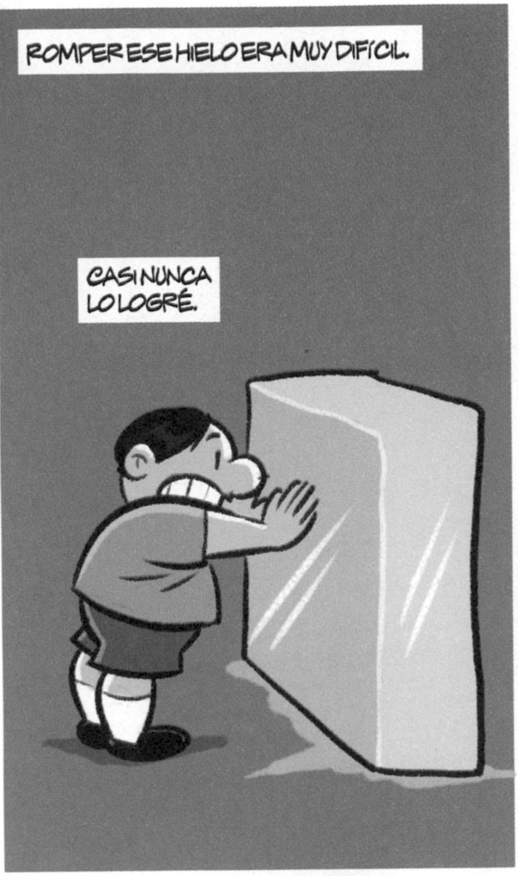
ROMPER ESE HIELO ERA MUY DIFÍCIL.
CASI NUNCA LO LOGRÉ.

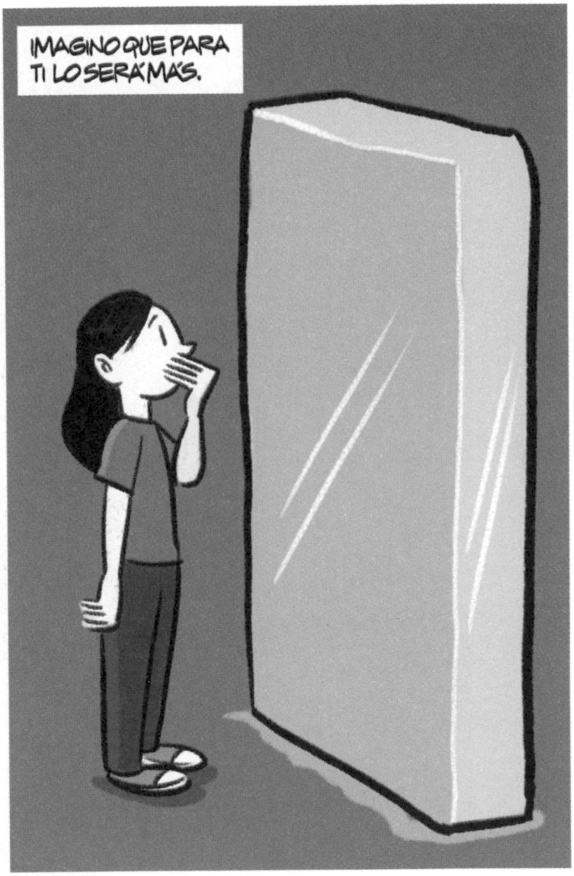
IMAGINO QUE PARA TI LO SERÁ MÁS.

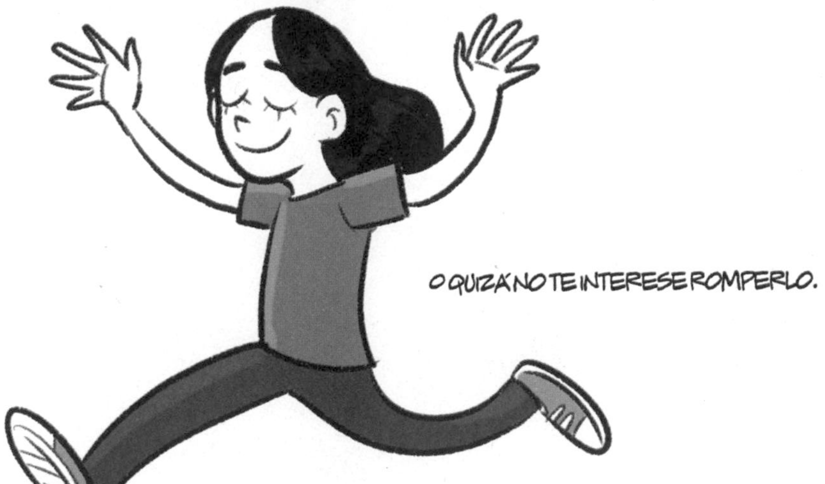
O QUIZÁ NO TE INTERESE ROMPERLO.

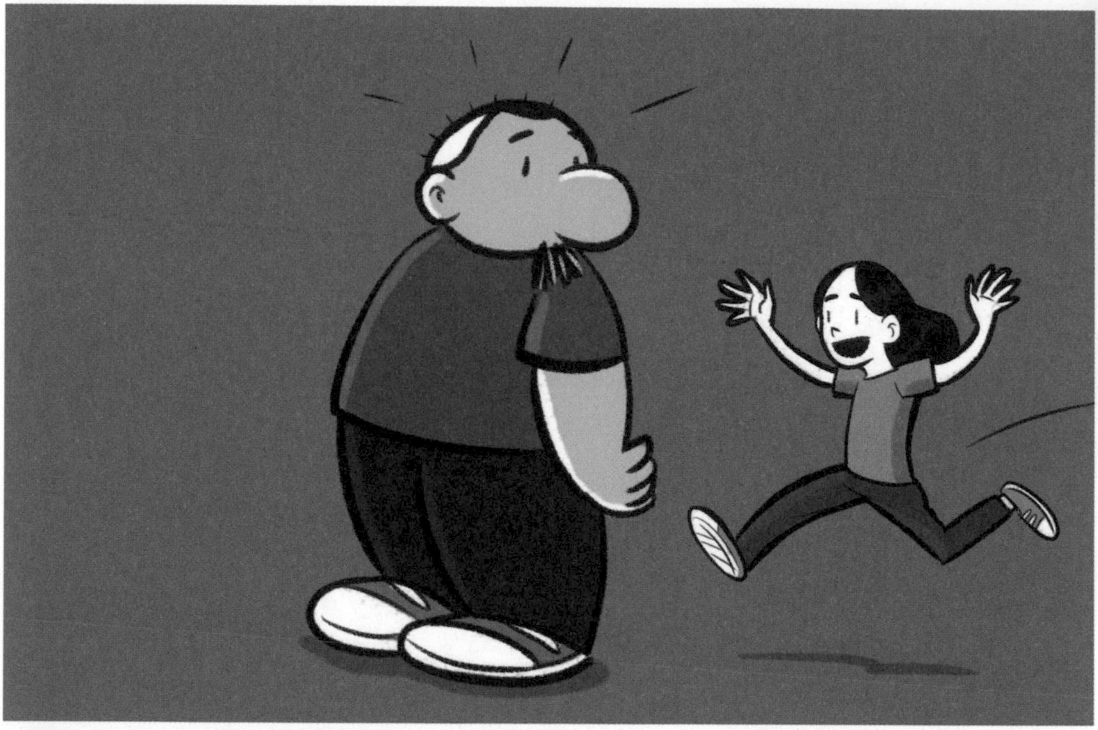

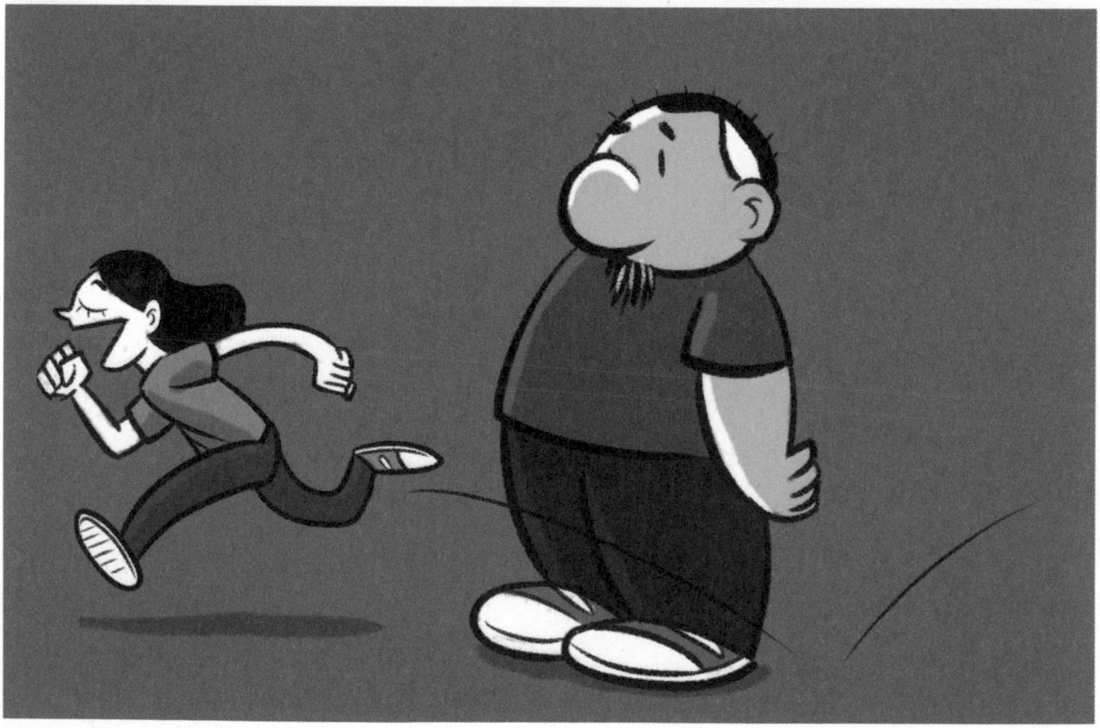

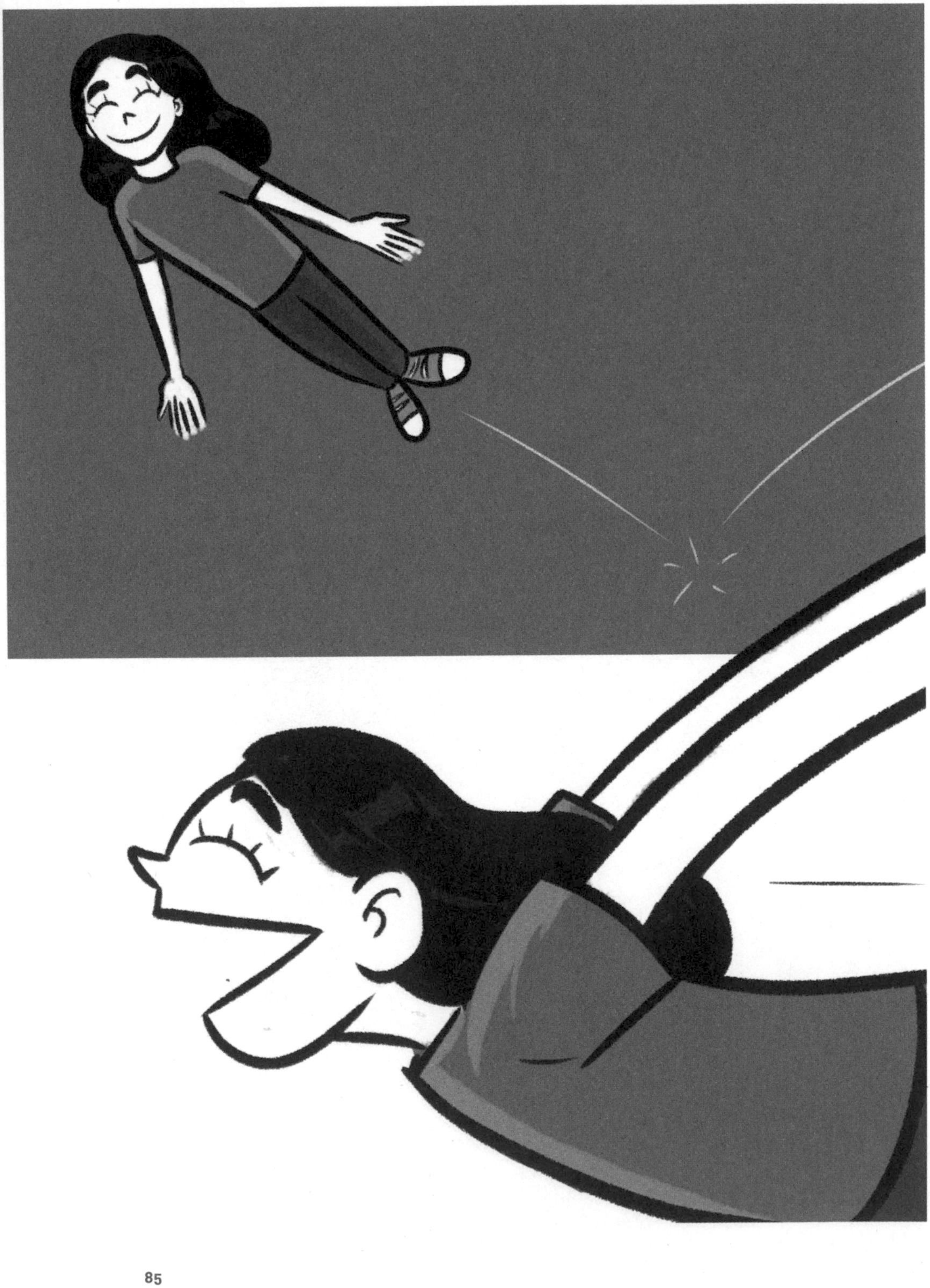

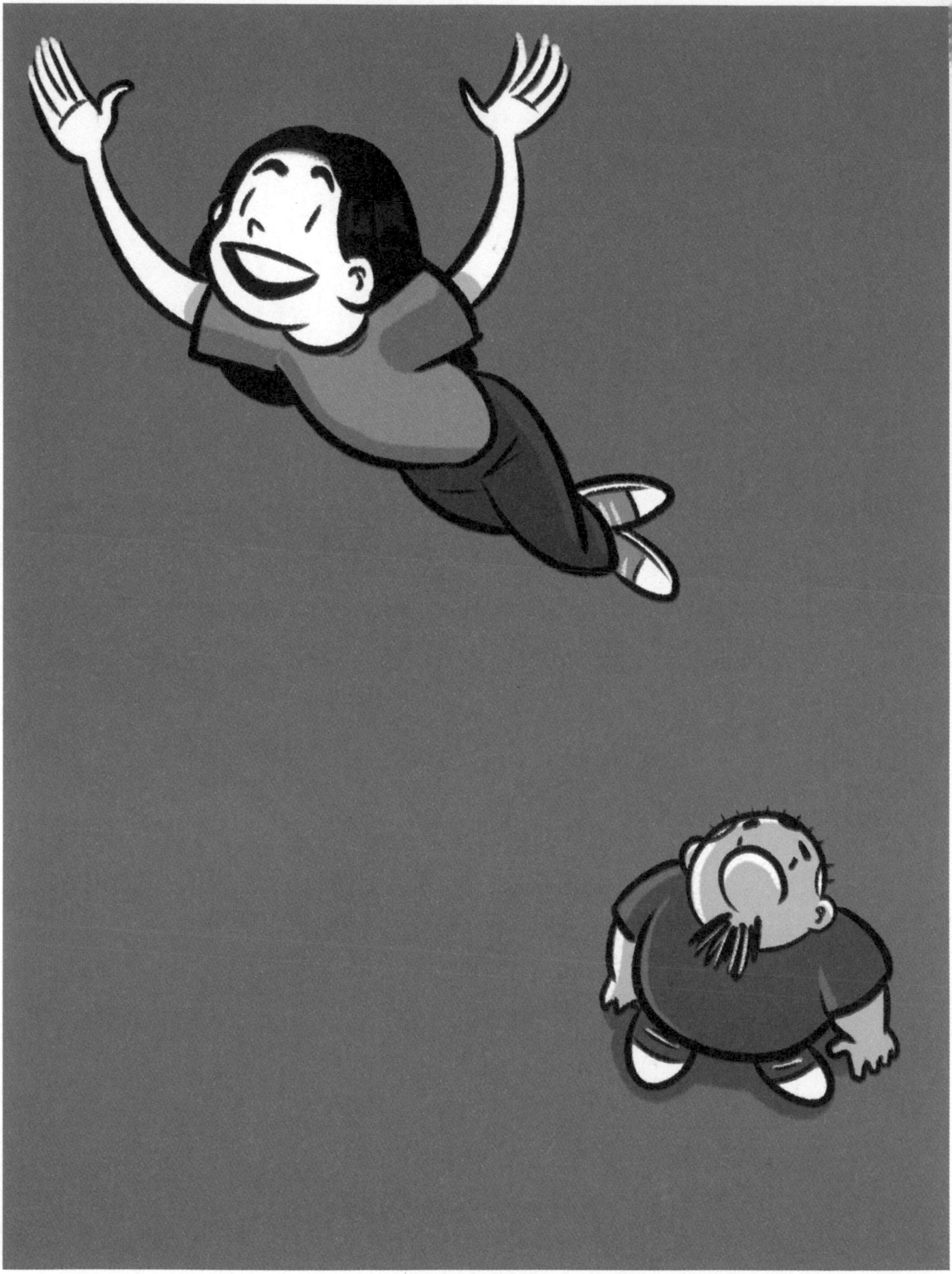

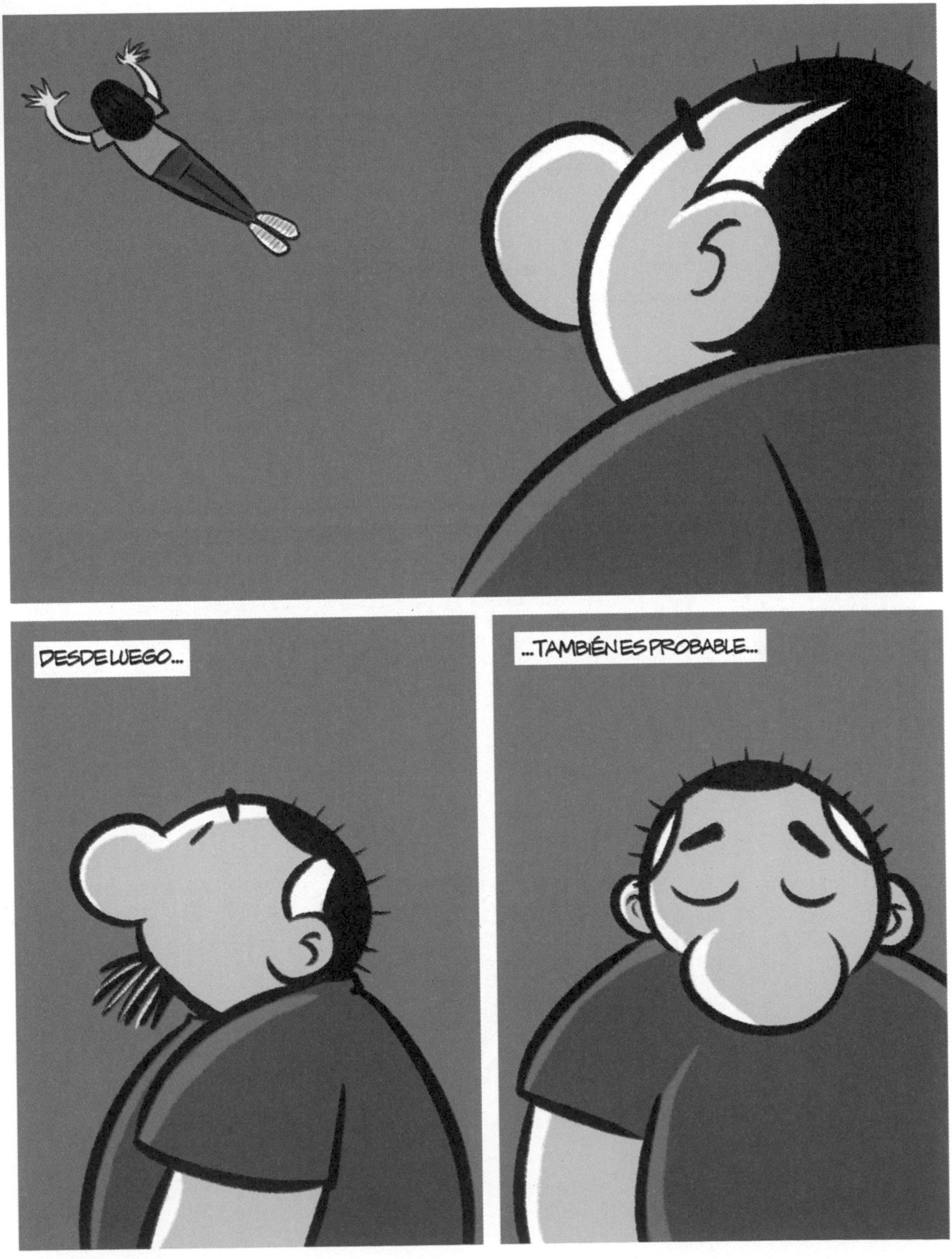
DESDE LUEGO...
...TAMBIÉN ES PROBABLE...

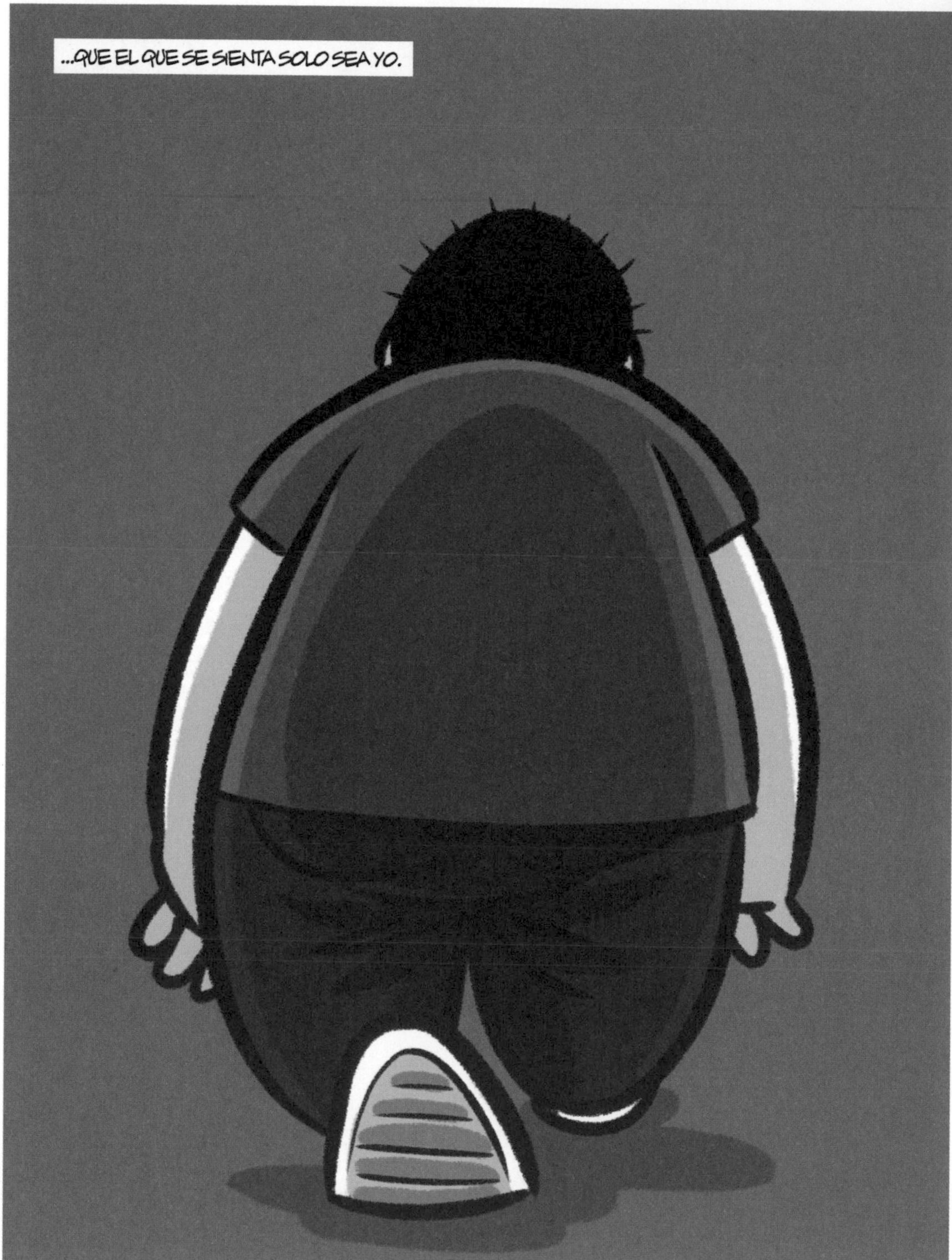
...QUE EL QUE SE SIENTA SOLO SEA YO.

TRES

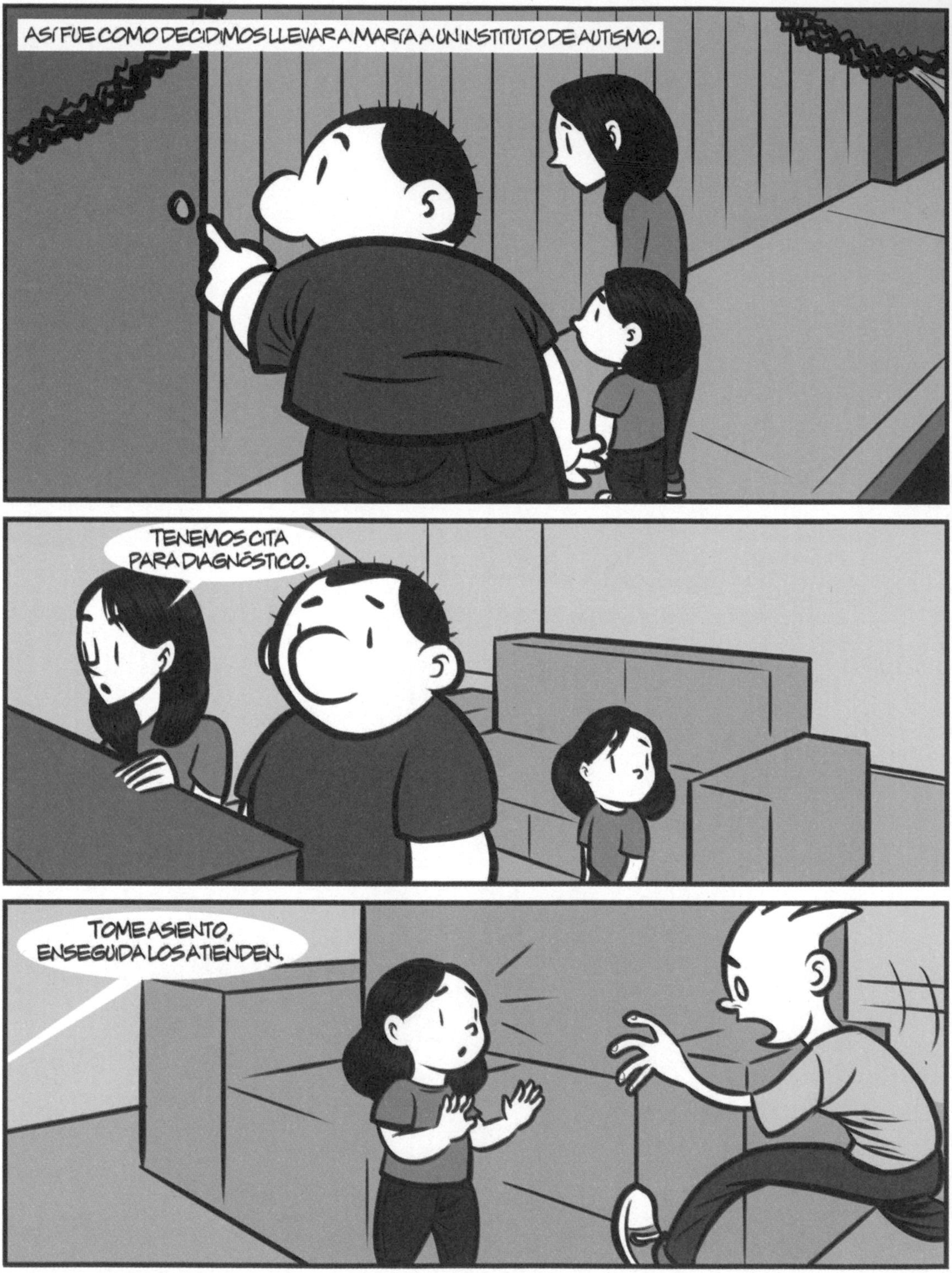
ASÍ FUE COMO DECIDIMOS LLEVAR A MARÍA A UN INSTITUTO DE AUTISMO.
TENEMOS CITA PARA DIAGNÓSTICO.
TOME ASIENTO, ENSEGUIDA LOS ATIENDEN.

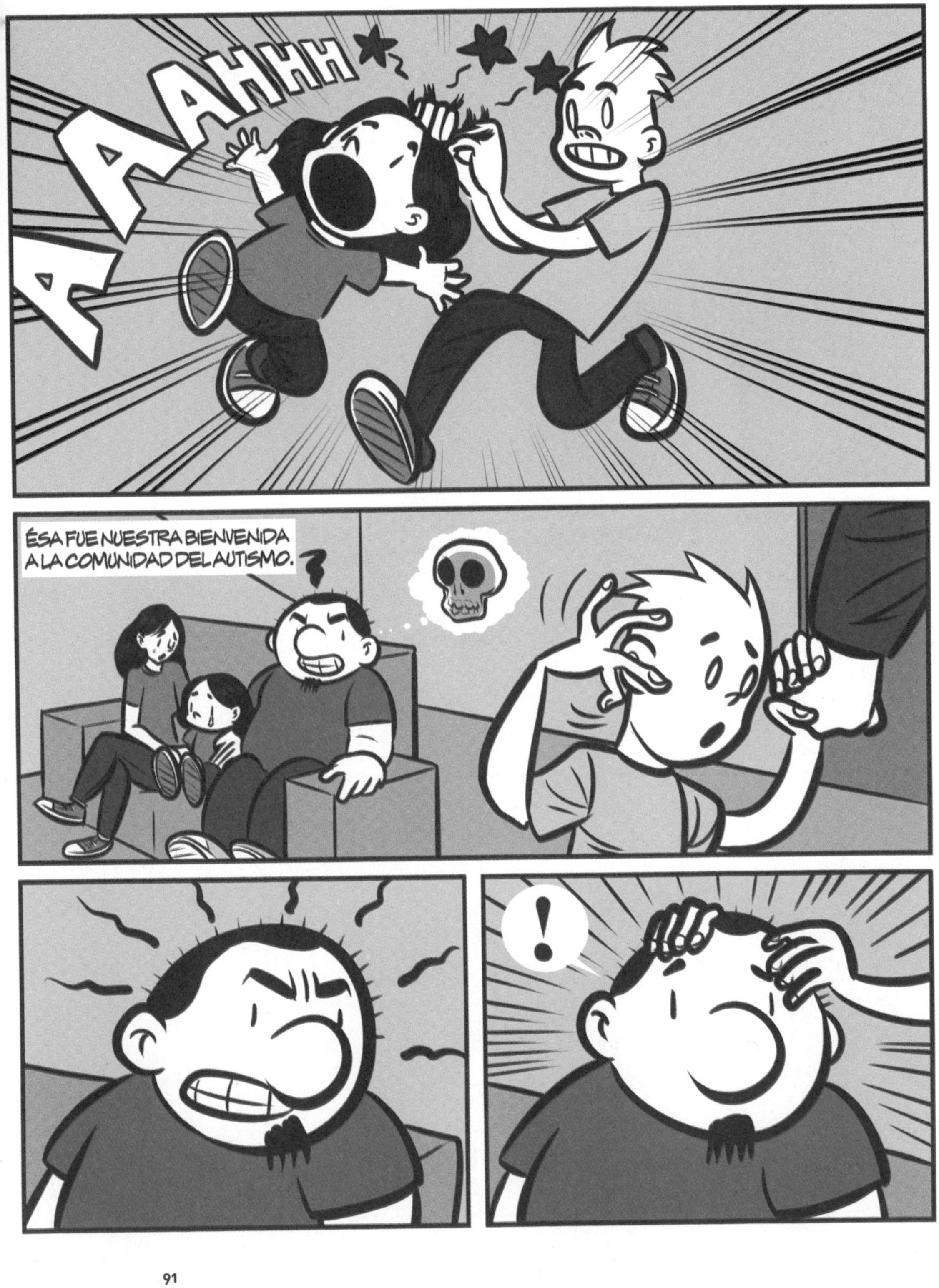
AAAHHH
ÉSA FUE NUESTRA BIENVENIDA A LA COMUNIDAD DEL AUTISMO.
!

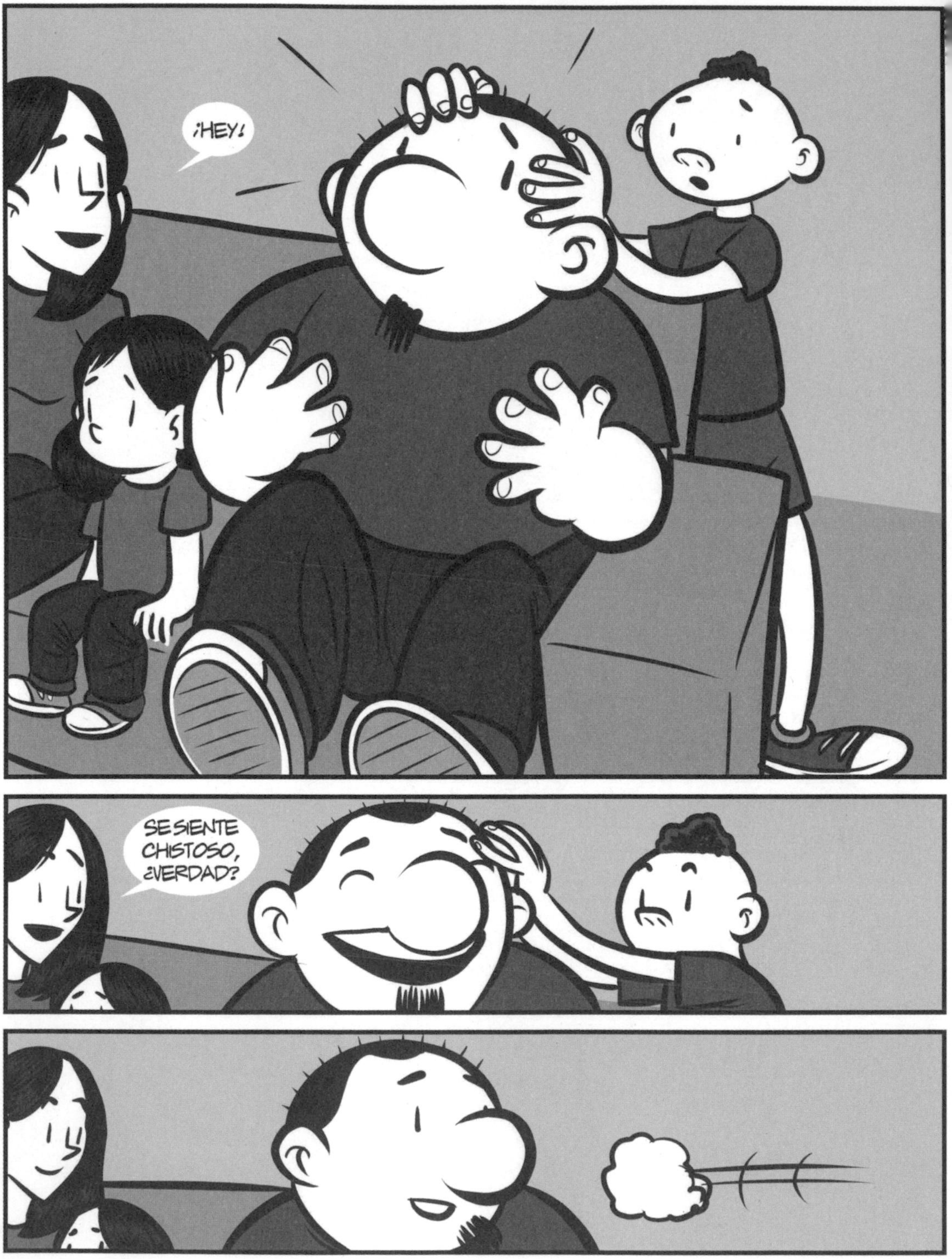
¡HEY!
SE SIENTE CHISTOSO, ¿VERDAD?

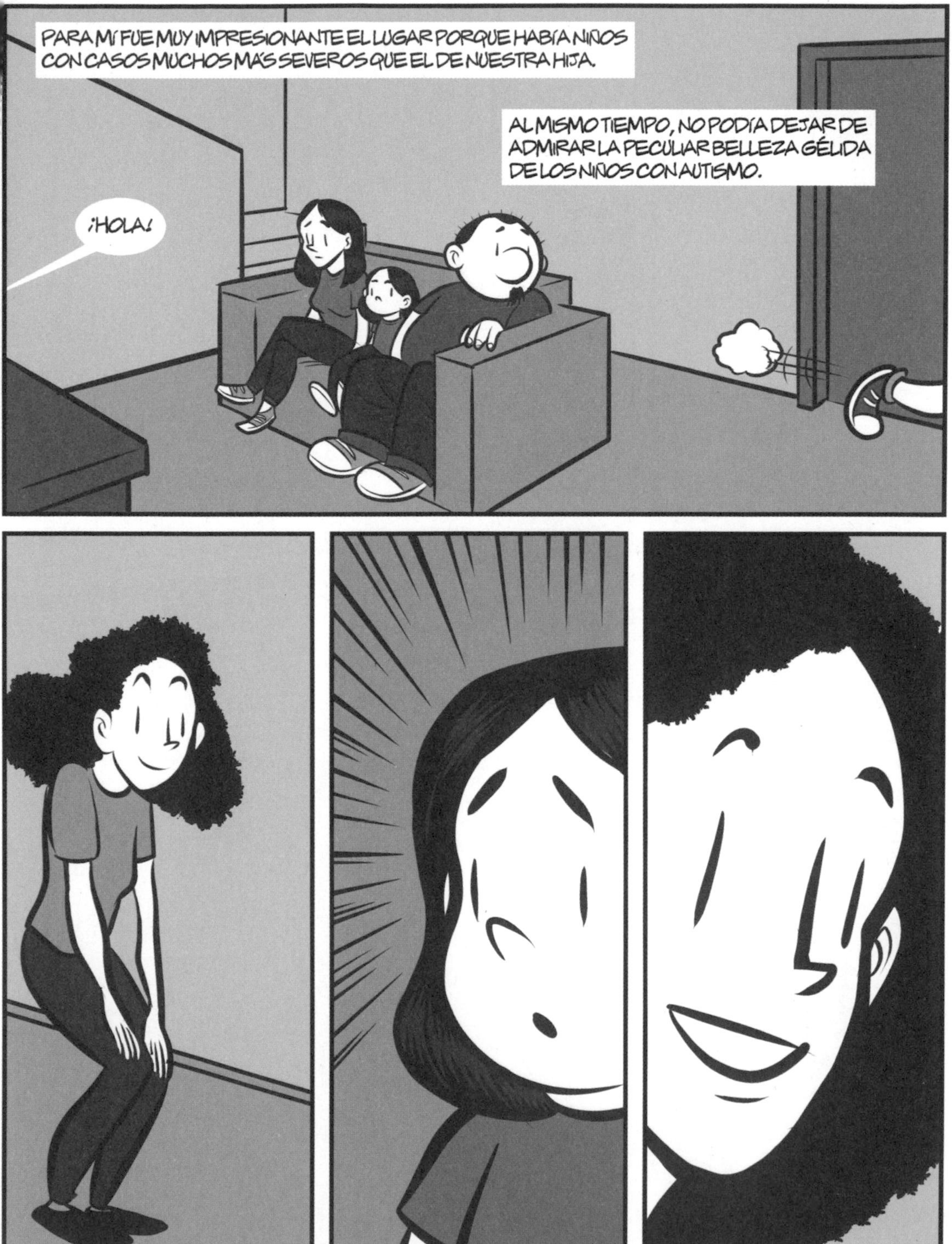
PARA MÍ FUE MUY IMPRESIONANTE EL LUGAR PORQUE HABÍA NIÑOS CON CASOS MUCHOS MÁS SEVEROS QUE EL DE NUESTRA HIJA.
AL MISMO TIEMPO, NO PODÍA DEJAR DE ADMIRAR LA PECULIAR BELLEZA GÉLIDA DE LOS NIÑOS CON AUTISMO.
¡HOLA!

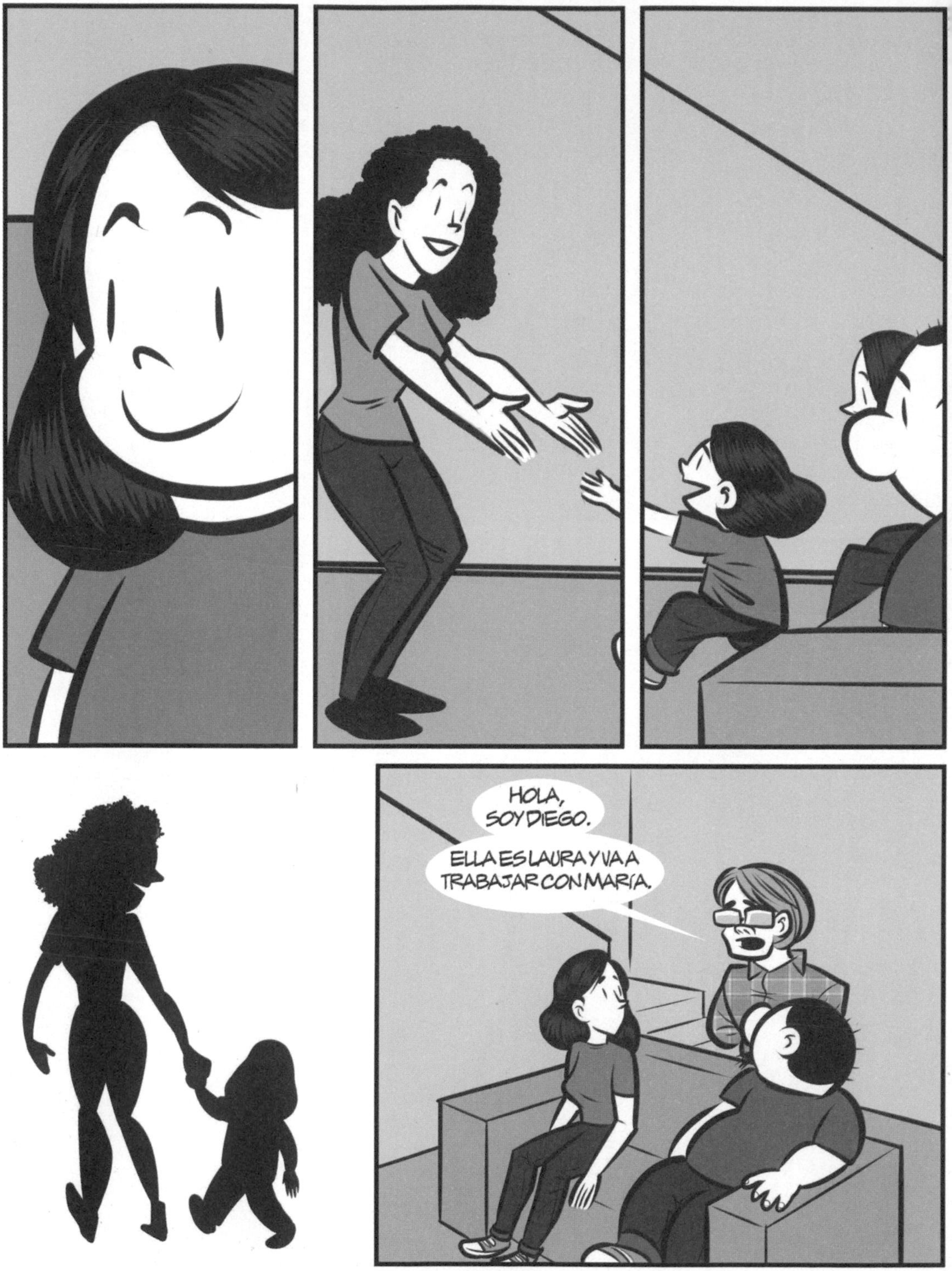
HOLA, SOY DIEGO.
ELLA ES LAURA Y VA A TRABAJAR CON MARÍA.

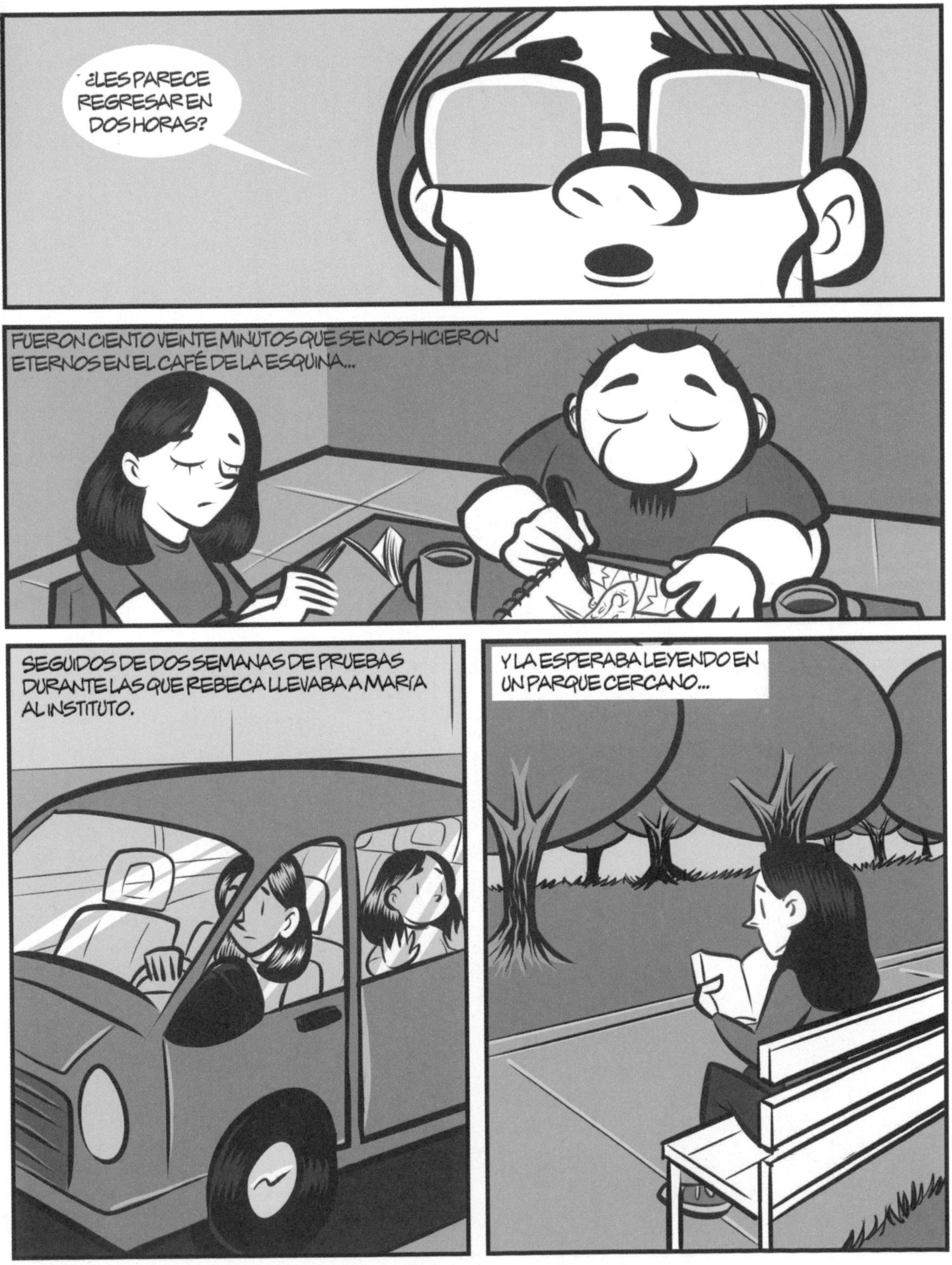
¿LES PARECE REGRESAR EN DOS HORAS?
FUERON CIENTO VEINTE MINUTOS QUE SE NOS HICIERON ETERNOS EN EL CAFÉ DE LA ESQUINA...
SEGUIDOS DE DOS SEMANAS DE PRUEBAS DURANTE LAS QUE REBECA LLEVABA A MARÍA AL INSTITUTO.
Y LA ESPERABA LEYENDO EN UN PARQUE CERCANO...

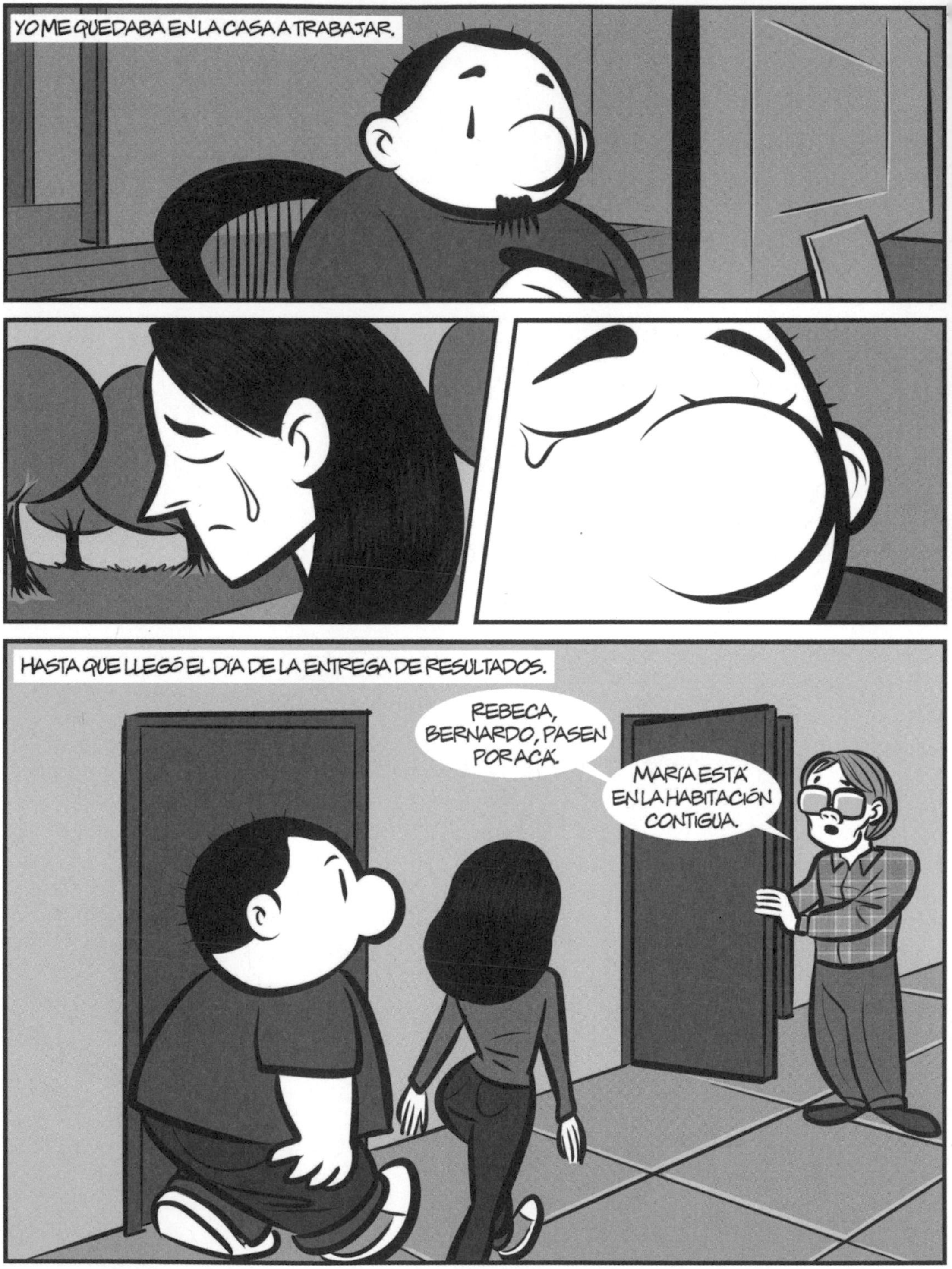
YO ME QUEDABA EN LA CASA A TRABAJAR.
HASTA QUE LLEGÓ EL DÍA DE LA ENTREGA DE RESULTADOS.
REBECA, BERNARDO, PASEN POR ACÁ.
MARÍA ESTÁ EN LA HABITACIÓN CONTIGUA.

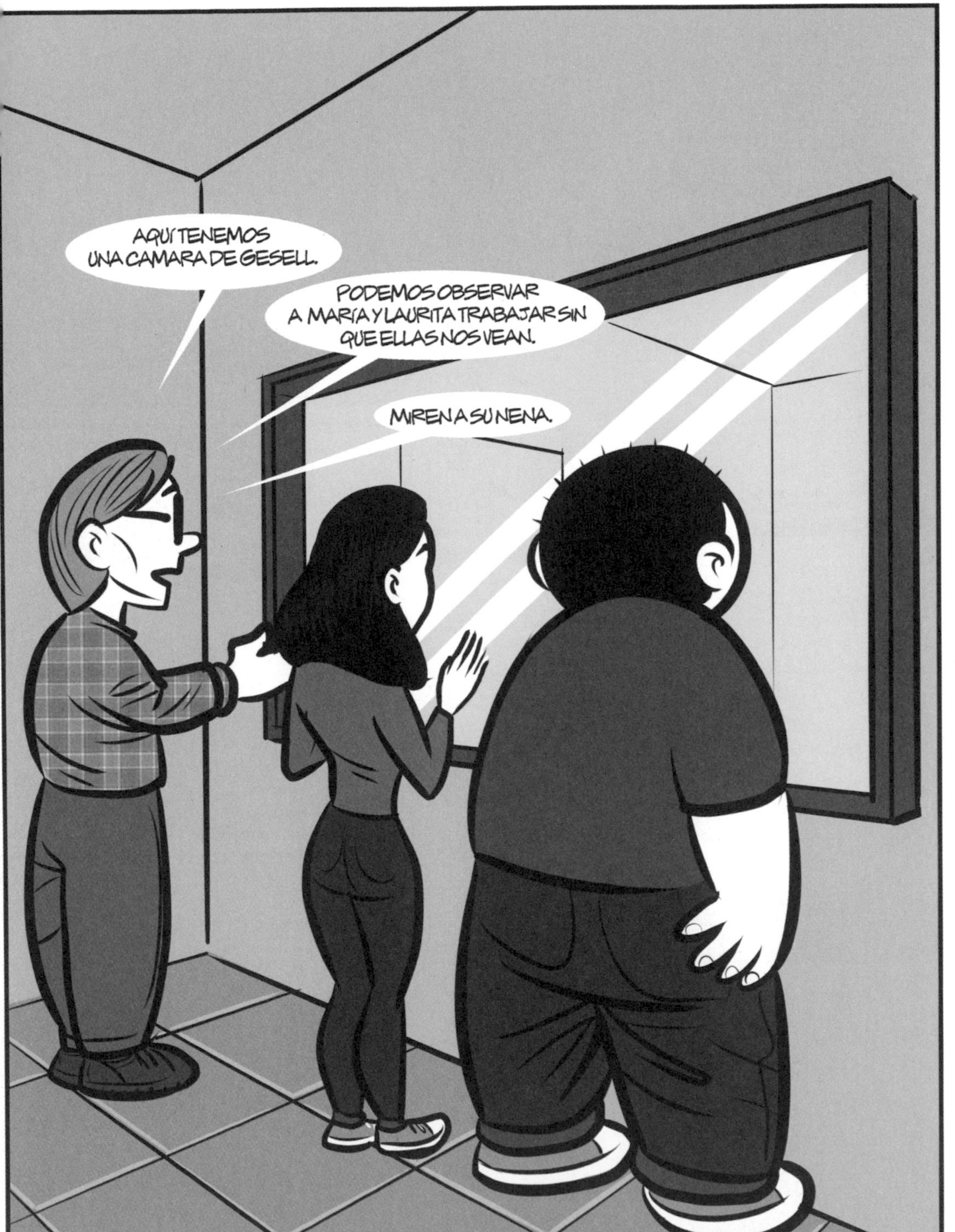
AQUÍ TENEMOS UNA CAMARA DE GESELL.
PODEMOS OBSERVAR A MARÍA Y LAURITA TRABAJAR SIN QUE ELLAS NOS VEAN.
MIREN A SU NENA.

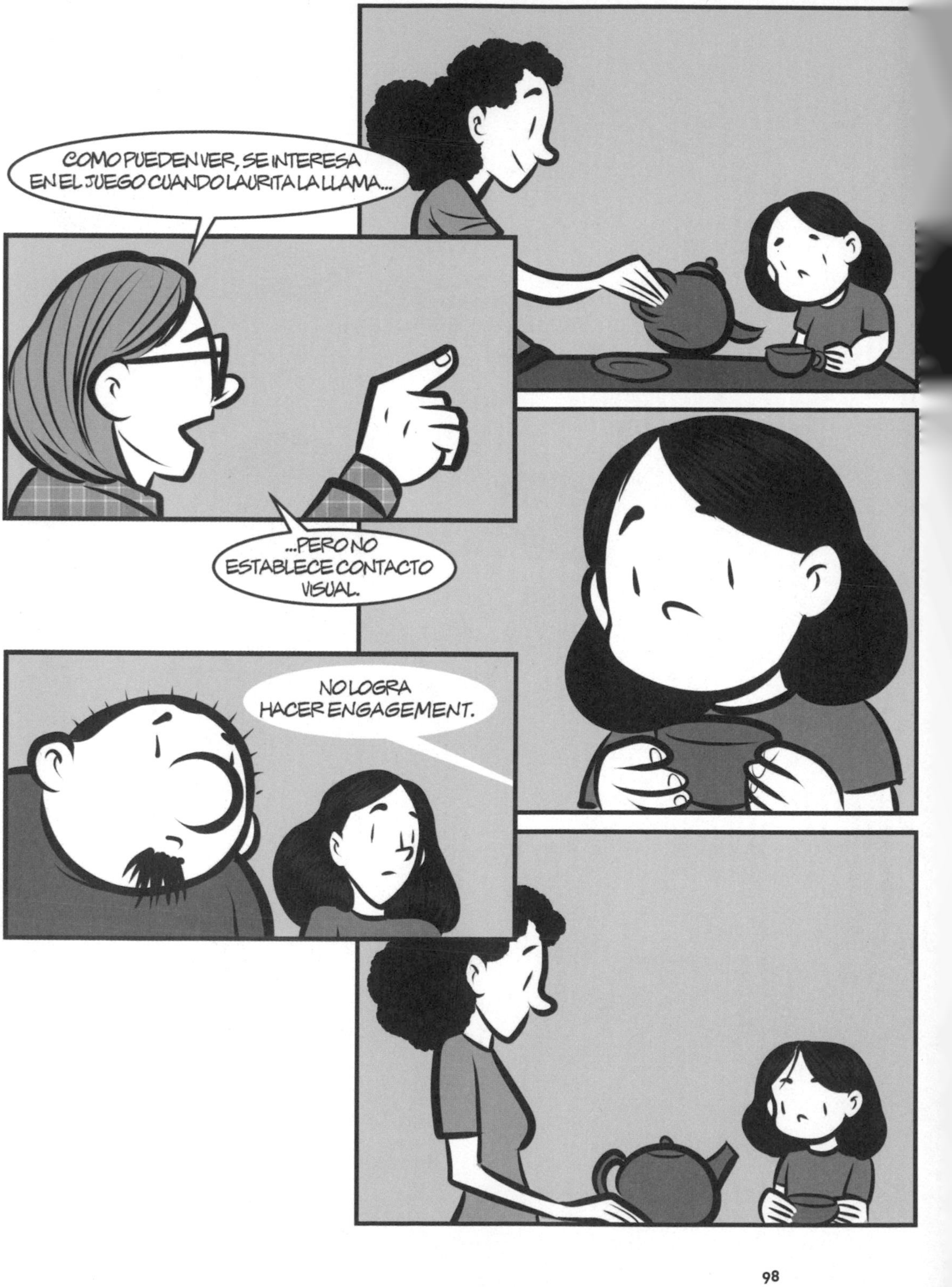
COMO PUEDEN VER, SE INTERESA EN EL JUEGO CUANDO LAURITA LA LLAMA...
...PERO NO ESTABLECE CONTACTO VISUAL.
NO LOGRA HACER ENGAGEMENT.

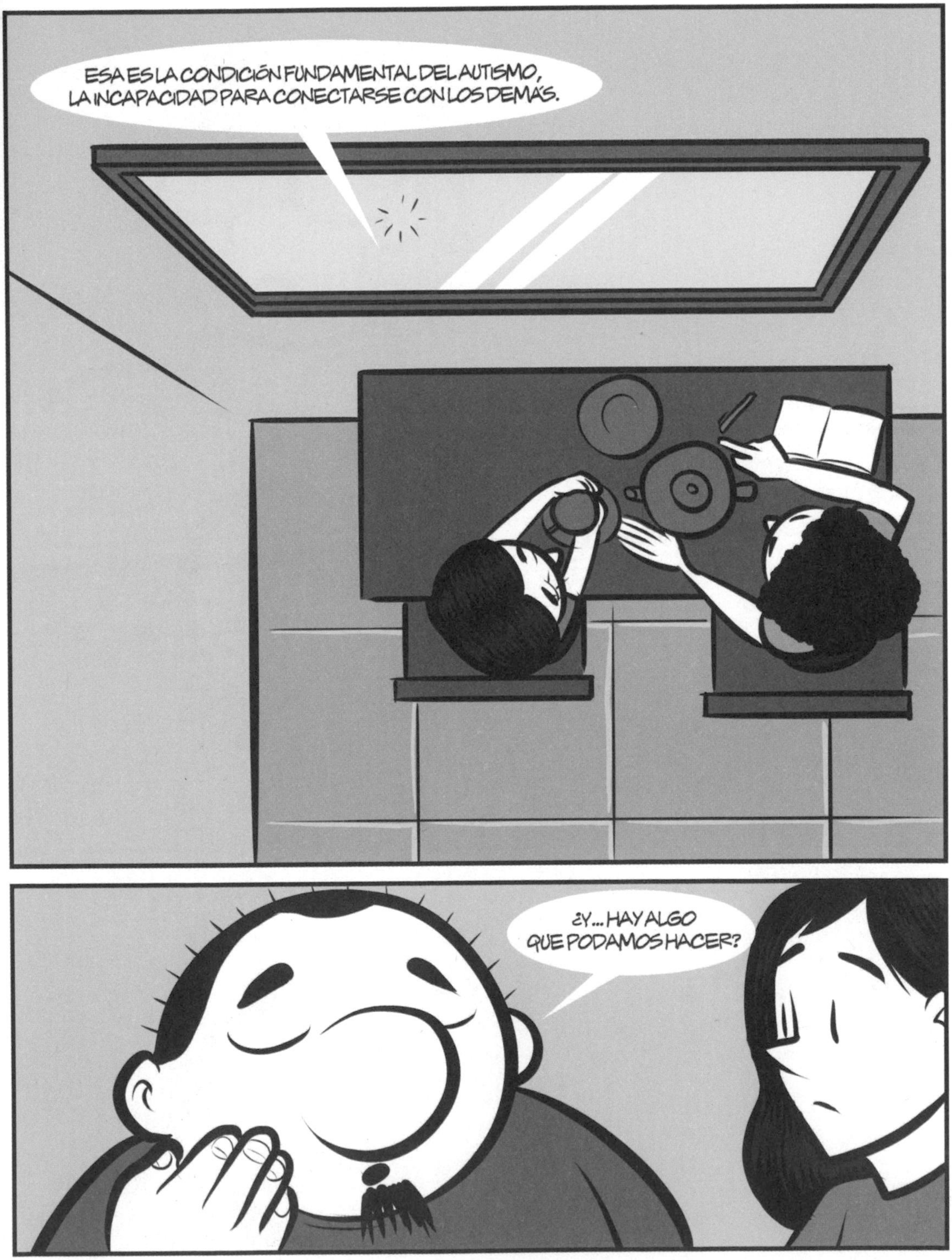
ESA ES LA CONDICIÓN FUNDAMENTAL DEL AUTISMO,
LA INCAPACIDAD PARA CONECTARSE CON LOS DEMÁS.
¿Y... HAY ALGO QUE PODAMOS HACER?

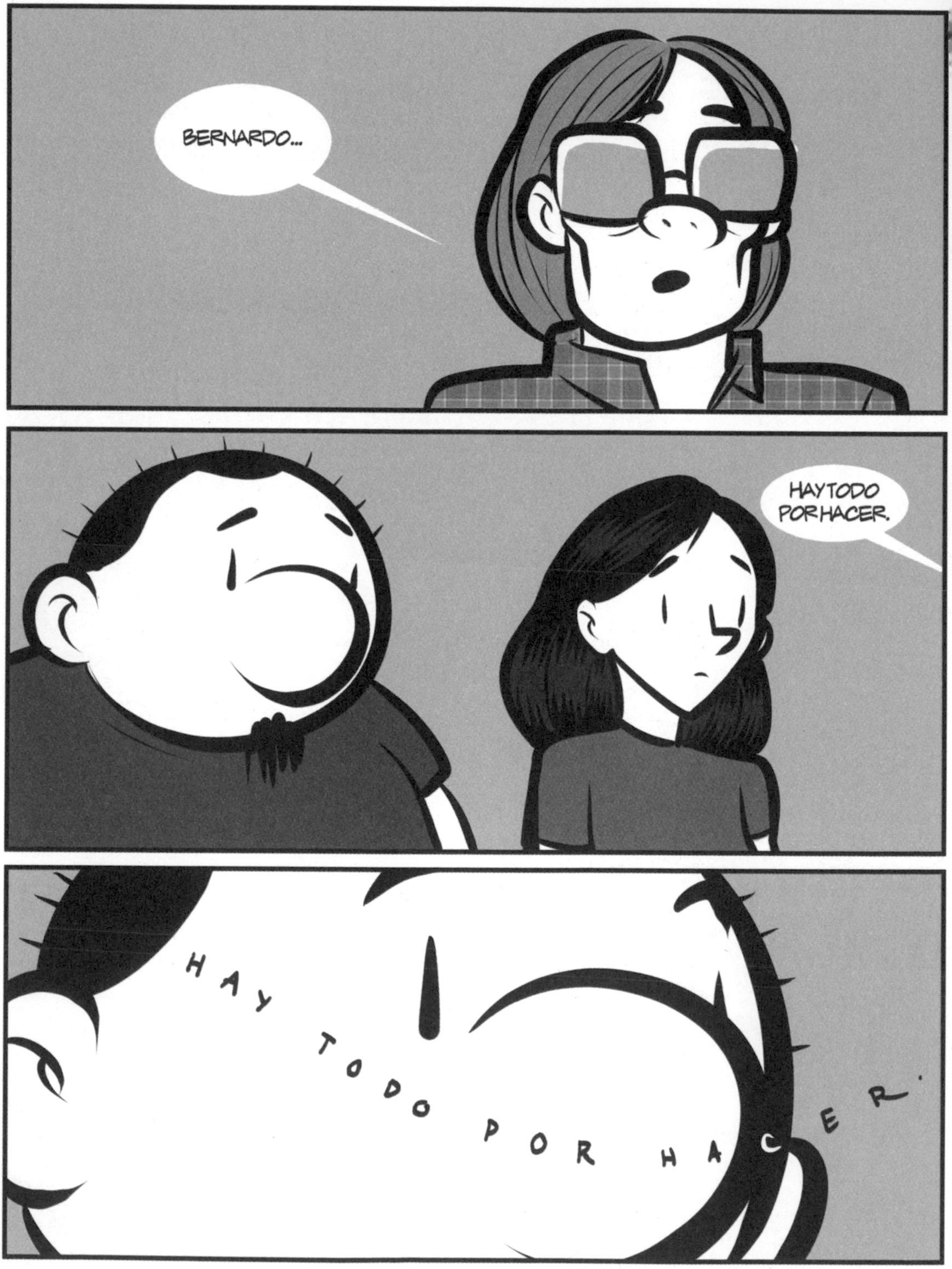
BERNARDO...
HAY TODO POR HACER.
HAY TODO POR HACER.

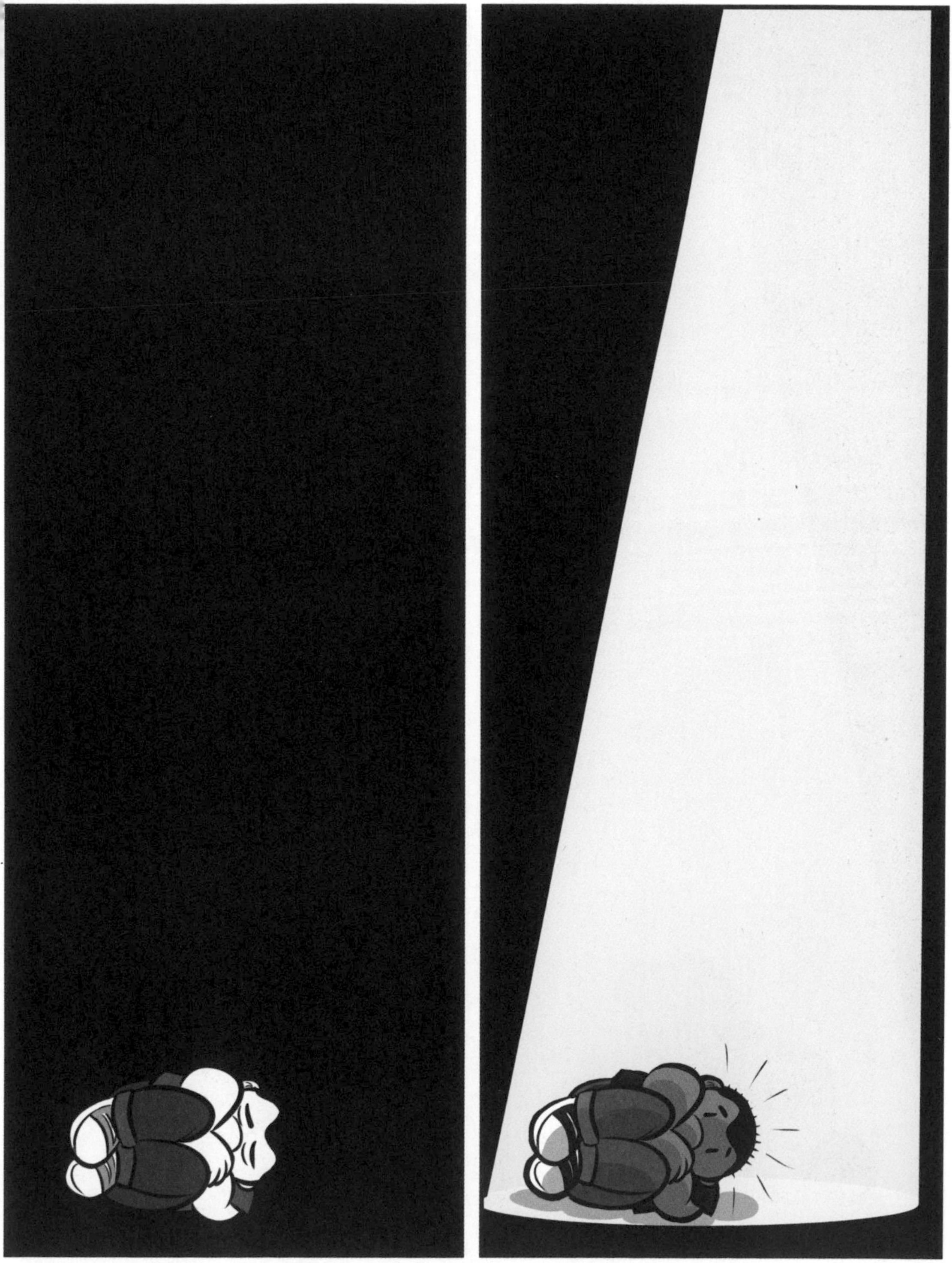

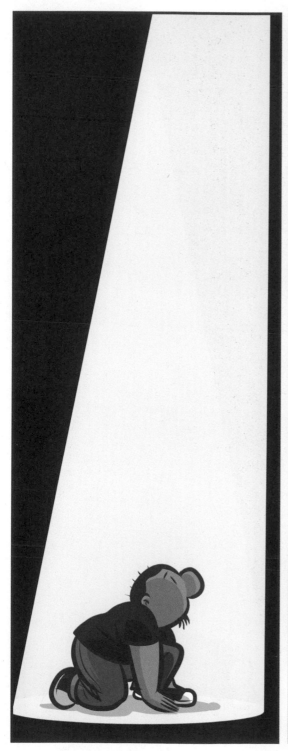

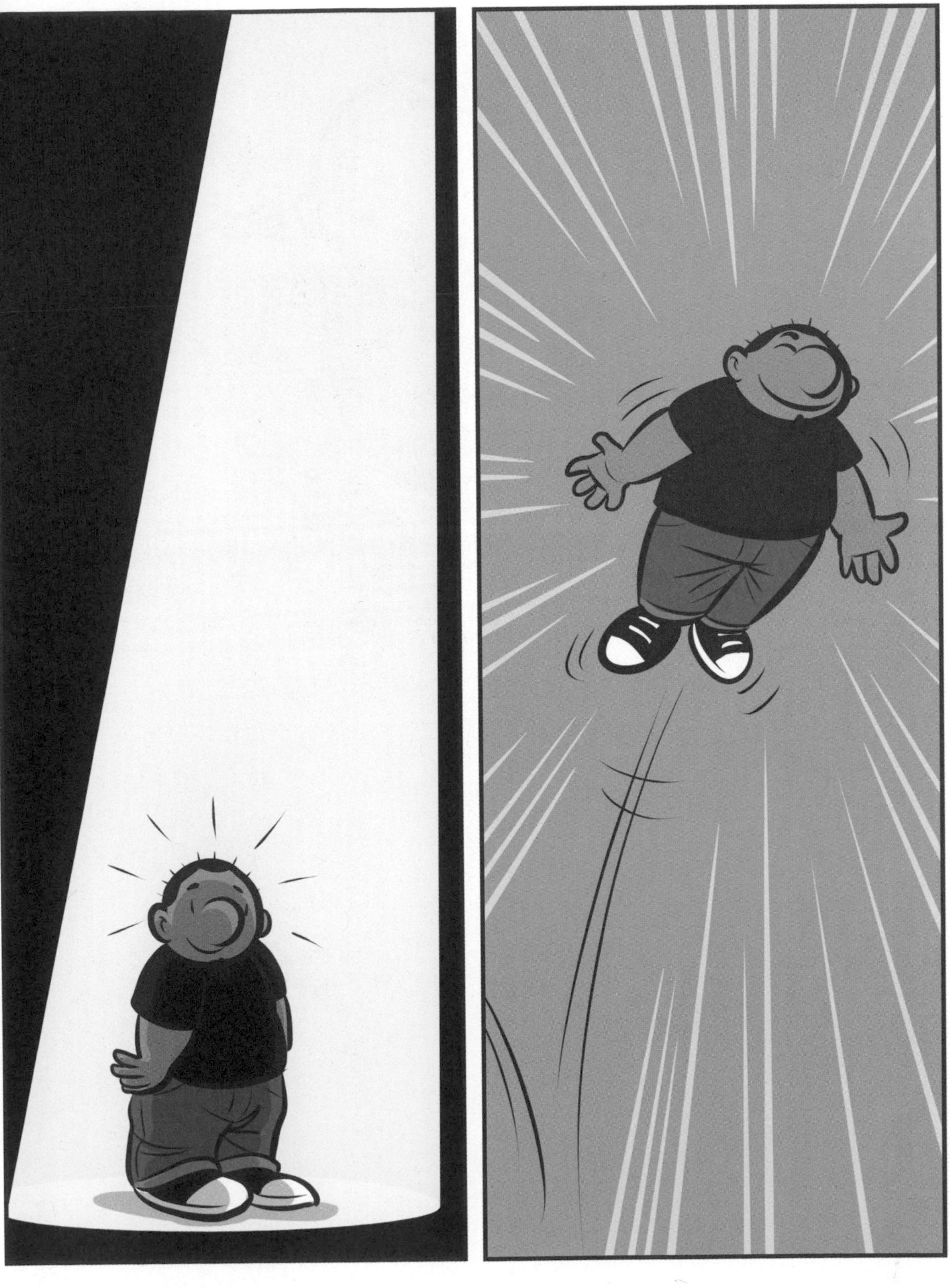

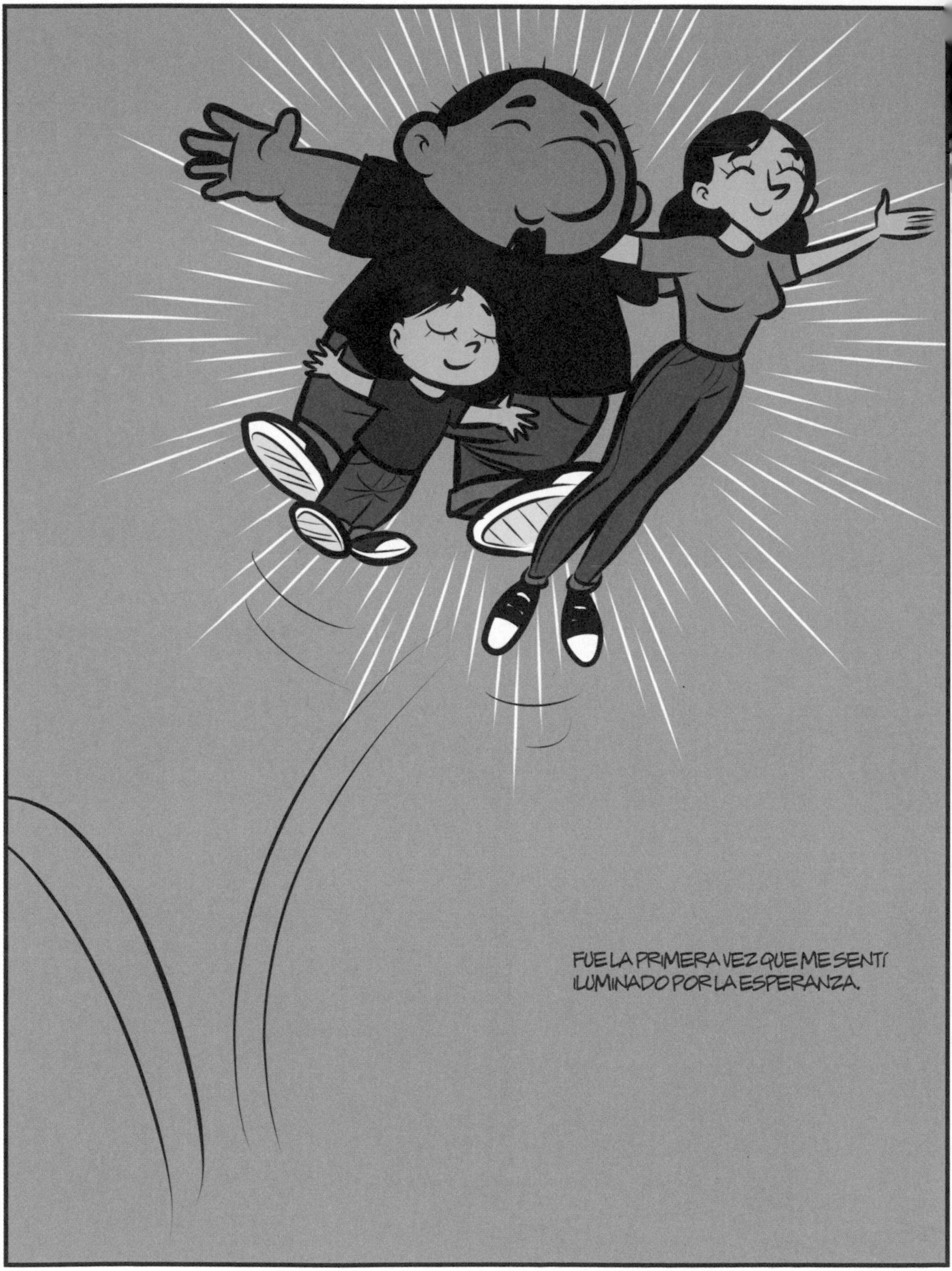
FUE LA PRIMERA VEZ QUE ME SENTÍ ILUMINADO POR LA ESPERANZA.

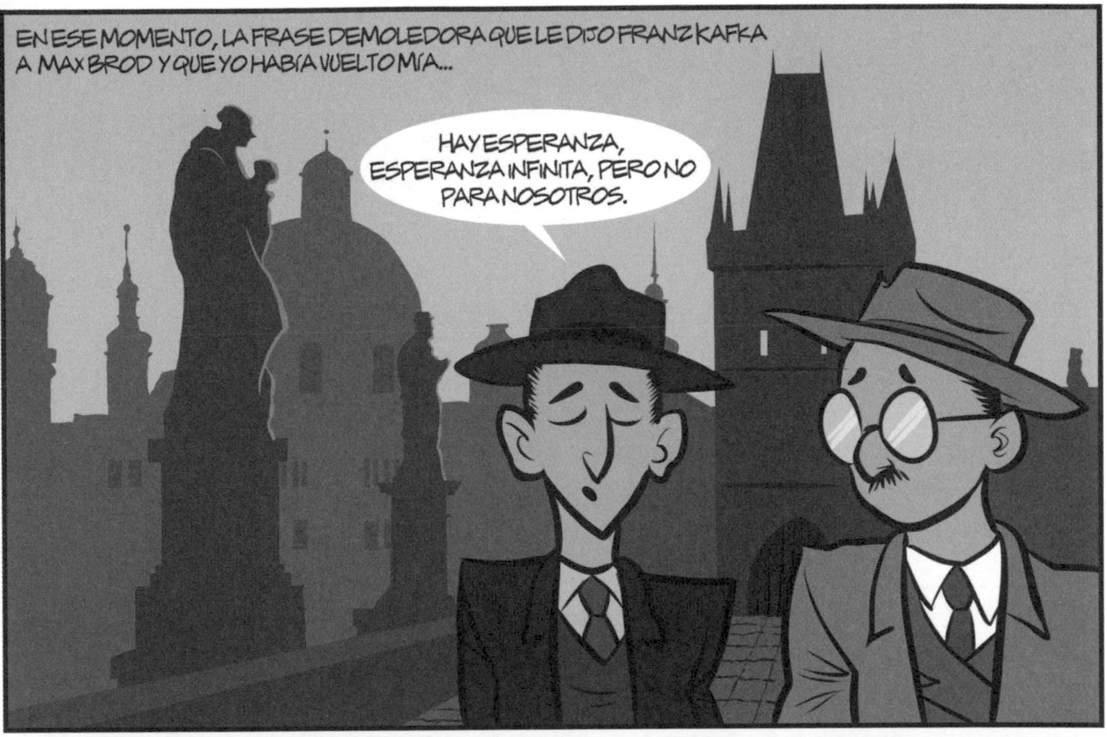
EN ESE MOMENTO, LA FRASE DEMOLEDORA QUE LE DIJO FRANZ KAFKA A MAX BROD Y QUE YO HABÍA VUELTO MÍA...
HAY ESPERANZA, ESPERANZA INFINITA, PERO NO PARA NOSOTROS.

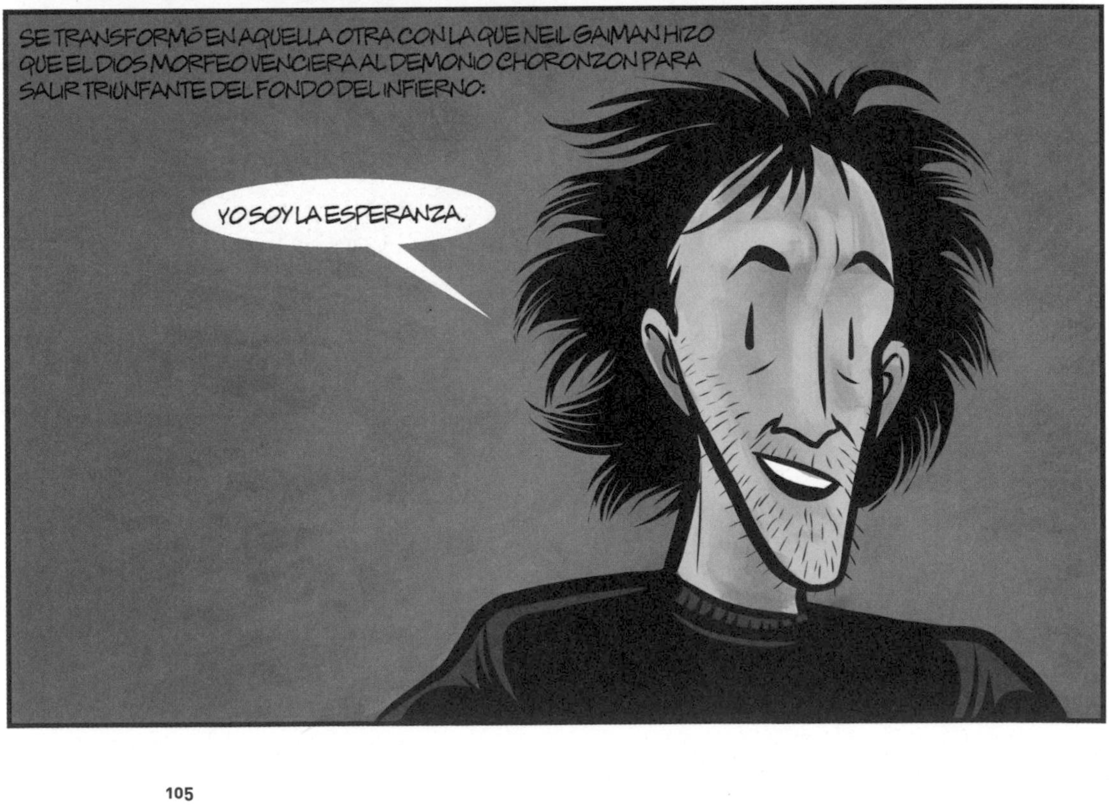
SE TRANSFORMÓ EN AQUELLA OTRA CON LA QUE NEIL GAIMAN HIZO QUE EL DIOS MORFEO VENCIERA AL DEMONIO CHORONZON PARA SALIR TRIUNFANTE DEL FONDO DEL INFIERNO:
YO SOY LA ESPERANZA.

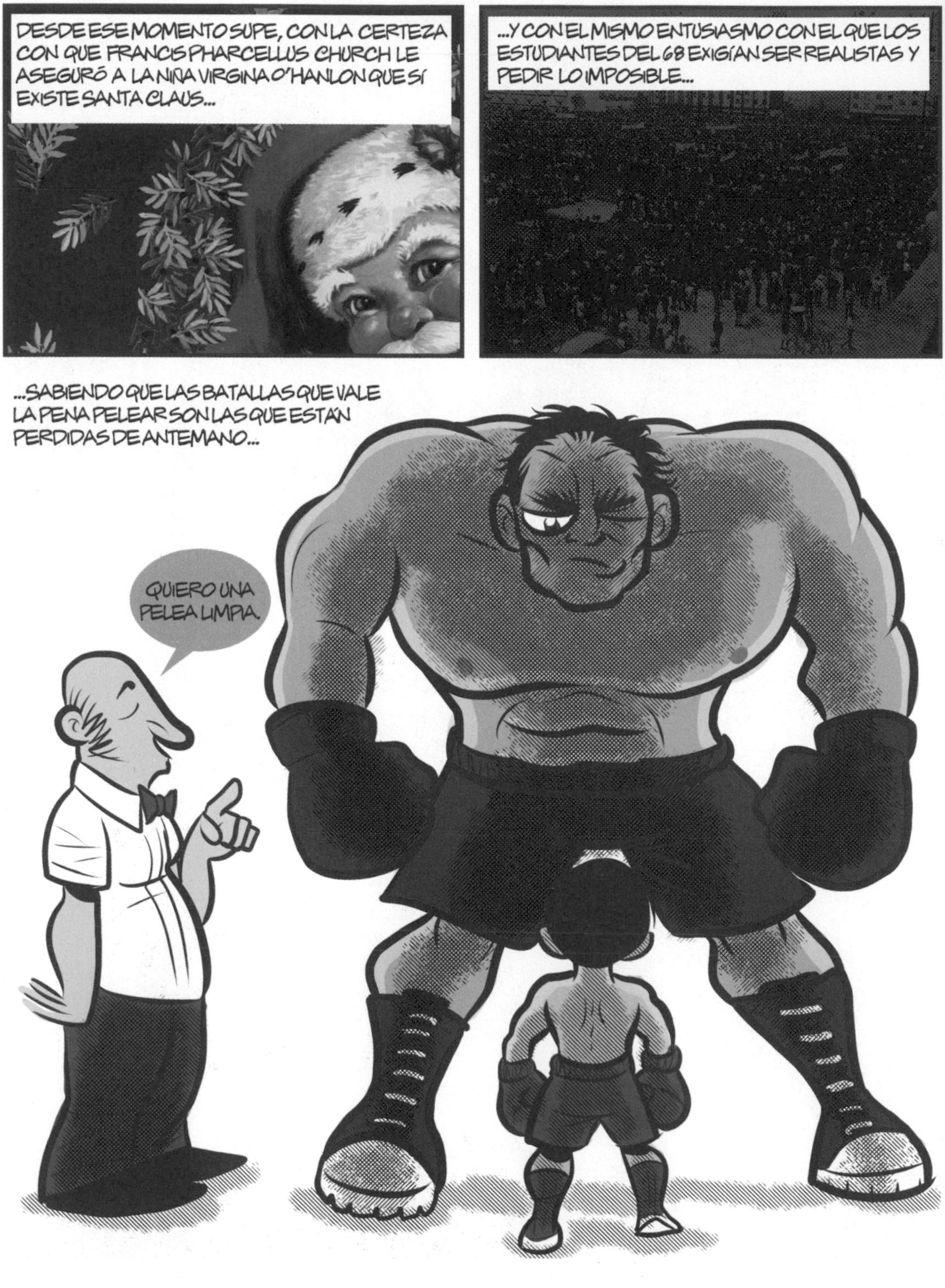
DESDE ESE MOMENTO SUPE, CON LA CERTEZA CON QUE FRANCIS PHARCELLUS CHURCH LE ASEGURÓ A LA NIÑA VIRGINIA O'HANLON QUE SÍ EXISTE SANTA CLAUS...
...Y CON EL MISMO ENTUSIASMO CON EL QUE LOS ESTUDIANTES DEL 68 EXIGÍAN SER REALISTAS Y PEDIR LO IMPOSIBLE...
...SABIENDO QUE LAS BATALLAS QUE VALE LA PENA PELEAR SON LAS QUE ESTÁN PERDIDAS DE ANTEMANO...
QUIERO UNA PELEA LIMPIA.

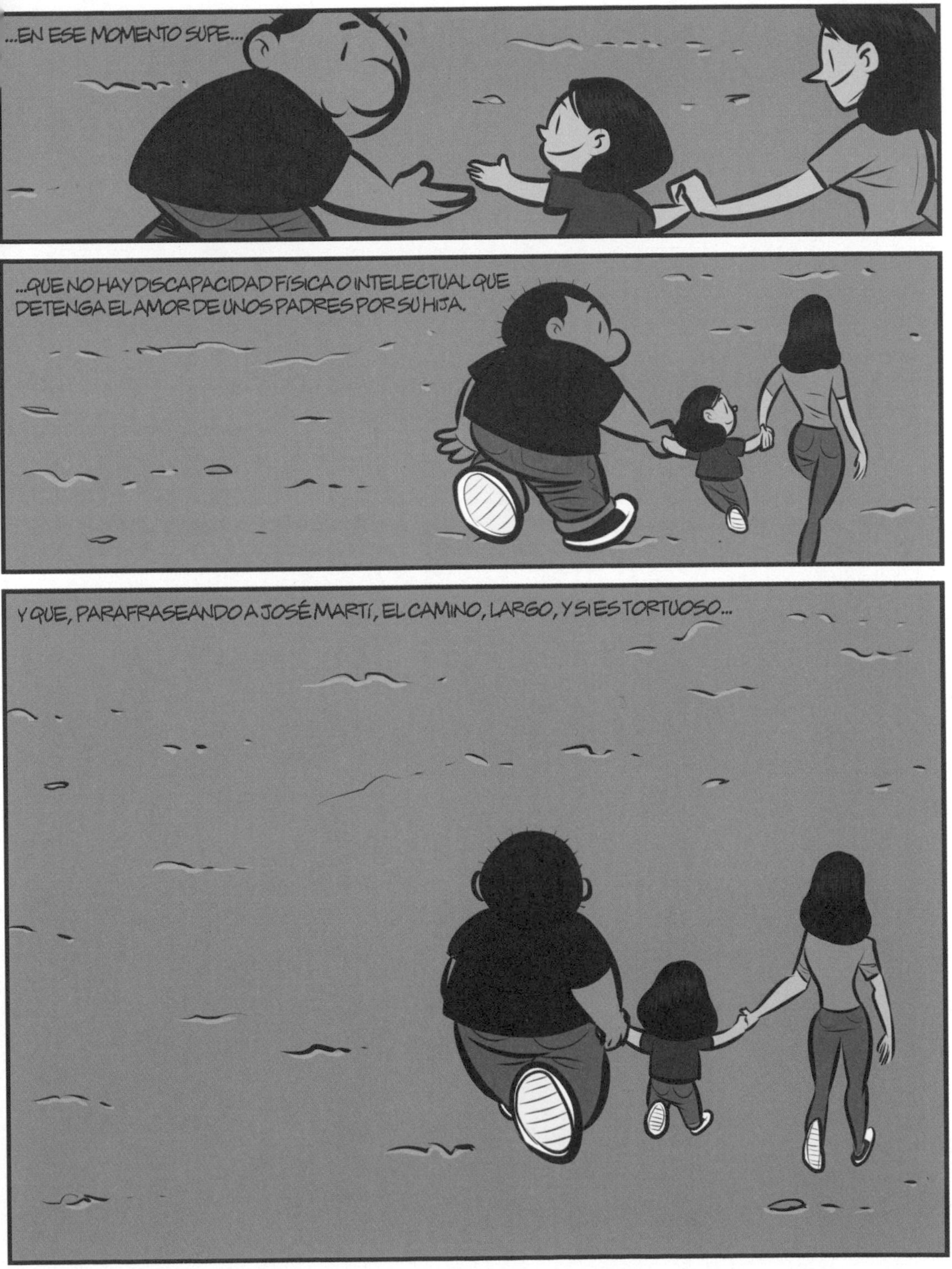
...EN ESE MOMENTO SUPE...
...QUE NO HAY DISCAPACIDAD FÍSICA O INTELECTUAL QUE DETENGA EL AMOR DE UNOS PADRES POR SU HIJA.
Y QUE, PARAFRASEANDO A JOSÉ MARTÍ, EL CAMINO, LARGO, Y SI ES TORTUOSO...

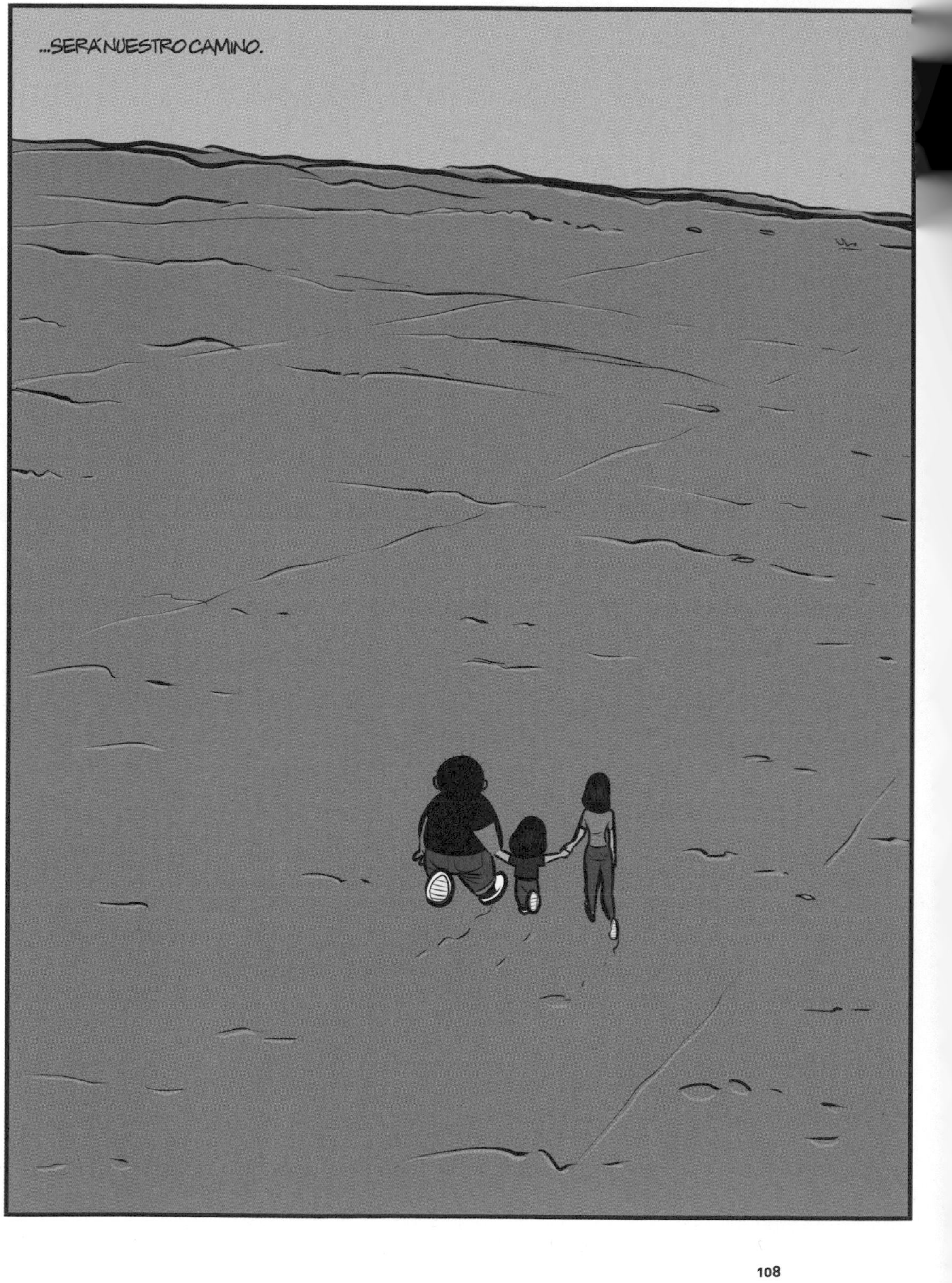
...SERÁ NUESTRO CAMINO.

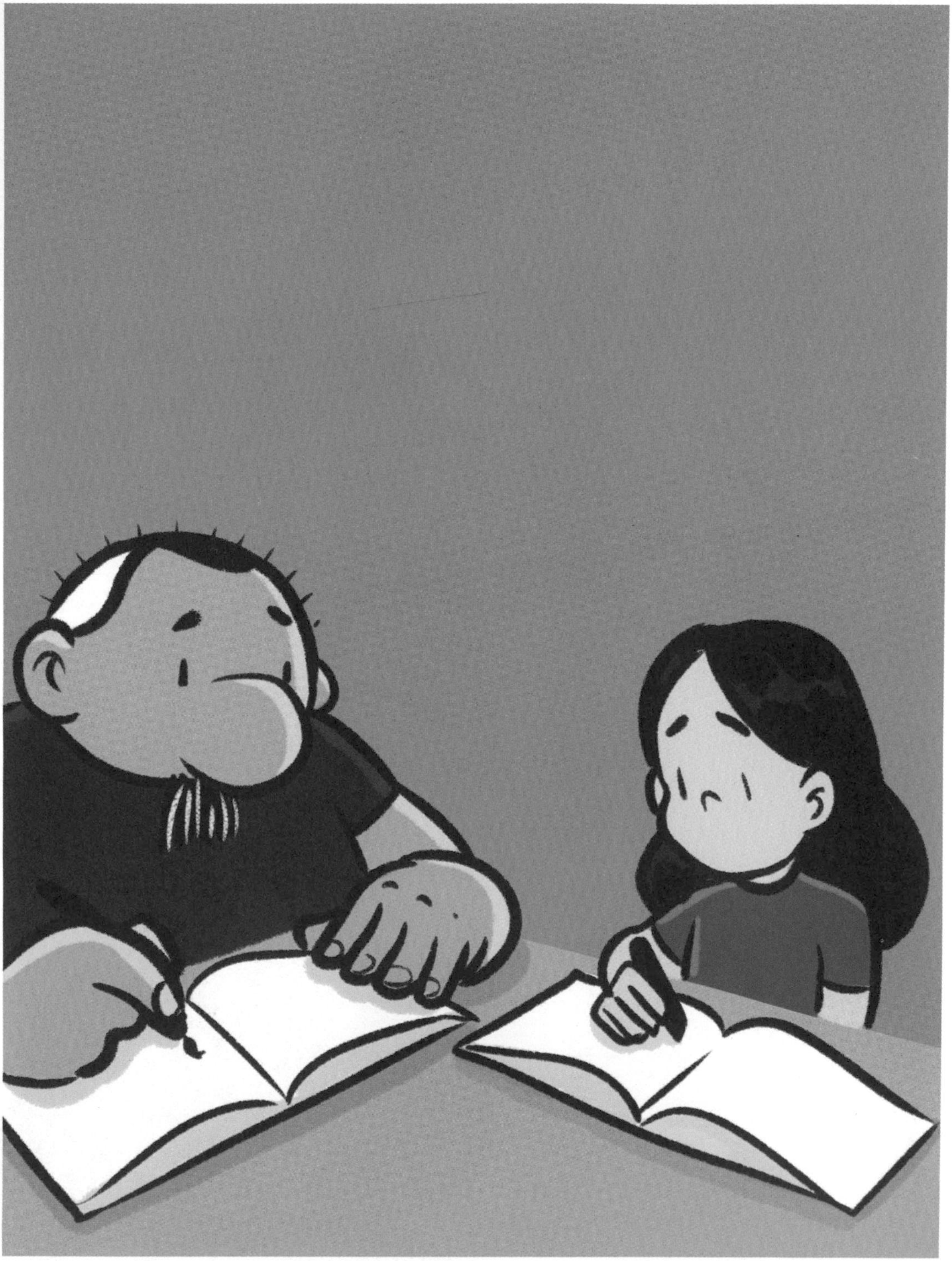

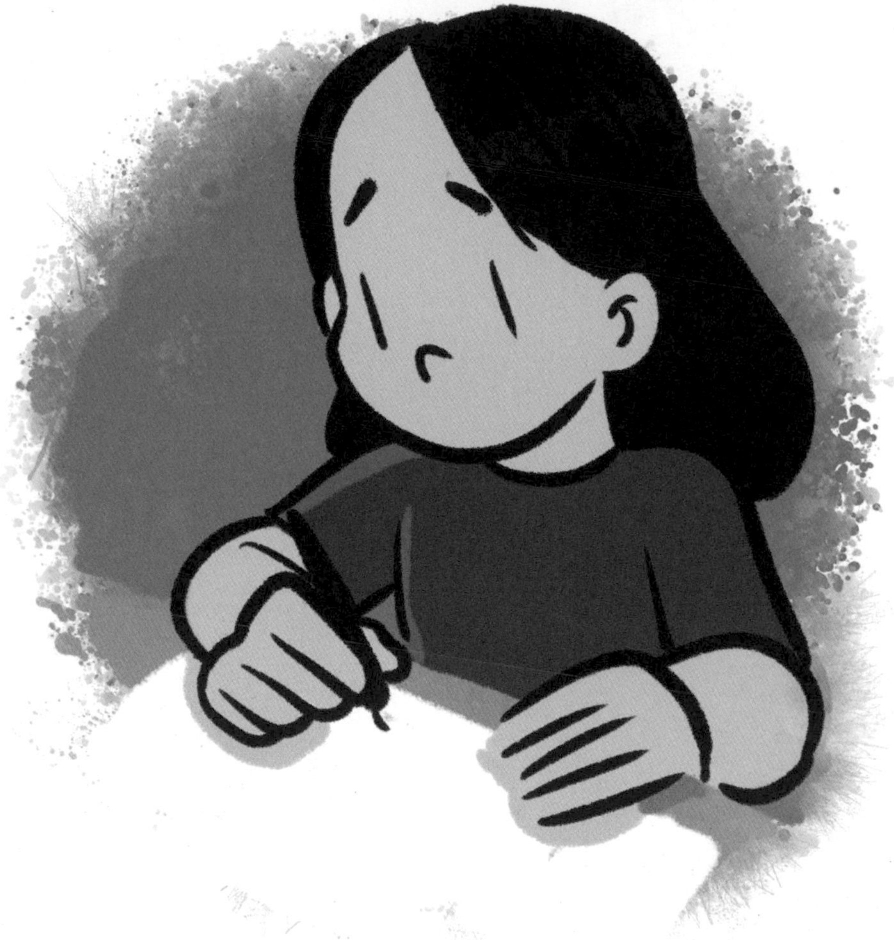

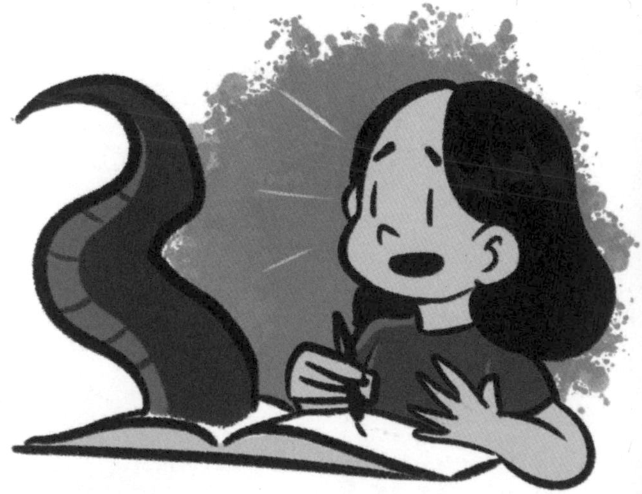

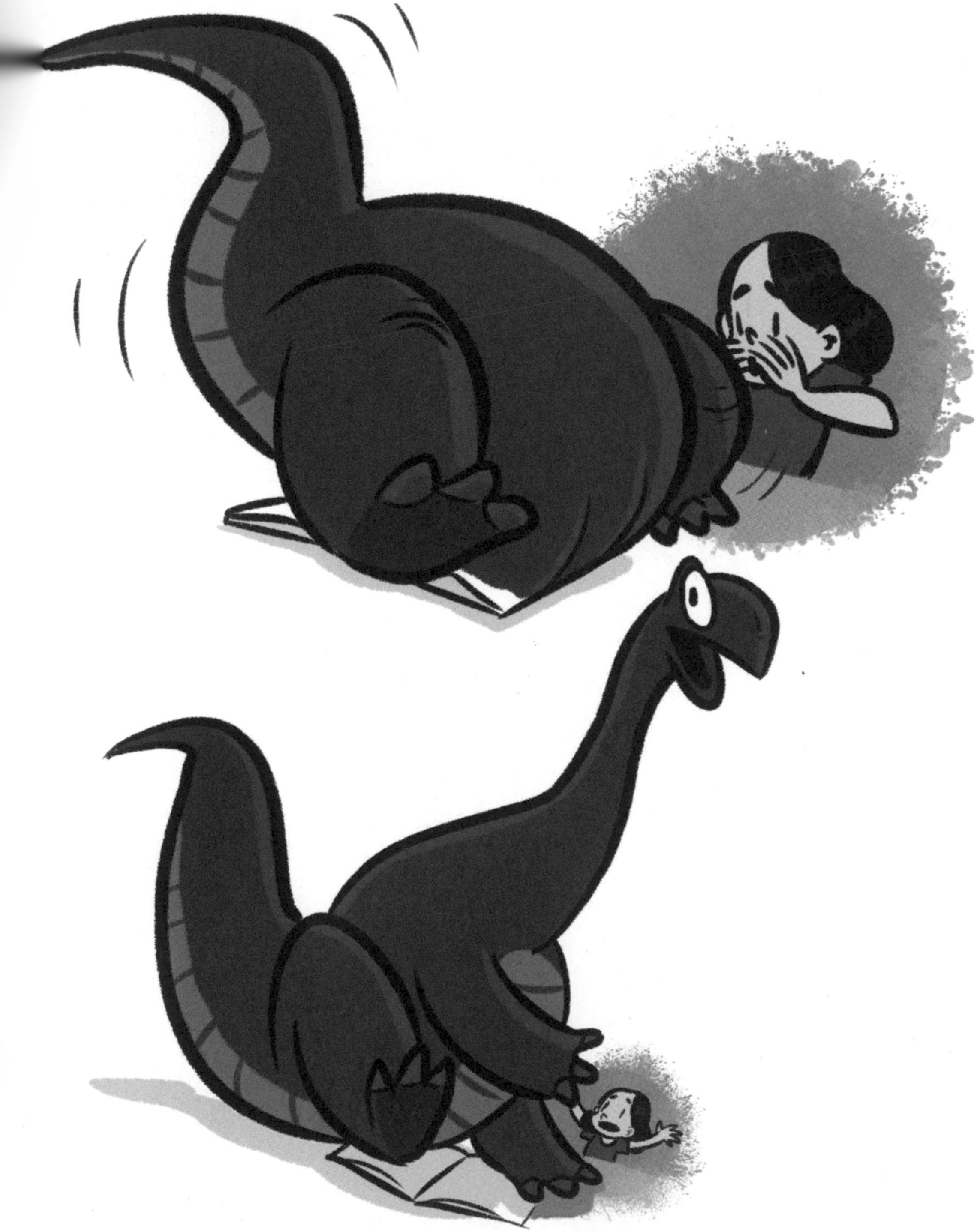

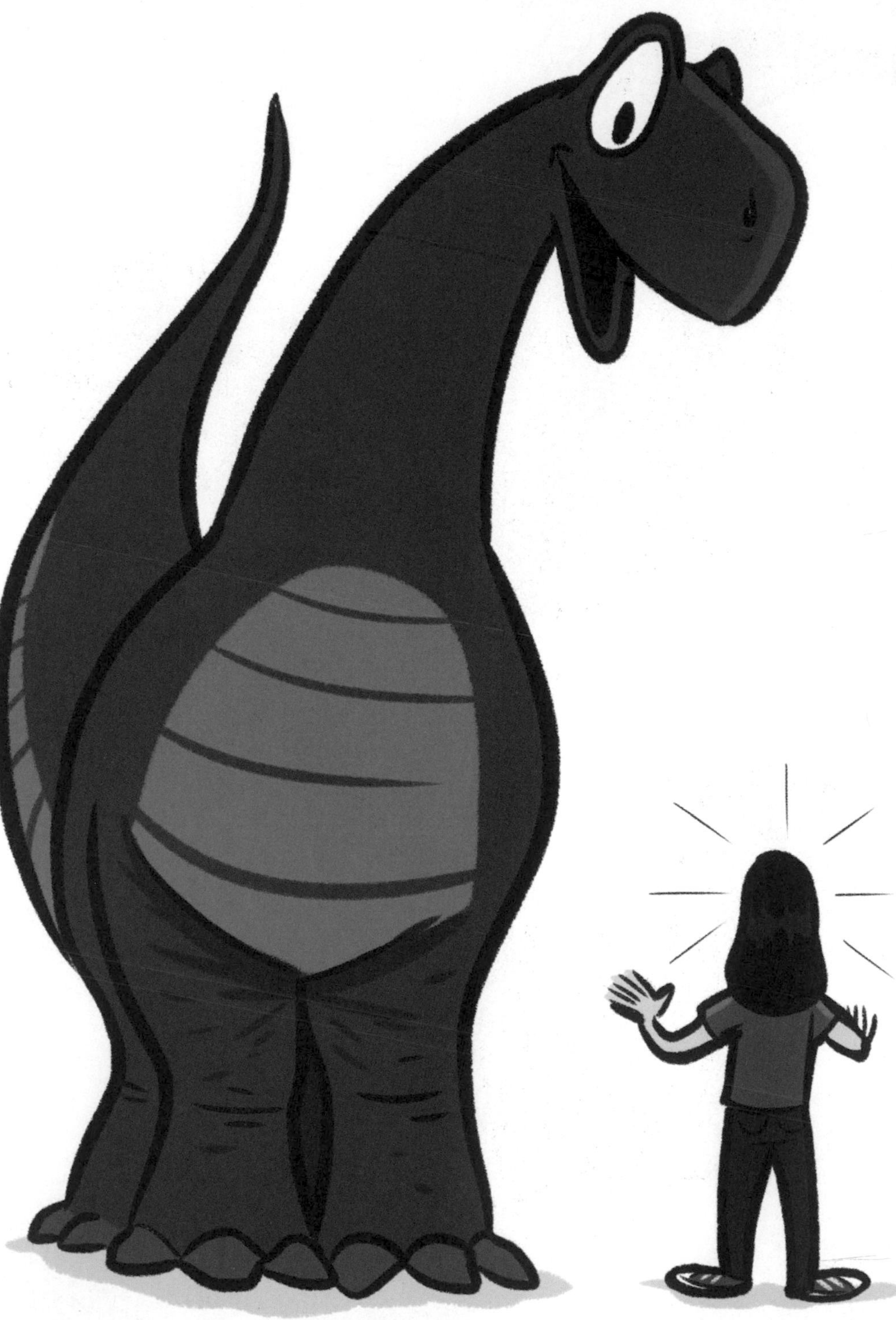

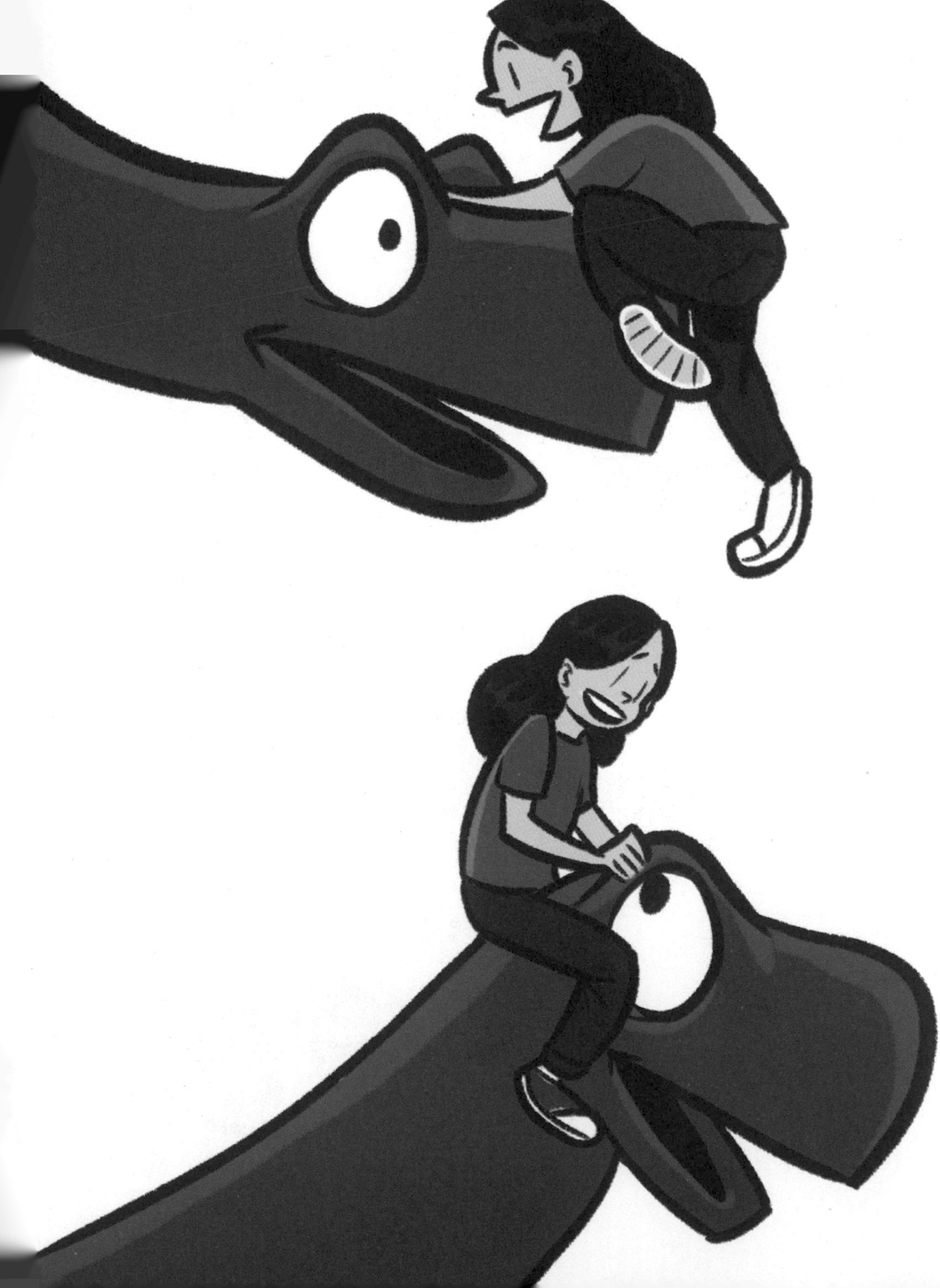

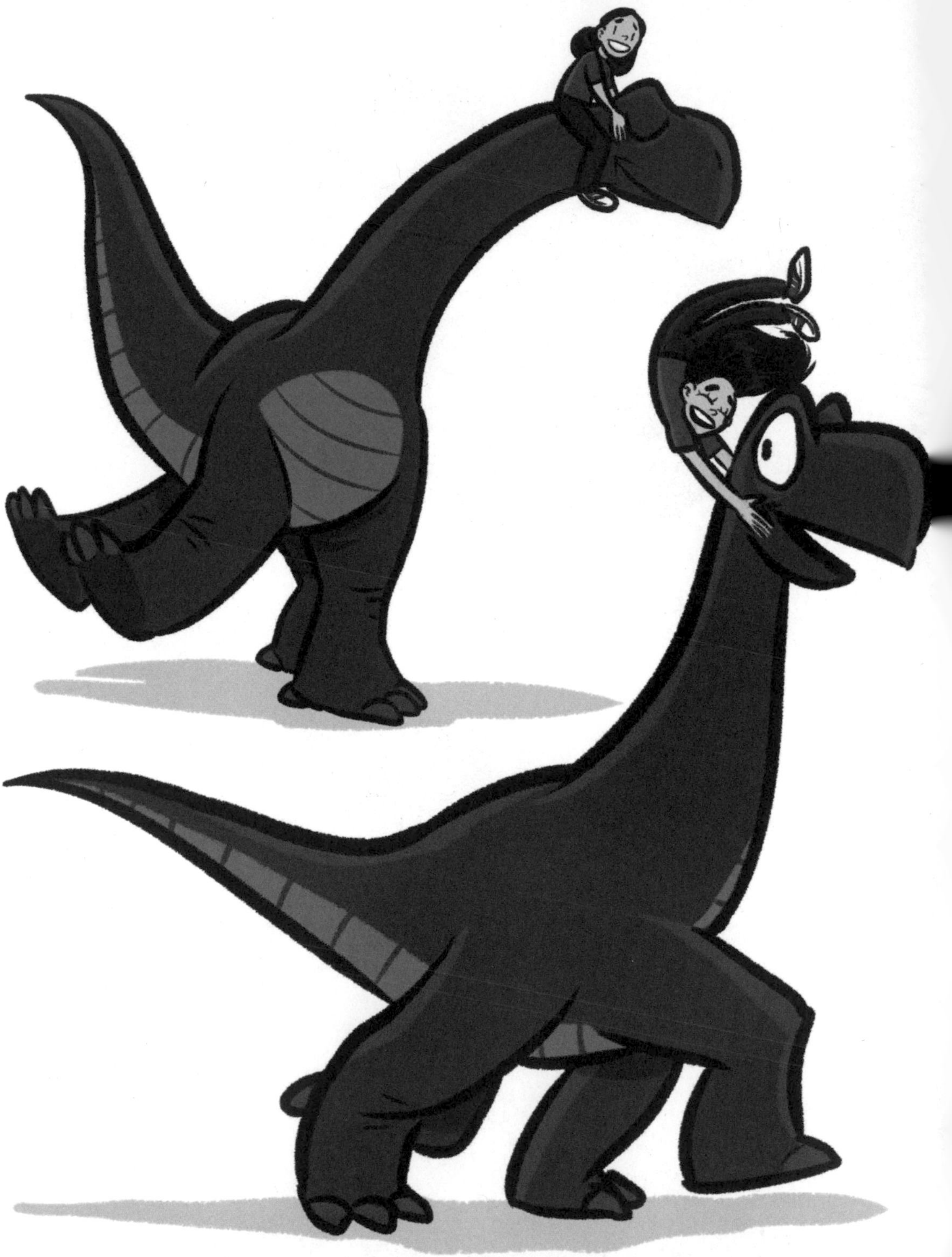

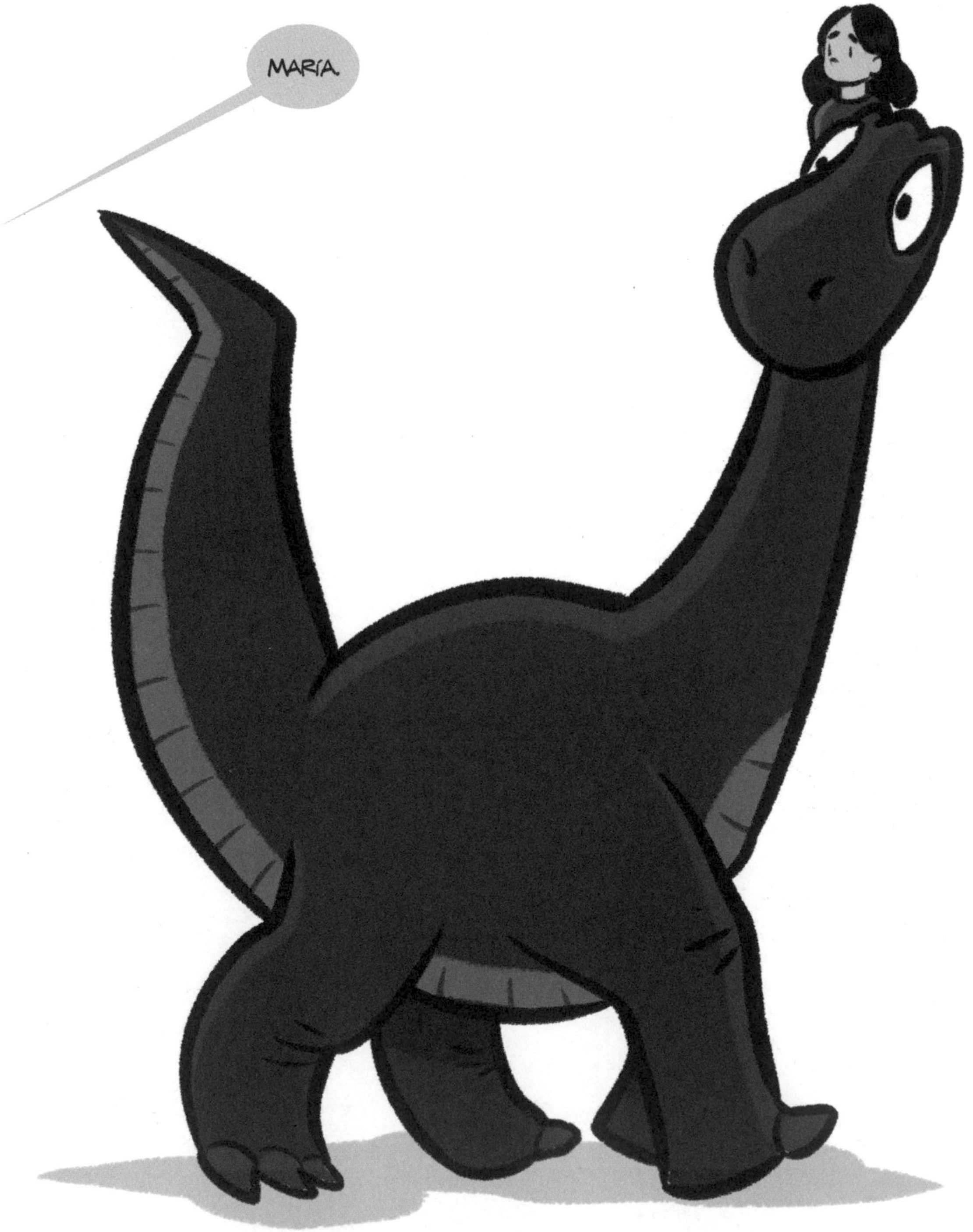
MARÍA.

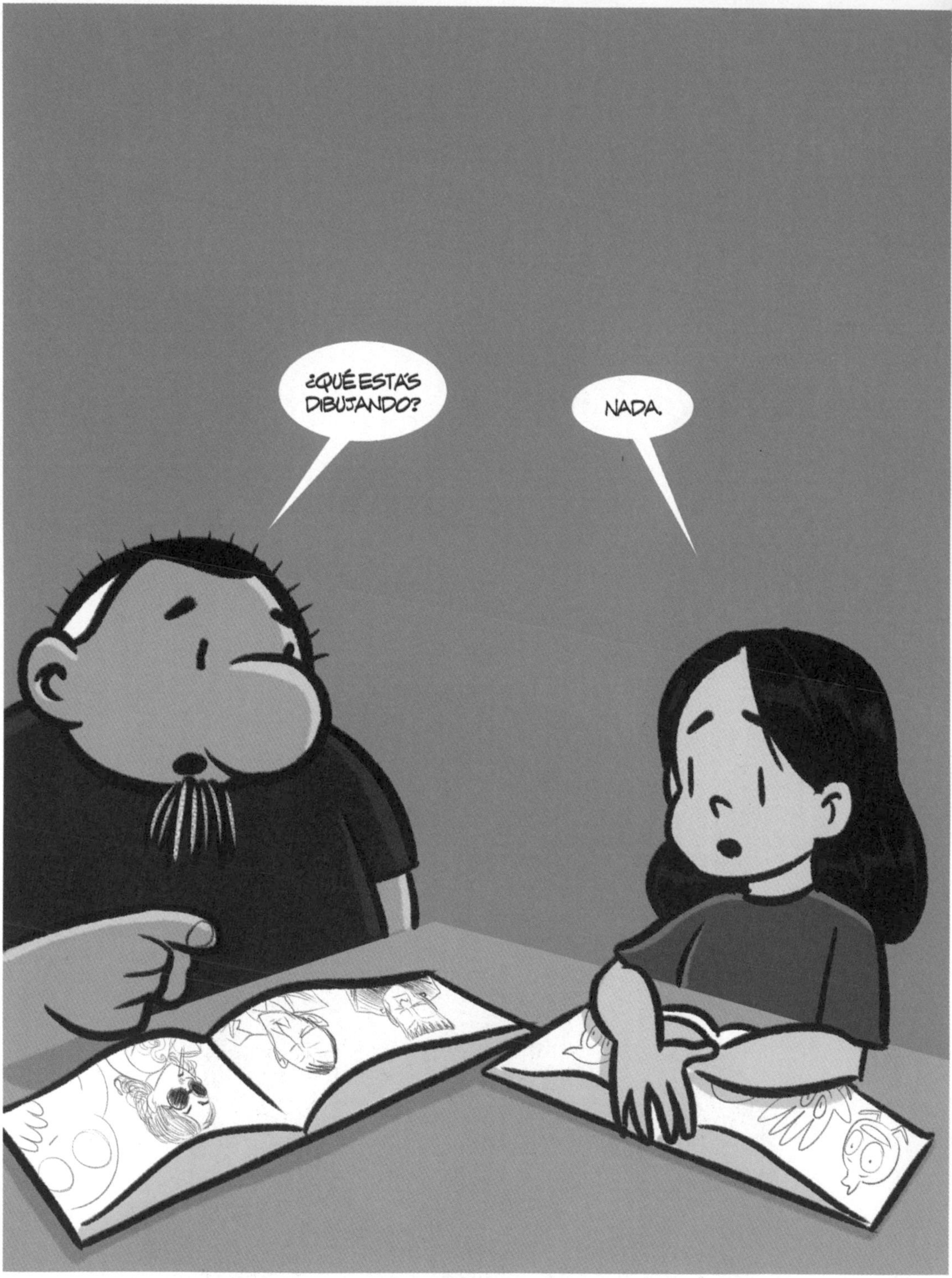
¿QUÉ ESTÁS DIBUJANDO?
NADA.

CUATRO

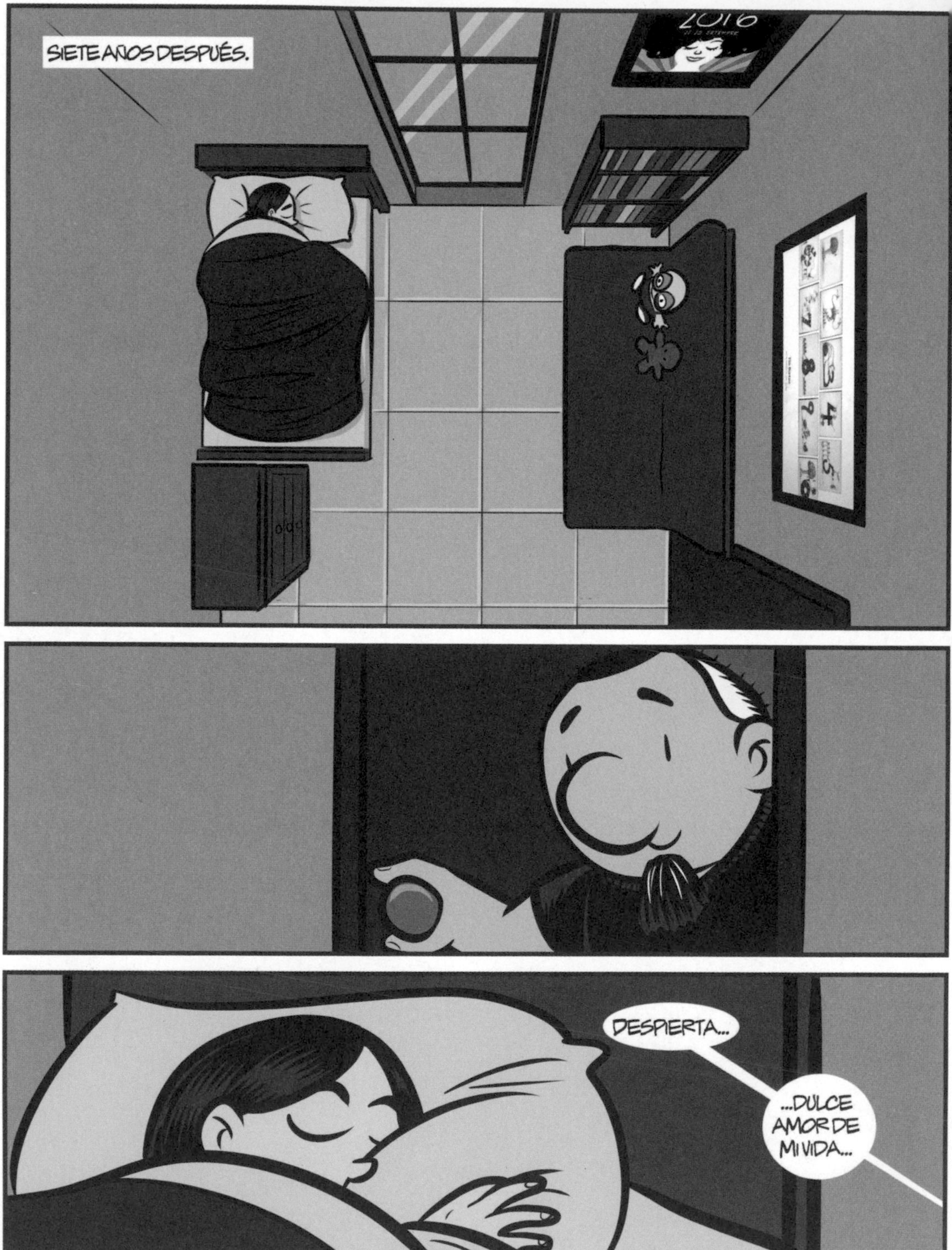
SIETE AÑOS DESPUÉS.
DESPIERTA...
...DULCE AMOR DE MI VIDA...

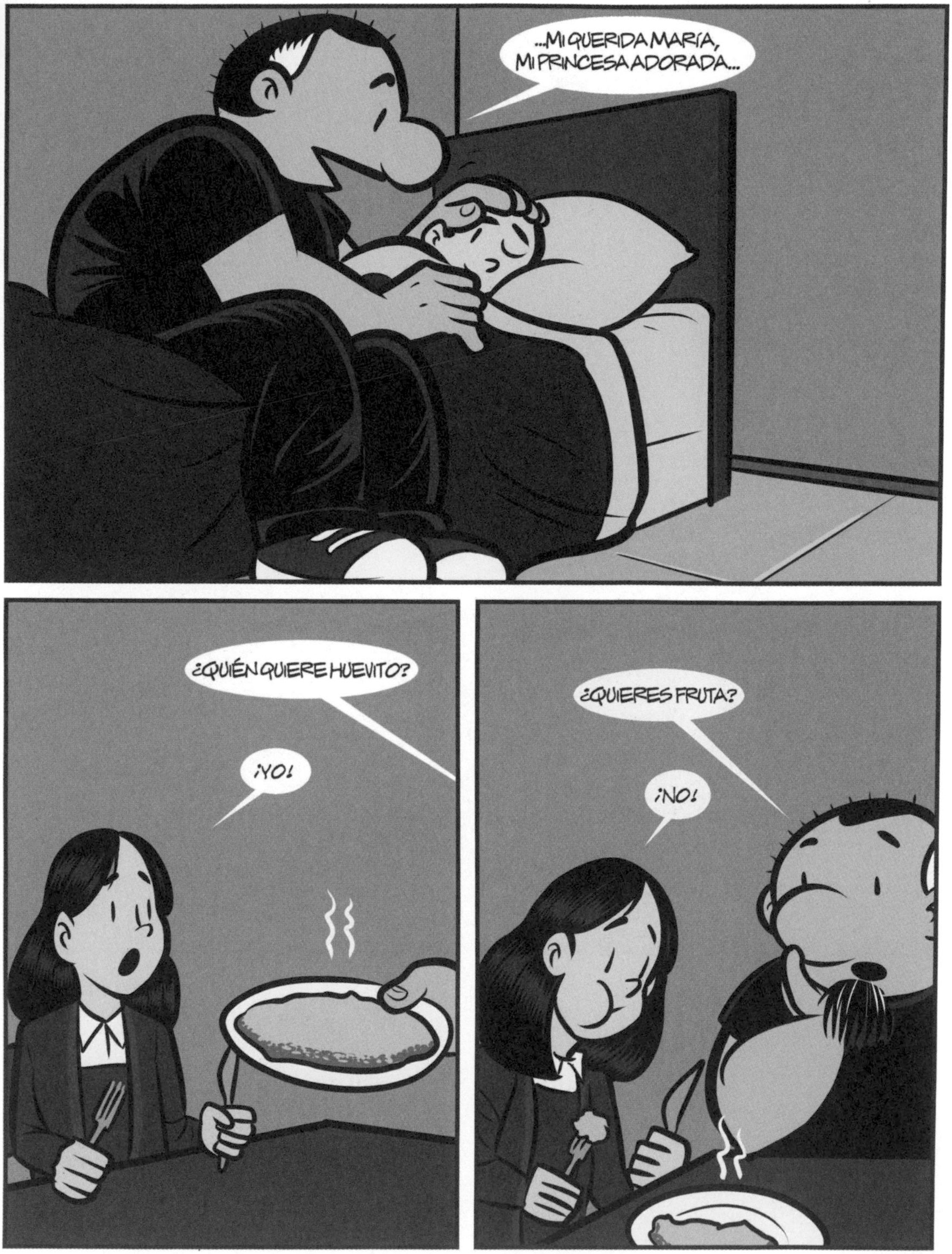
...MI QUERIDA MARÍA, MI PRINCESA ADORADA...
¿QUIÉN QUIERE HUEVITO?
¡YO!
¿QUIERES FRUTA?
¡NO!

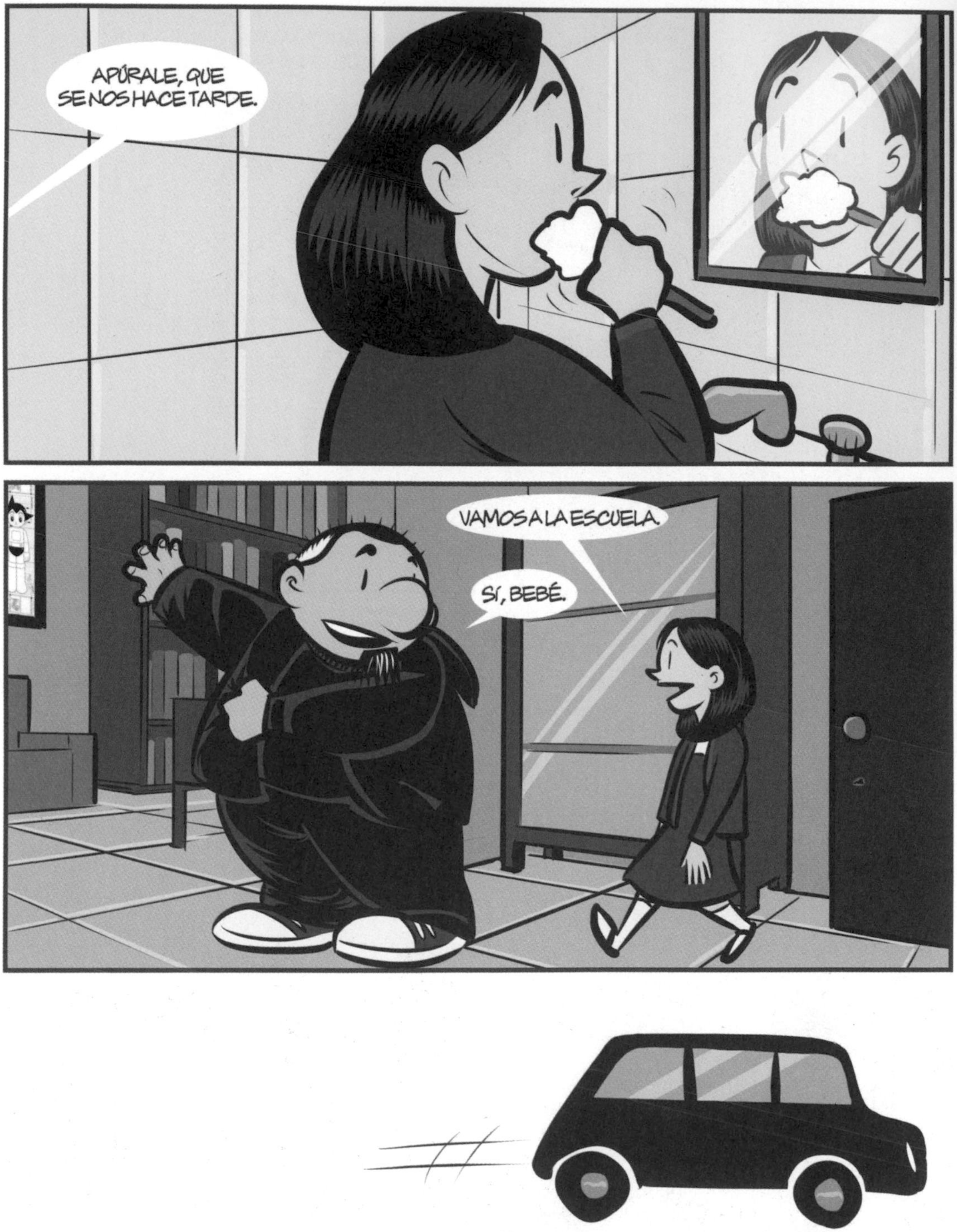
APÚRALE, QUE SE NOS HACE TARDE.
VAMOS A LA ESCUELA.
SÍ, BEBÉ.

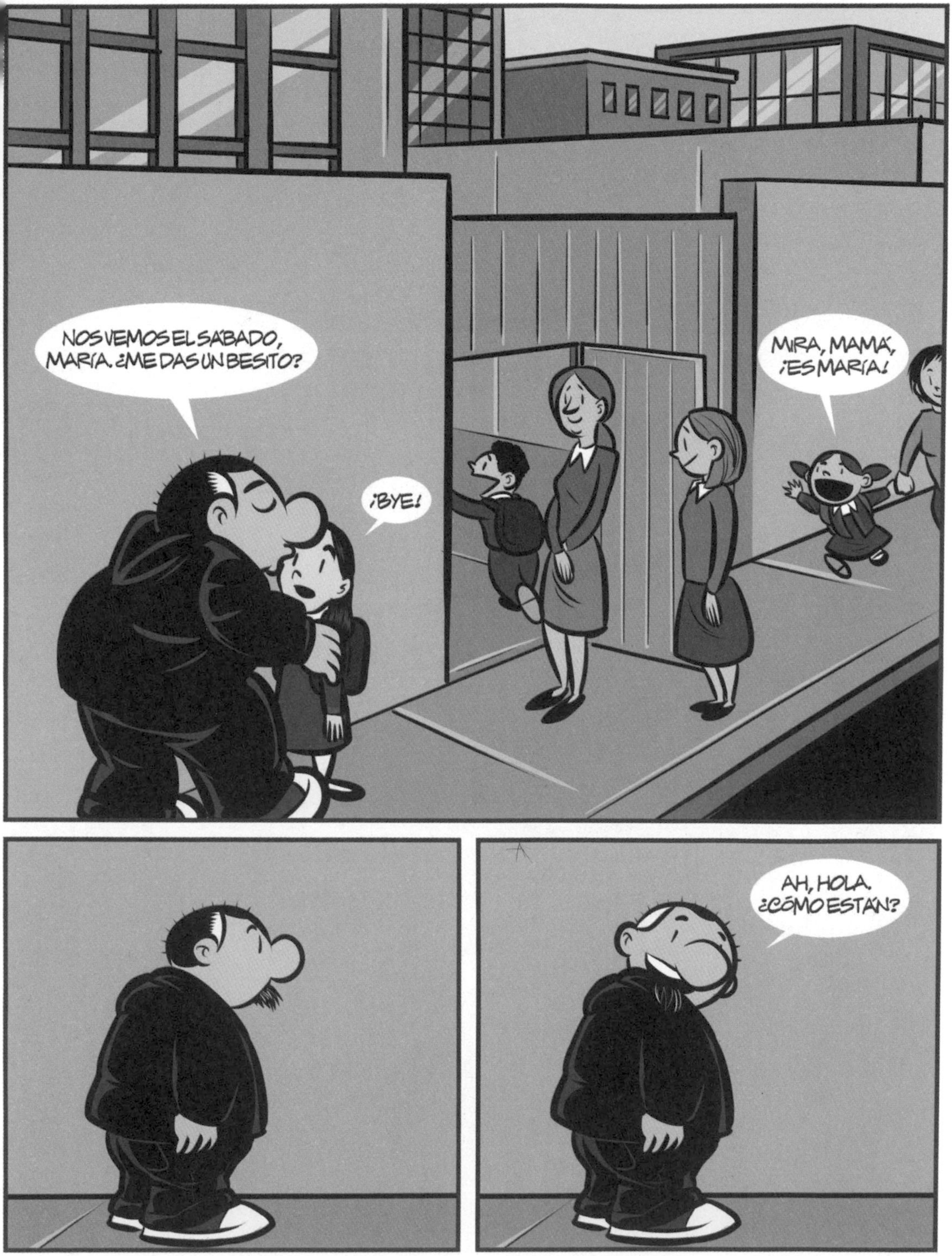
NOS VEMOS EL SÁBADO, MARÍA. ¿ME DAS UN BESITO?
¡BYE!
MIRA, MAMÁ, ¡ES MARÍA!
AH, HOLA. ¿CÓMO ESTÁN?

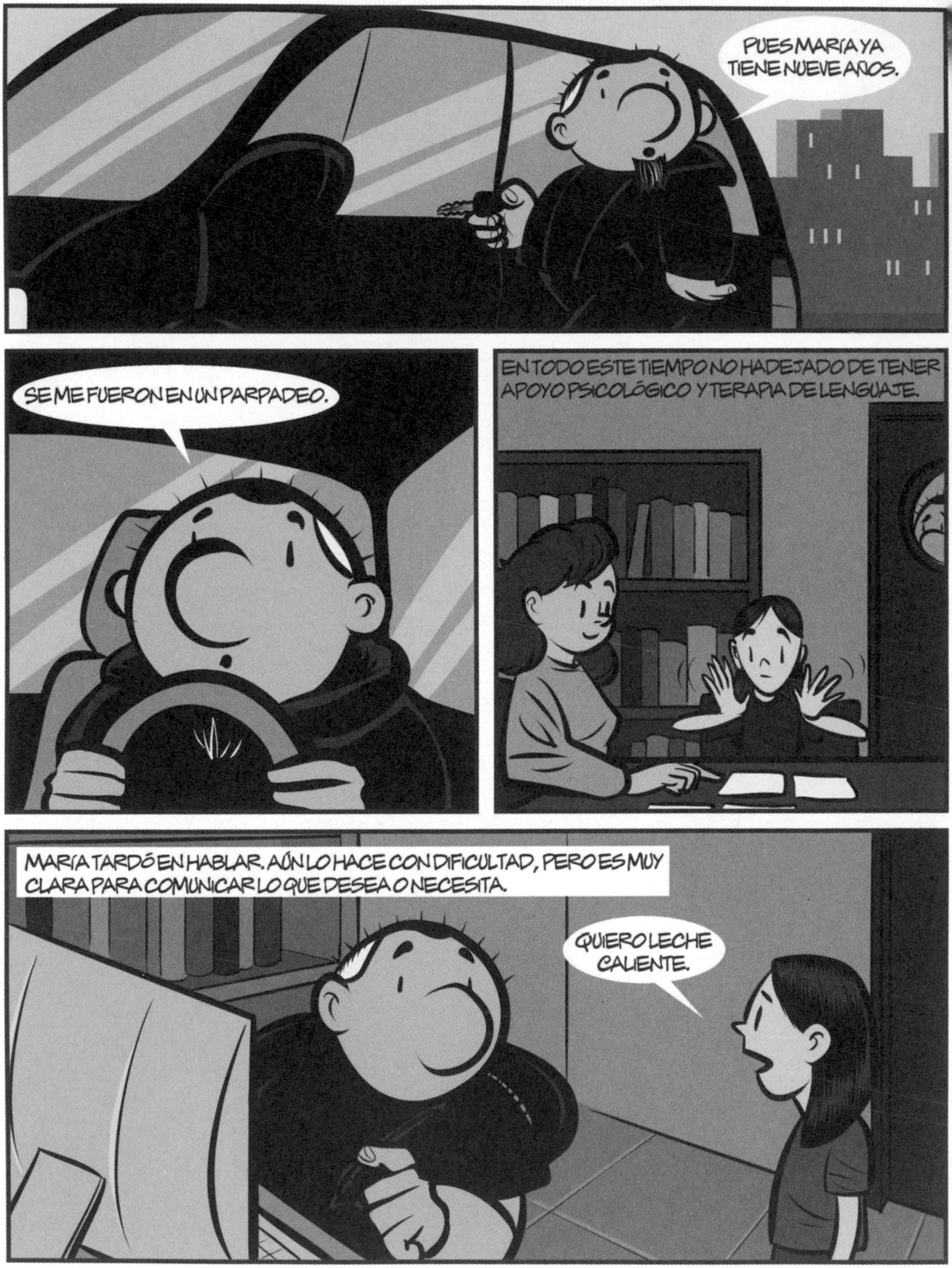
PUES MARÍA YA TIENE NUEVE AÑOS.
SE ME FUERON EN UN PARPADEO.
EN TODO ESTE TIEMPO NO HA DEJADO DE TENER APOYO PSICOLÓGICO Y TERAPIA DE LENGUAJE.
MARÍA TARDÓ EN HABLAR. AÚN LO HACE CON DIFICULTAD, PERO ES MUY CLARA PARA COMUNICAR LO QUE DESEA O NECESITA.
QUIERO LECHE CALIENTE.

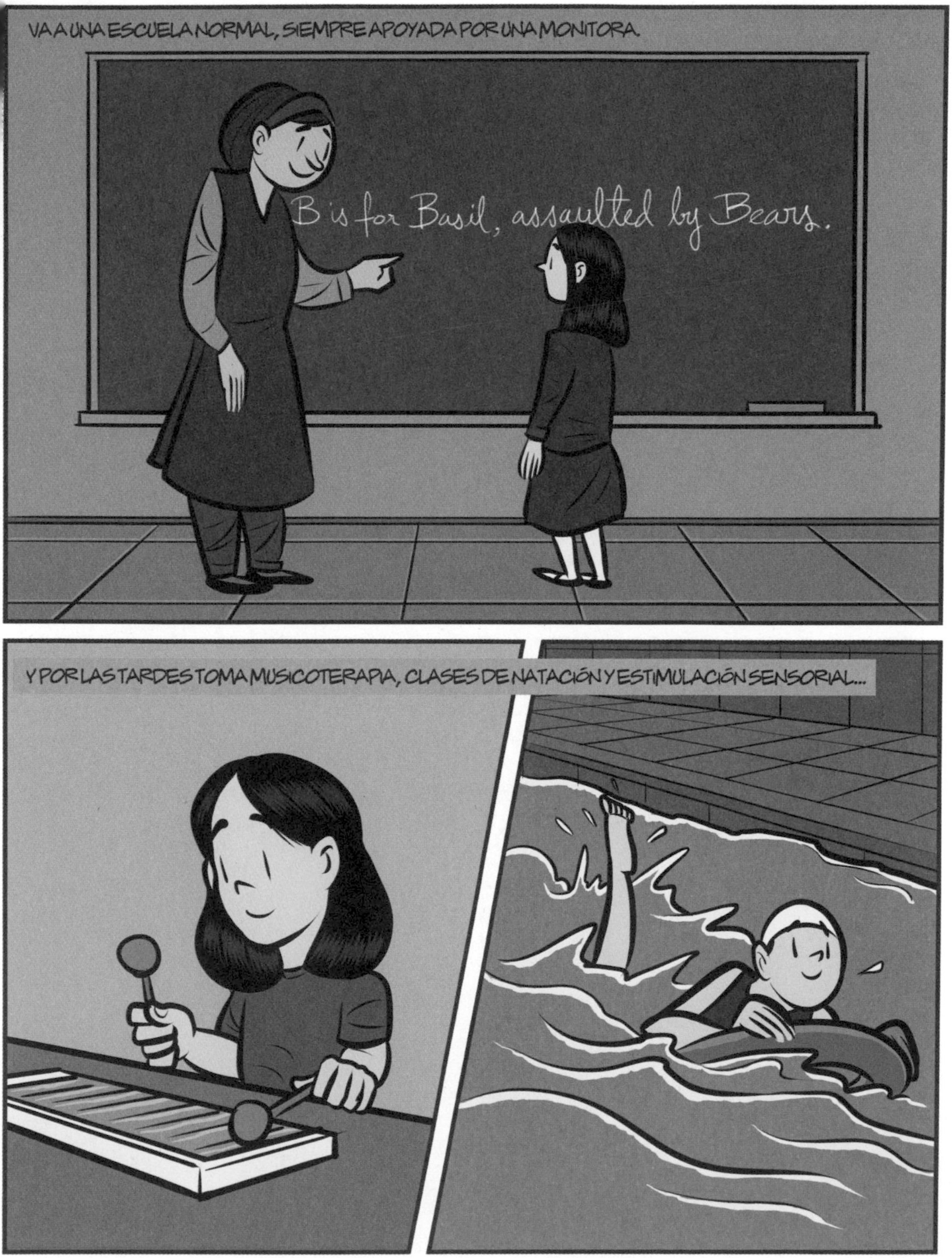
VA A UNA ESCUELA NORMAL, SIEMPRE APOYADA POR UNA MONITORA.
B is for Basil, assaulted by Bears.
Y POR LAS TARDES TOMA MUSICOTERAPIA, CLASES DE NATACIÓN Y ESTIMULACIÓN SENSORIAL...

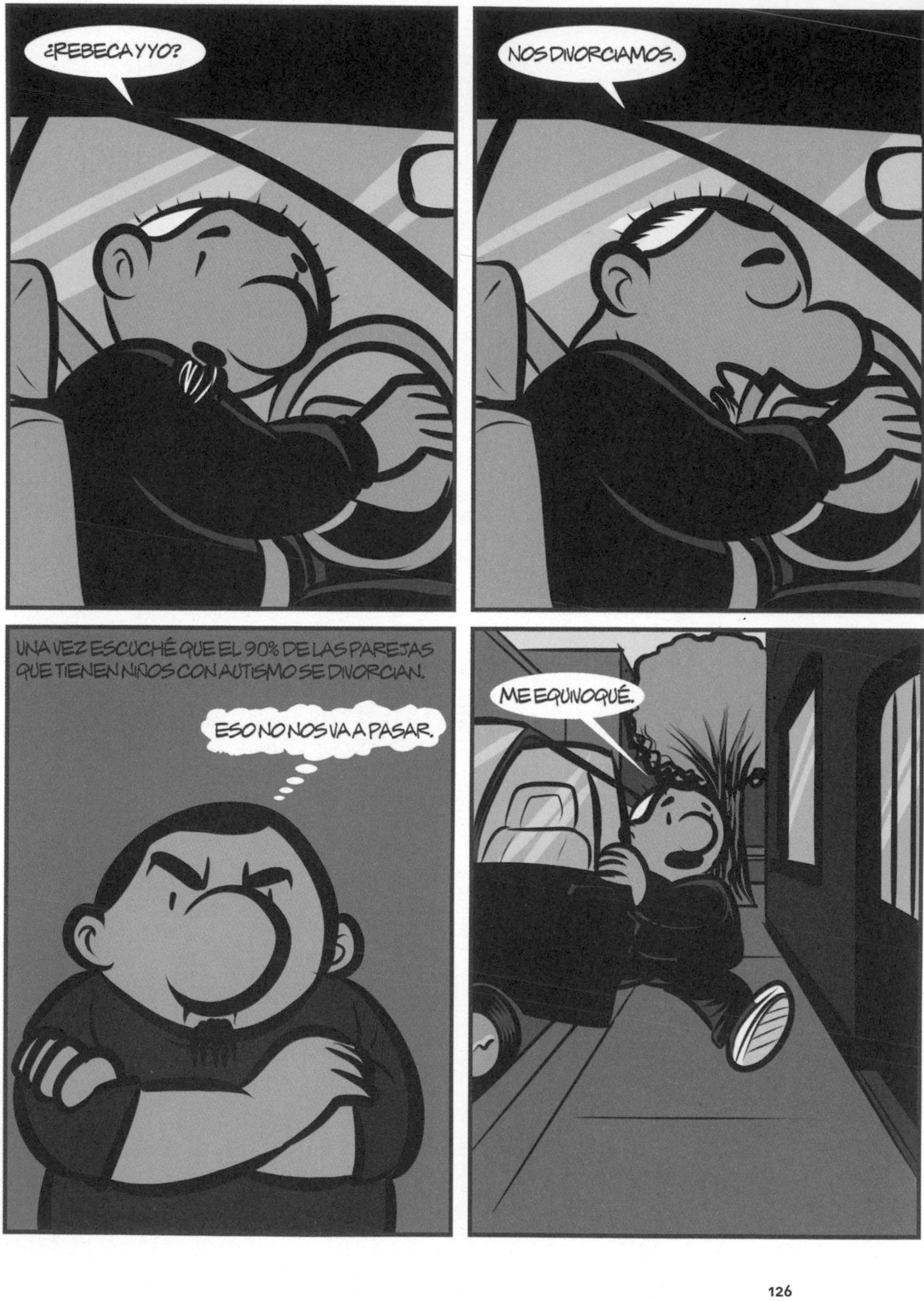
¿REBECA Y YO?
NOS DIVORCIAMOS.
UNA VEZ ESCUCHÉ QUE EL 90% DE LAS PAREJAS QUE TIENEN NIÑOS CON AUTISMO SE DIVORCIAN.
ESO NO NOS VA A PASAR.
ME EQUIVOQUÉ.

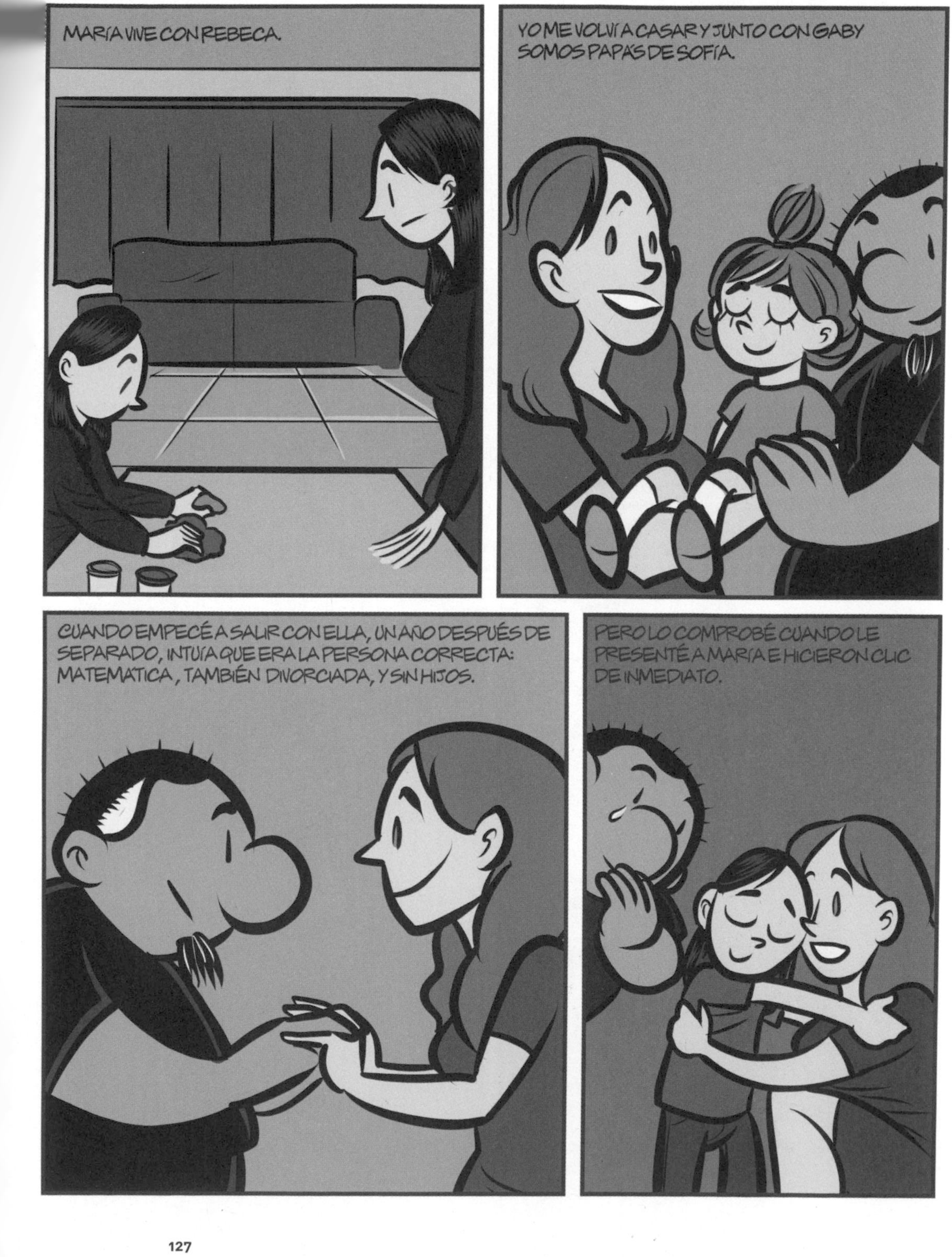
MARÍA VIVE CON REBECA.
YO ME VOLVÍ A CASAR Y JUNTO CON GABY SOMOS PAPÁS DE SOFÍA.
CUANDO EMPECÉ A SALIR CON ELLA, UN AÑO DESPUÉS DE SEPARADO, INTUÍA QUE ERA LA PERSONA CORRECTA: MATEMÁTICA, TAMBIÉN DIVORCIADA, Y SIN HIJOS.
PERO LO COMPROBÉ CUANDO LE PRESENTÉ A MARÍA E HICIERON CLIC DE INMEDIATO.

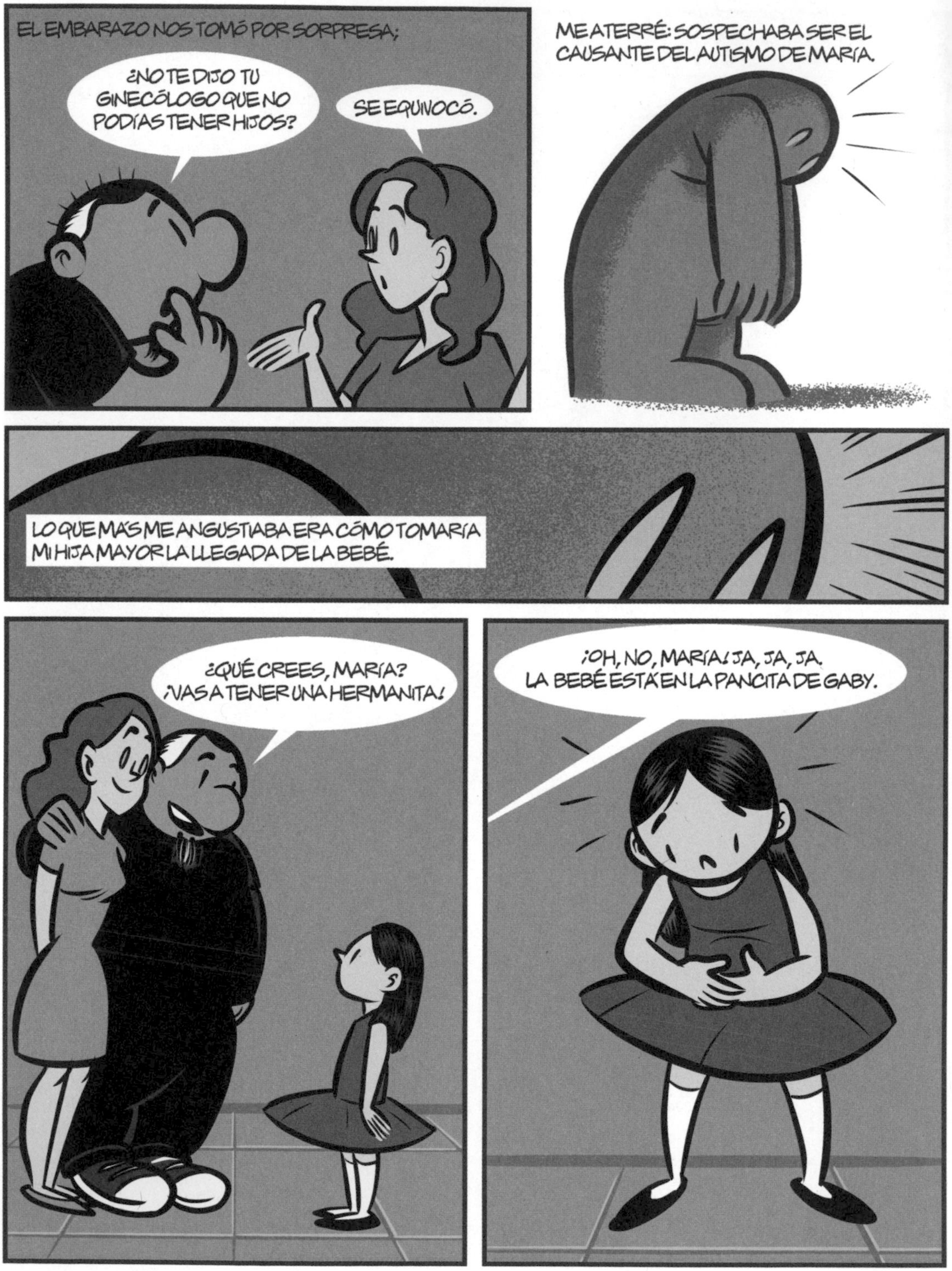
EL EMBARAZO NOS TOMÓ POR SORPRESA;
¿NO TE DIJO TU GINECÓLOGO QUE NO PODÍAS TENER HIJOS?
SE EQUIVOCÓ.
ME ATERRÉ: SOSPECHABA SER EL CAUSANTE DEL AUTISMO DE MARÍA.
LO QUE MÁS ME ANGUSTIABA ERA CÓMO TOMARÍA MI HIJA MAYOR LA LLEGADA DE LA BEBÉ.
¿QUÉ CREES, MARÍA? ¡VAS A TENER UNA HERMANITA!
¡OH, NO, MARÍA! JA, JA, JA. LA BEBÉ ESTÁ EN LA PANCITA DE GABY.

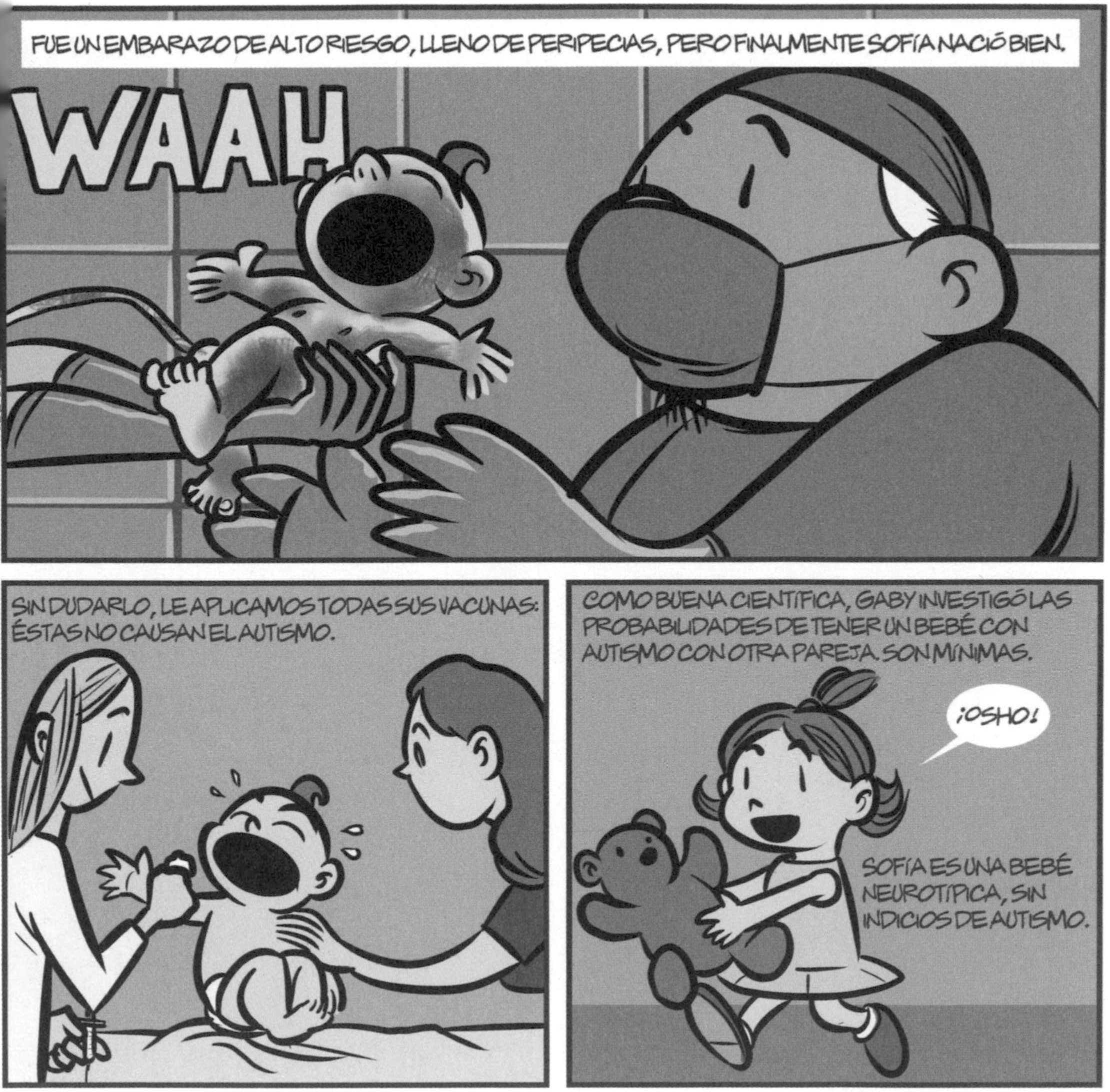
FUE UN EMBARAZO DE ALTO RIESGO, LLENO DE PERIPECIAS, PERO FINALMENTE SOFÍA NACIÓ BIEN.
WAAH
SIN DUDARLO, LE APLICAMOS TODAS SUS VACUNAS: ÉSTAS NO CAUSAN EL AUTISMO.
COMO BUENA CIENTÍFICA, GABY INVESTIGÓ LAS PROBABILIDADES DE TENER UN BEBÉ CON AUTISMO CON OTRA PAREJA. SON MÍNIMAS.
¡OSHO!
SOFÍA ES UNA BEBÉ NEUROTÍPICA, SIN INDICIOS DE AUTISMO.

FINALMENTE LLEGÓ EL DÍA DE QUE MARÍA CONOCIERA A SU HERMANITA...

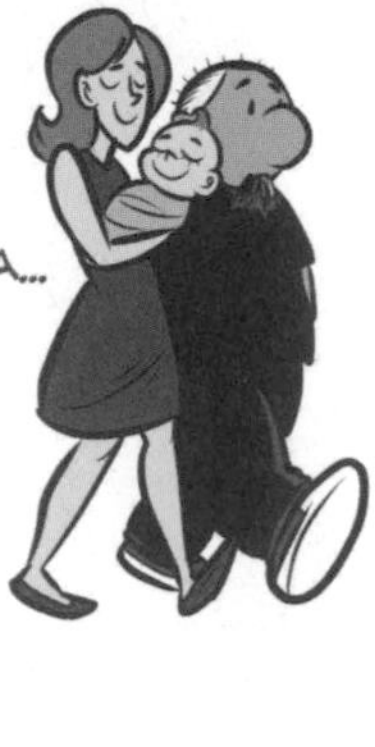

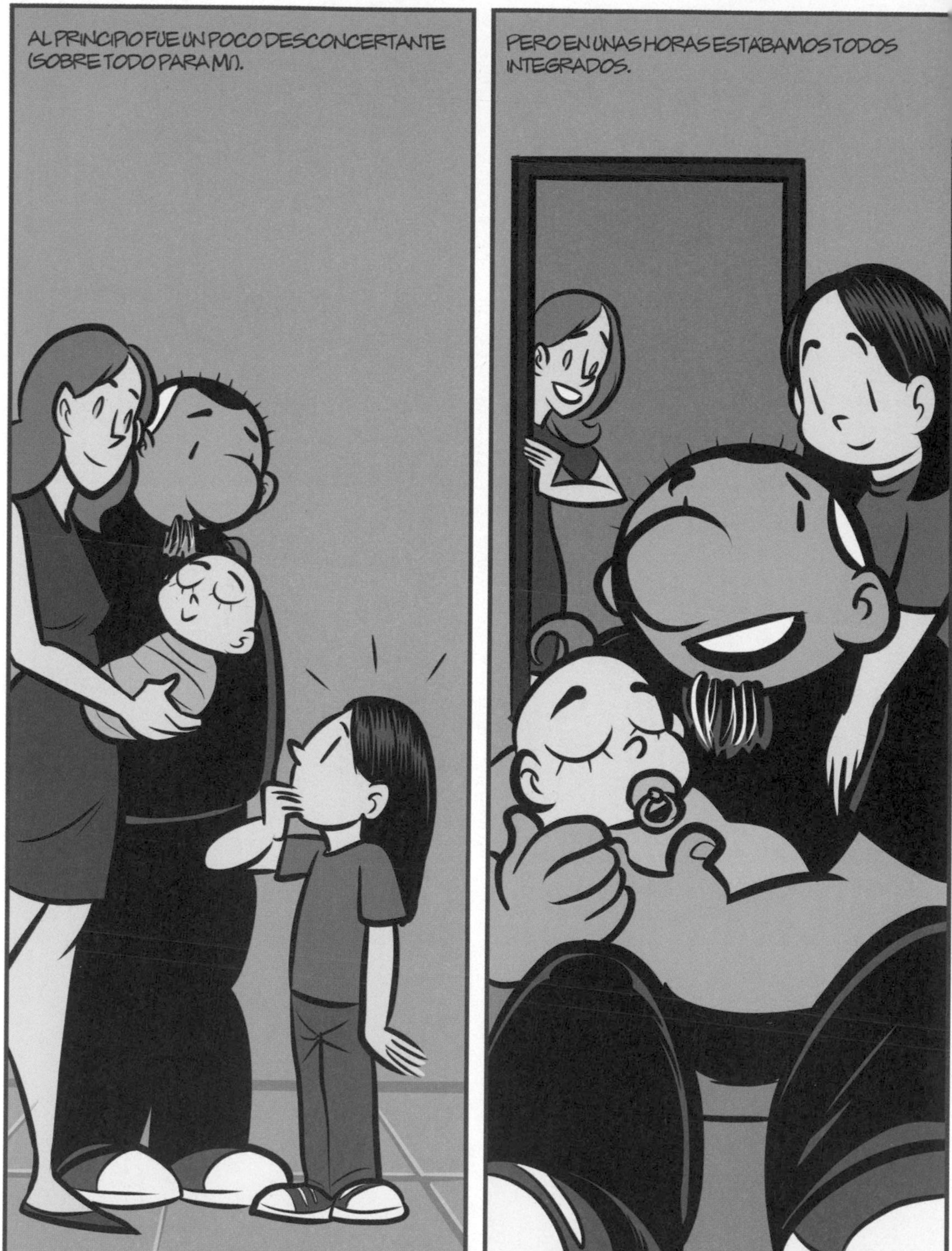
AL PRINCIPIO FUE UN POCO DESCONCERTANTE (SOBRE TODO PARA MÍ).
PERO EN UNAS HORAS ESTÁBAMOS TODOS INTEGRADOS.

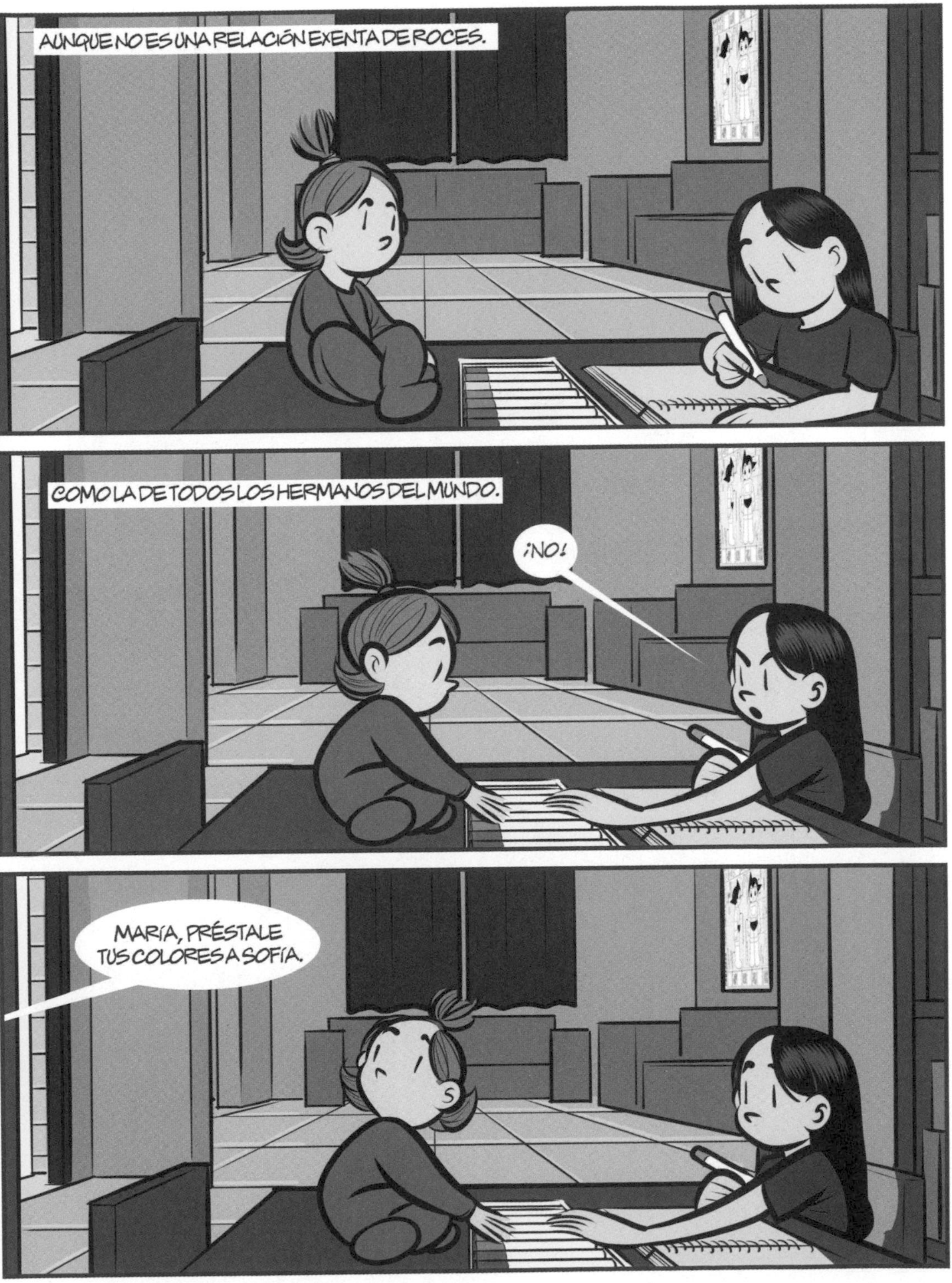
AUNQUE NO ES UNA RELACIÓN EXENTA DE ROCES.
COMO LA DE TODOS LOS HERMANOS DEL MUNDO.
¡NO!
MARÍA, PRÉSTALE TUS COLORES A SOFÍA.

AHORA NO LE HACE MUCHO CASO A SOFÍA.

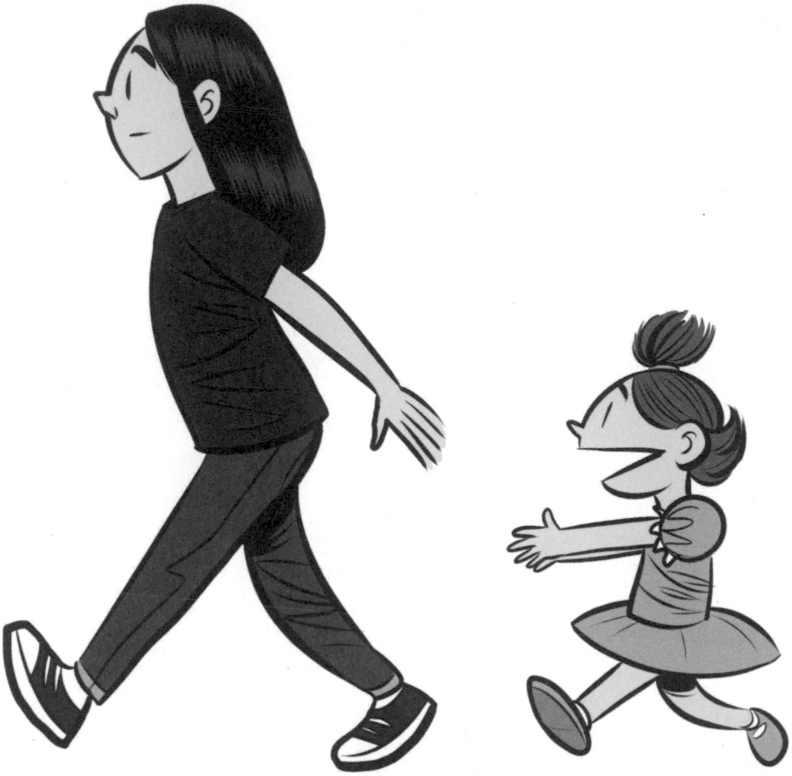

PERO NO LE HACE MUCHO CASO A NADIE.

POR ESO, CADA QUE LA PRESENTO CON ALGUIEN NO PIERDO TIEMPO DANDO EXPLICACIONES:

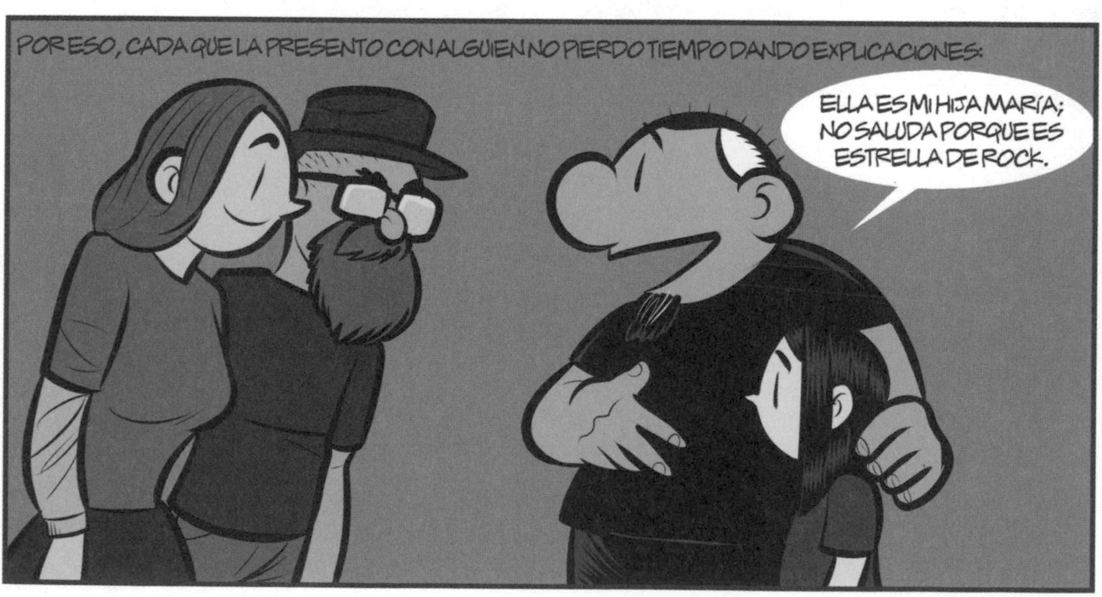
ELLA ES MI HIJA MARÍA; NO SALUDA PORQUE ES ESTRELLA DE ROCK.

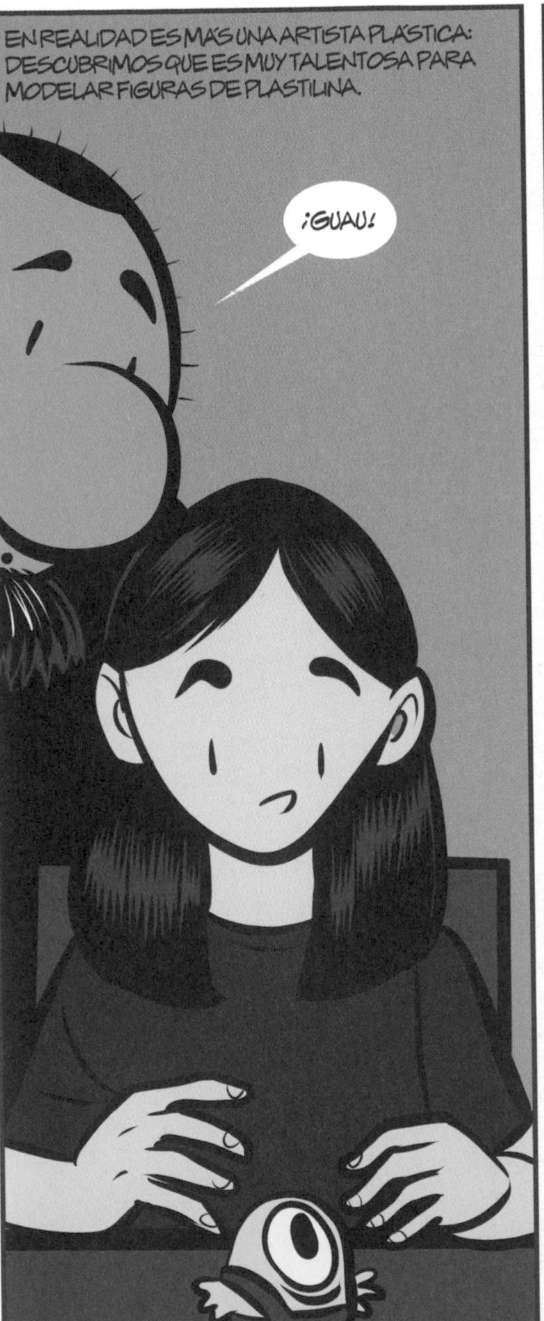
EN REALIDAD ES MÁS UNA ARTISTA PLÁSTICA: DESCUBRIMOS QUE ES MUY TALENTOSA PARA MODELAR FIGURAS DE PLASTILINA.
¡GUAU!

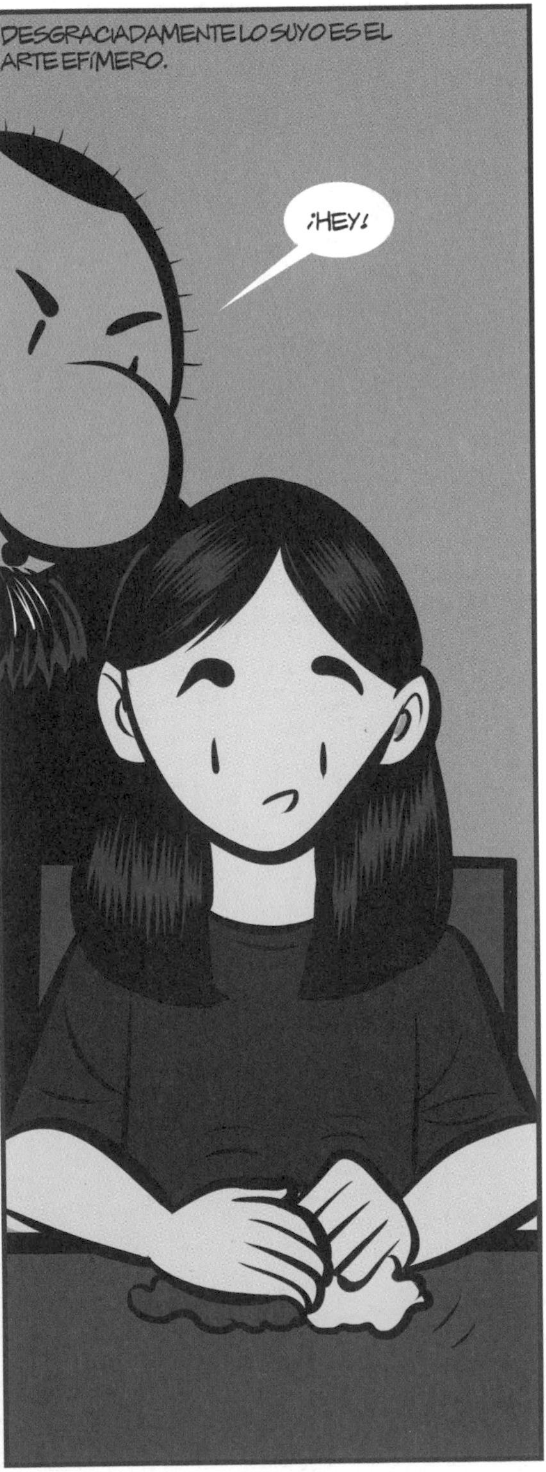
DESGRACIADAMENTE LO SUYO ES EL ARTE EFÍMERO.
¡HEY!

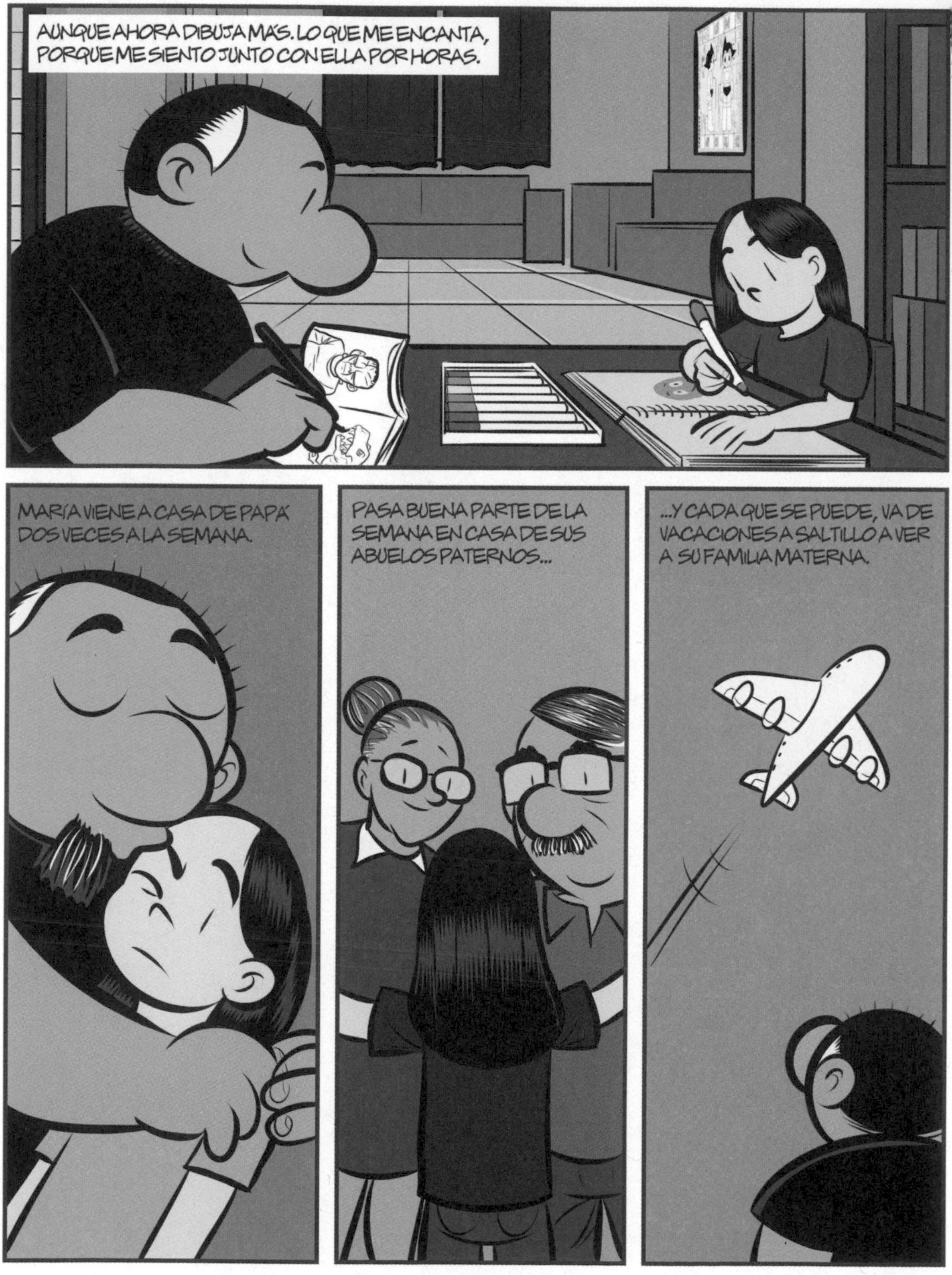
AUNQUE AHORA DIBUJA MÁS. LO QUE ME ENCANTA, PORQUE ME SIENTO JUNTO CON ELLA POR HORAS.
MARÍA VIENE A CASA DE PAPÁ DOS VECES A LA SEMANA.
PASA BUENA PARTE DE LA SEMANA EN CASA DE SUS ABUELOS PATERNOS...
...Y CADA QUE SE PUEDE, VA DE VACACIONES A SALTILLO A VER A SU FAMILIA MATERNA.

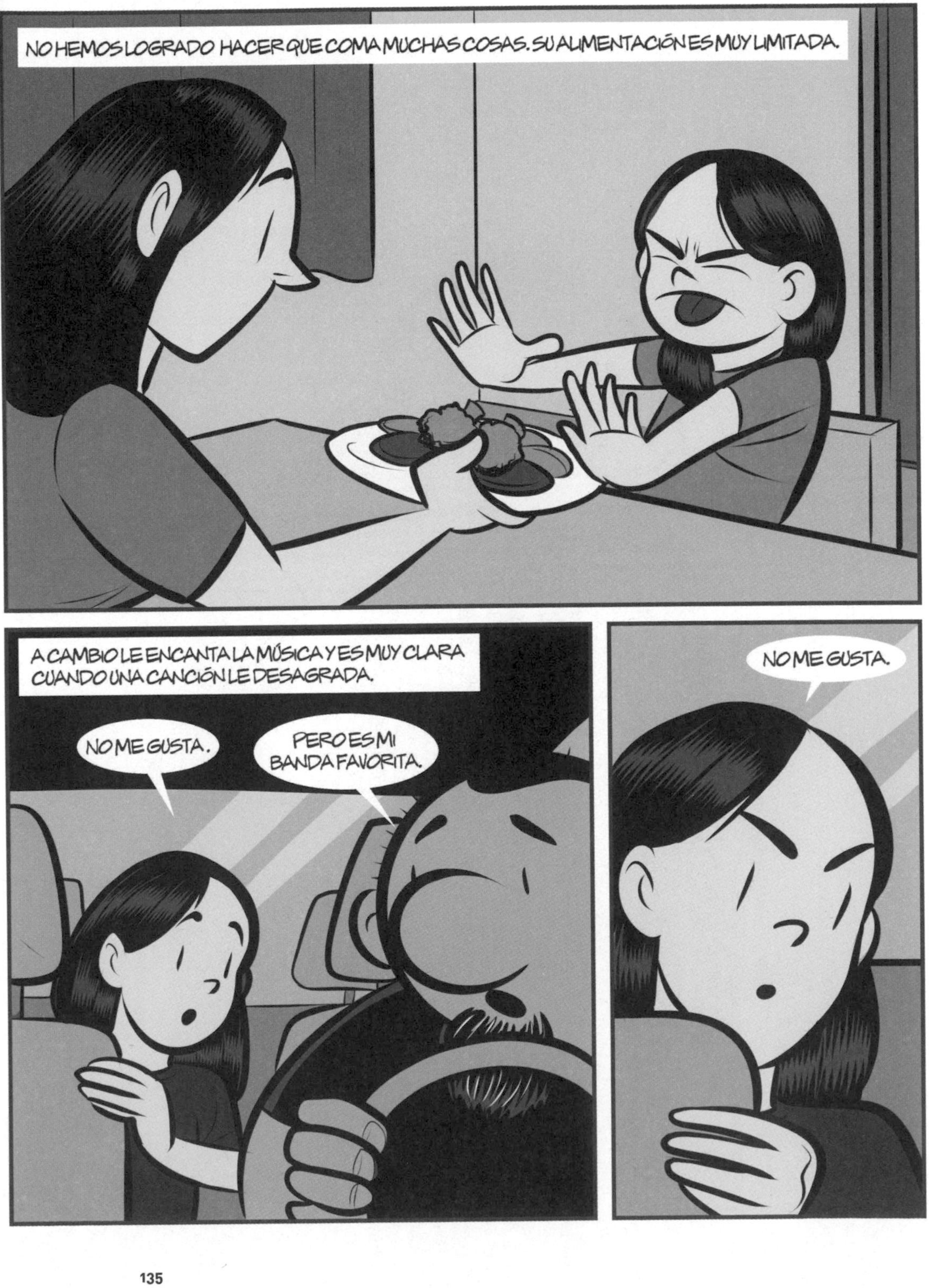
NO HEMOS LOGRADO HACER QUE COMA MUCHAS COSAS. SU ALIMENTACIÓN ES MUY LIMITADA.
A CAMBIO LE ENCANTA LA MÚSICA Y ES MUY CLARA CUANDO UNA CANCIÓN LE DESAGRADA.
NO ME GUSTA.
PERO ES MI BANDA FAVORITA.
NO ME GUSTA.

AL LADO DE MARÍA LA VIDA TRANSCURRE DE OTRO MODO.

LA PRISA SE DILUYE Y TRATAMOS DE ENFOCARNOS EN EL AQUÍ Y EL AHORA.

(YO NO SIEMPRE LO LOGRO).

MI HIJA ES UNA NIÑA PLENA RODEADA DE GENTE QUE LA LLENA DE AMOR, TANTO EN SU FAMILIA COMO EN LA ESCUELA.

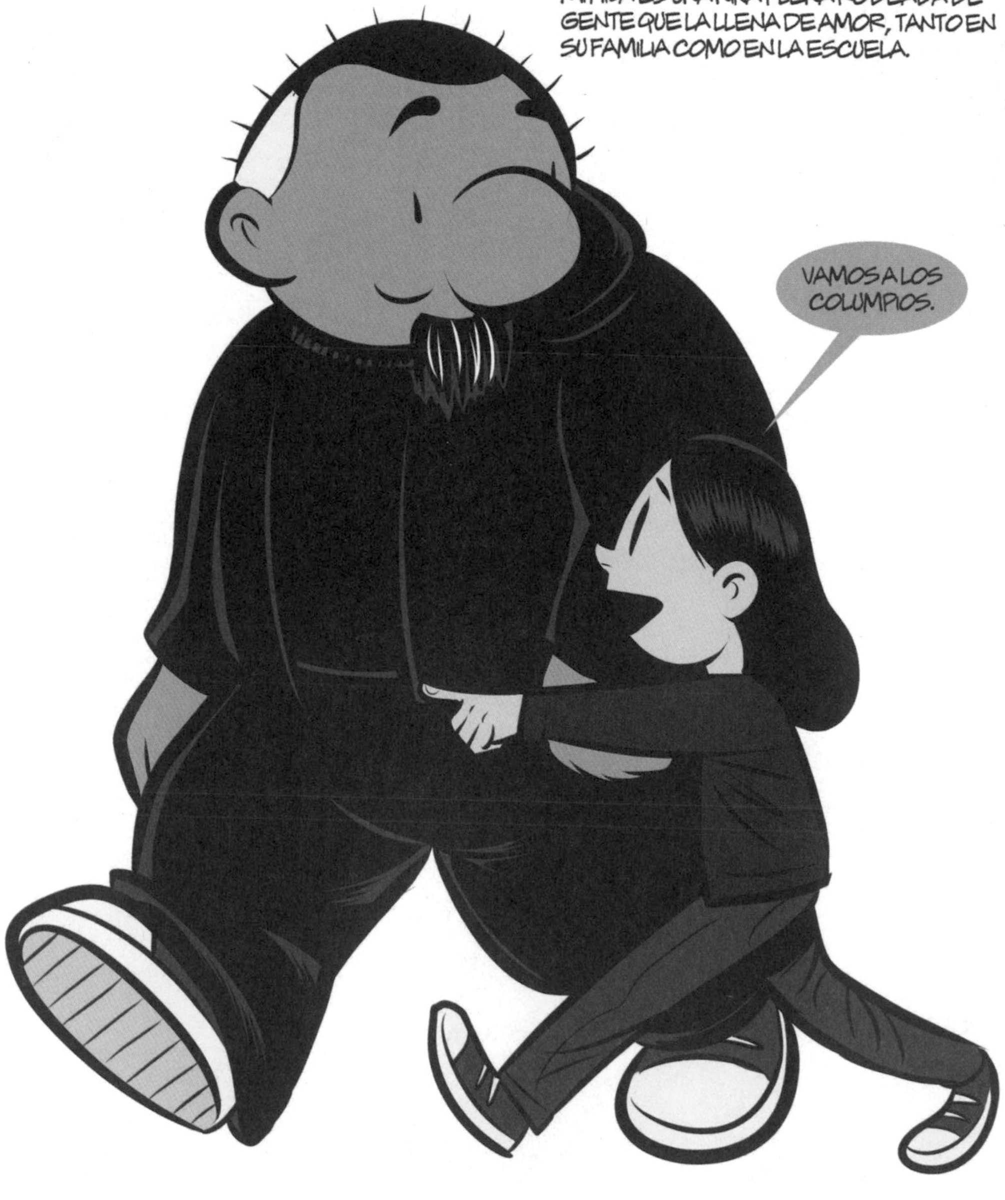
VAMOS A LOS COLUMPIOS.

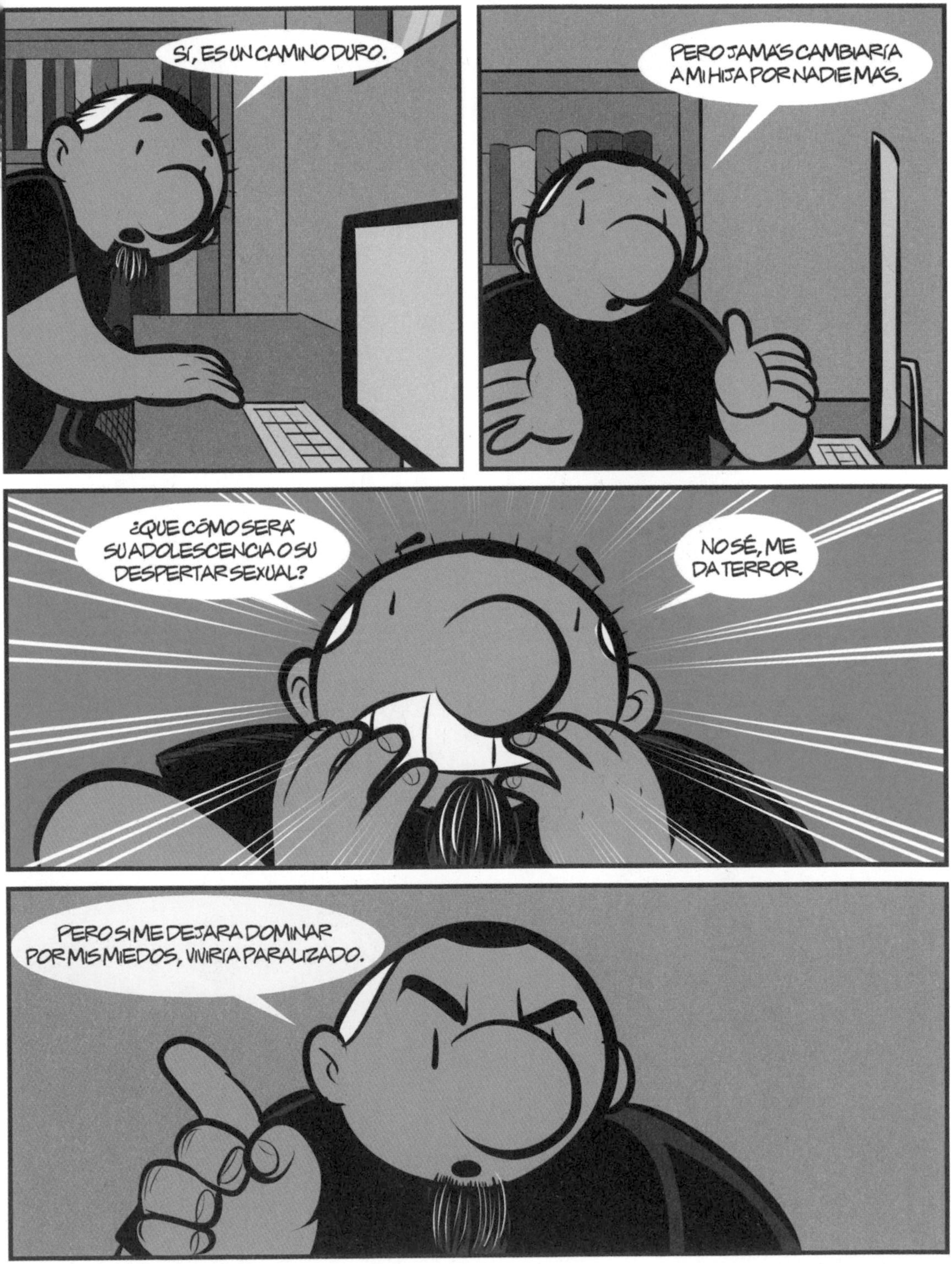
SÍ, ES UN CAMINO DURO.
PERO JAMÁS CAMBIARÍA A MI HIJA POR NADIE MÁS.
¿QUE CÓMO SERÁ SU ADOLESCENCIA O SU DESPERTAR SEXUAL?
NO SÉ, ME DA TERROR.
PERO SI ME DEJARA DOMINAR POR MIS MIEDOS, VIVIRÍA PARALIZADO.

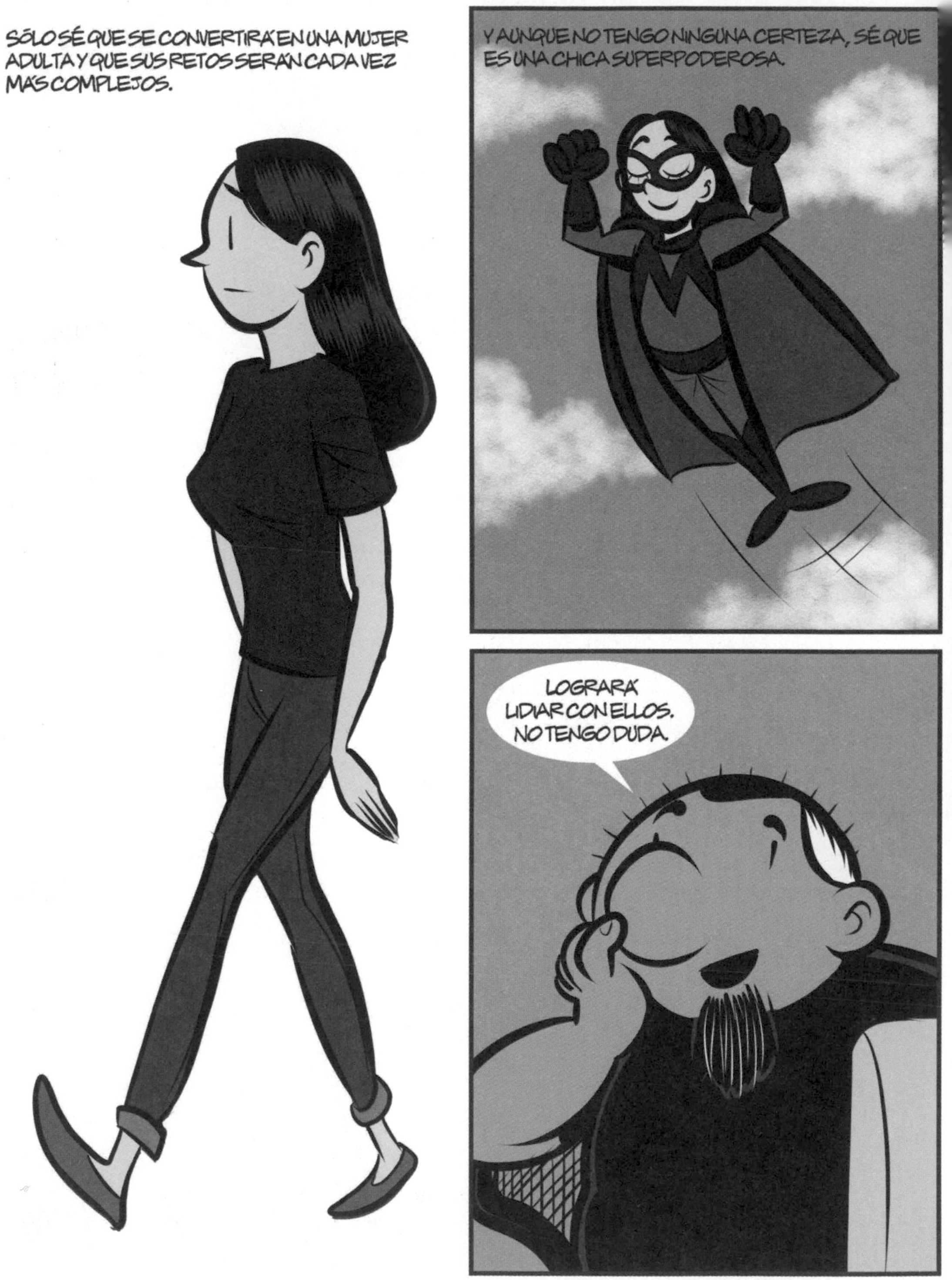
SÓLO SÉ QUE SE CONVERTIRÁ EN UNA MUJER ADULTA Y QUE SUS RETOS SERÁN CADA VEZ MÁS COMPLEJOS.
Y AUNQUE NO TENGO NINGUNA CERTEZA, SÉ QUE ES UNA CHICA SUPERPODEROSA.
LOGRARÁ LIDIAR CON ELLOS. NO TENGO DUDA.

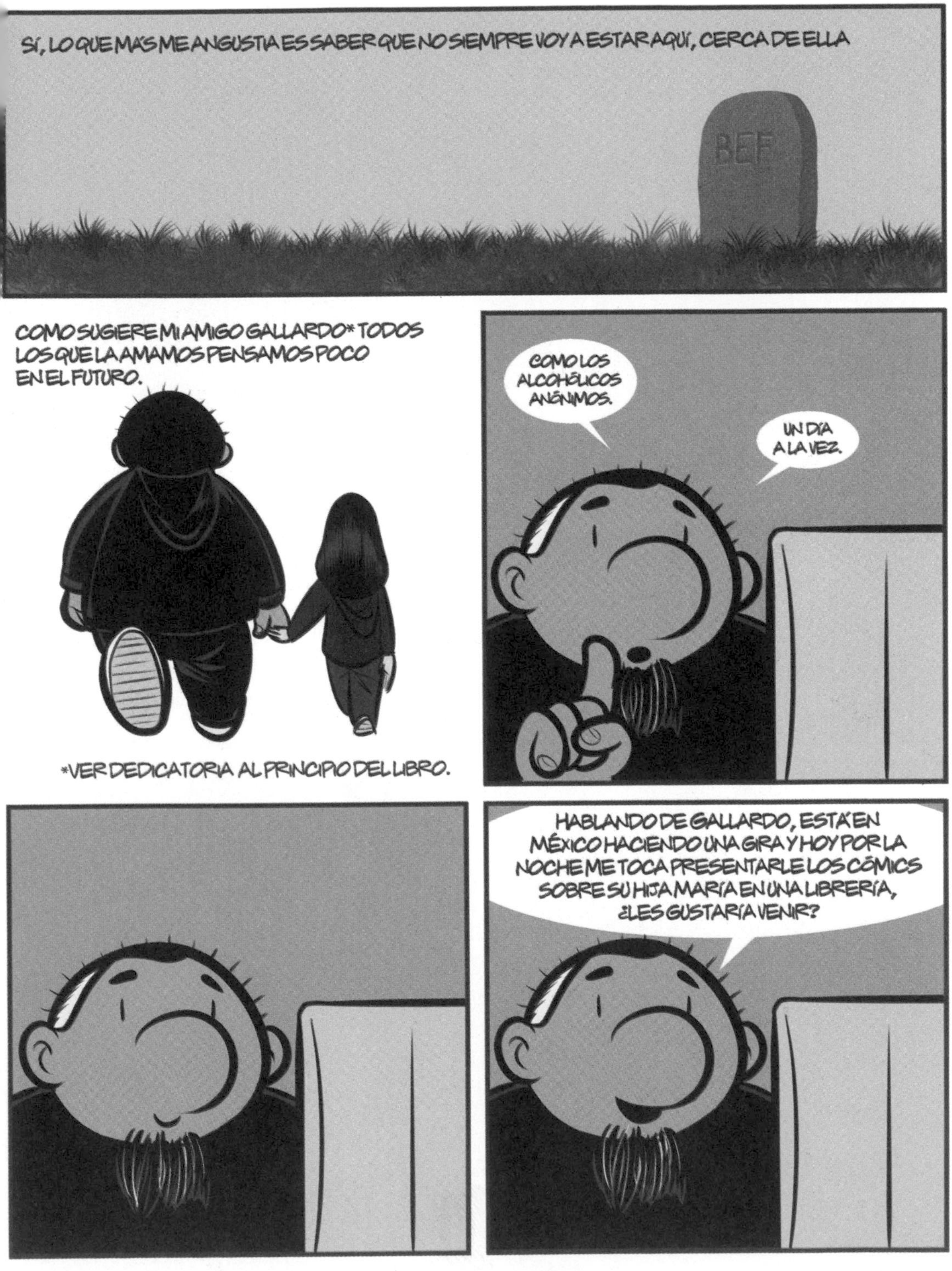
SÍ, LO QUE MÁS ME ANGUSTIA ES SABER QUE NO SIEMPRE VOY A ESTAR AQUÍ, CERCA DE ELLA
BEF
COMO SUGIERE MI AMIGO GALLARDO* TODOS LOS QUE LA AMAMOS PENSAMOS POCO EN EL FUTURO.
*VER DEDICATORIA AL PRINCIPIO DEL LIBRO.
COMO LOS ALCOHÓLICOS ANÓNIMOS.
UN DÍA A LA VEZ.
HABLANDO DE GALLARDO, ESTÁ EN MÉXICO HACIENDO UNA GIRA Y HOY POR LA NOCHE ME TOCA PRESENTARLE LOS CÓMICS SOBRE SU HIJA MARÍA EN UNA LIBRERÍA, ¿LES GUSTARÍA VENIR?

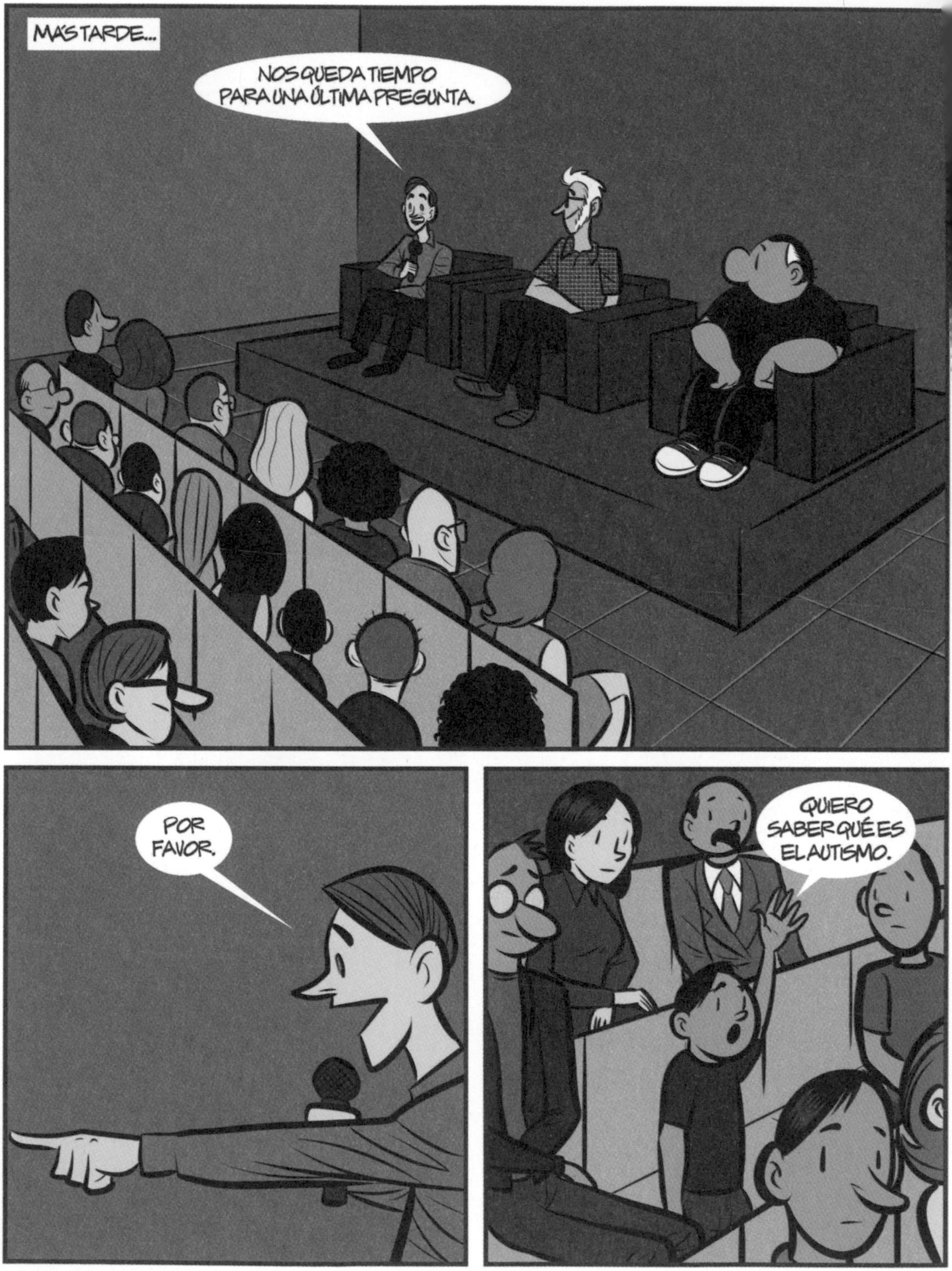
MÁS TARDE...
NOS QUEDA TIEMPO PARA UNA ÚLTIMA PREGUNTA.
POR FAVOR.
QUIERO SABER QUÉ ES EL AUTISMO.

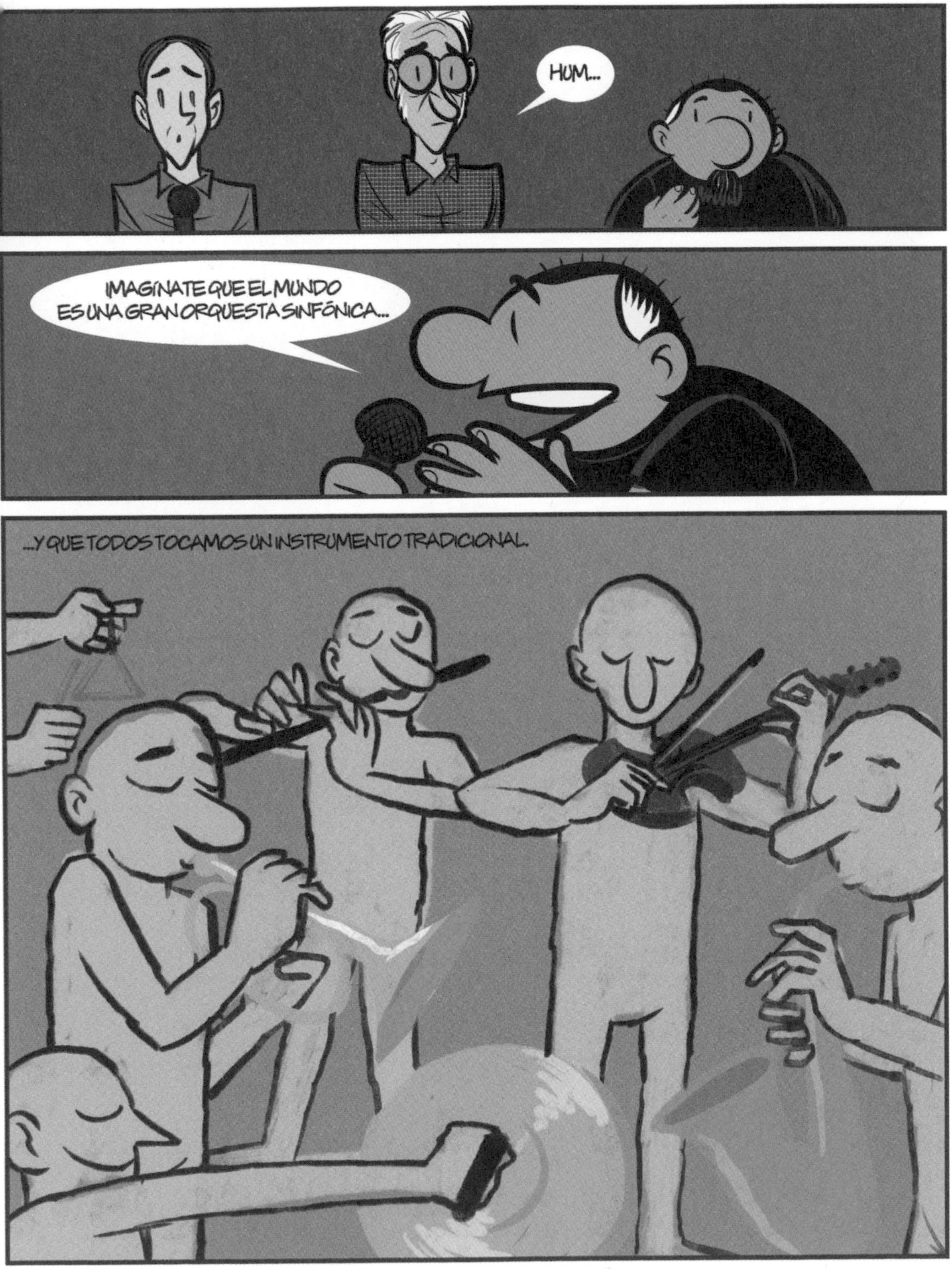
HUM...
IMAGÍNATE QUE EL MUNDO ES UNA GRAN ORQUESTA SINFÓNICA...
...Y QUE TODOS TOCAMOS UN INSTRUMENTO TRADICIONAL.

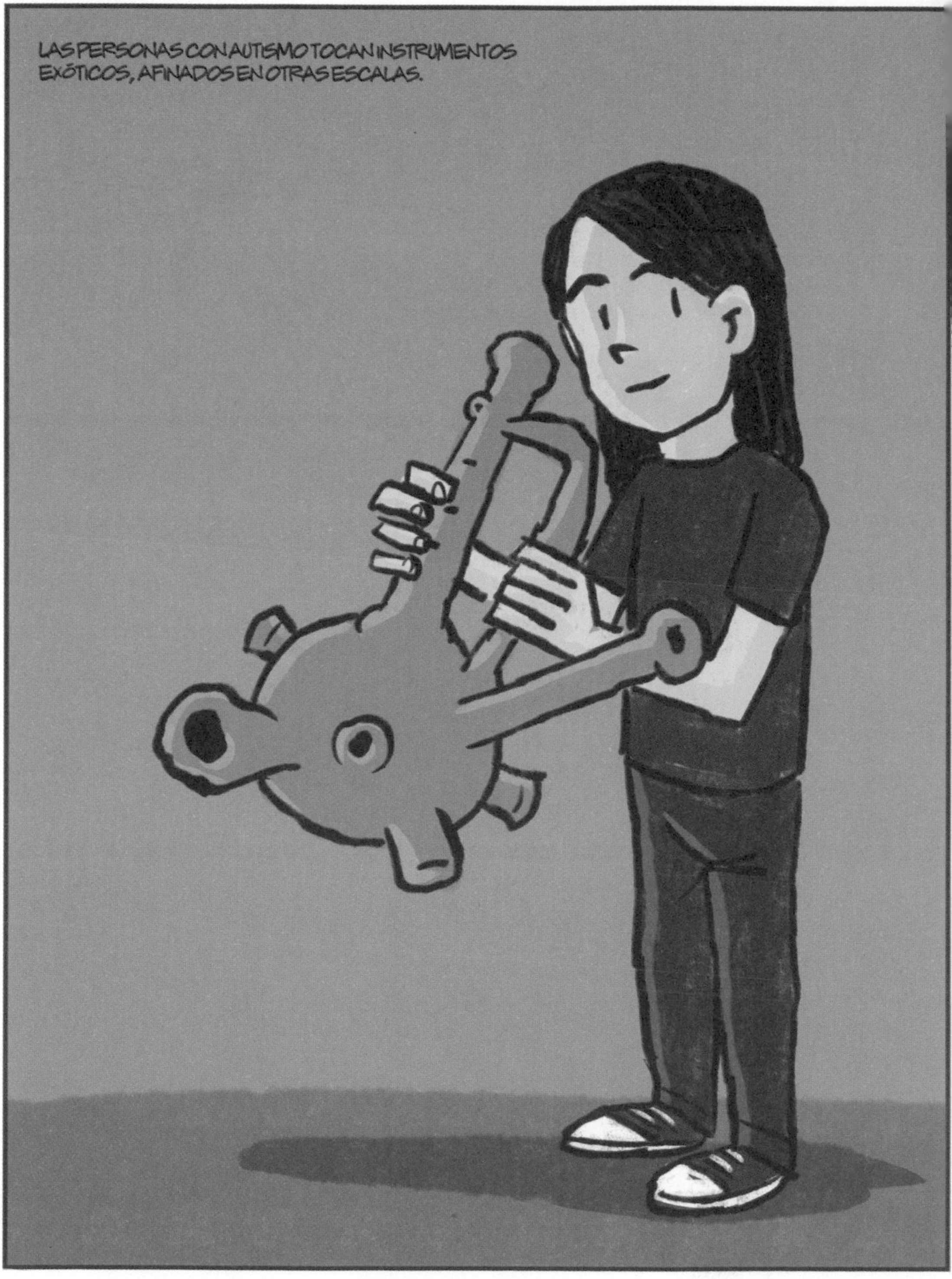
LAS PERSONAS CON AUTISMO TOCAN INSTRUMENTOS EXÓTICOS, AFINADOS EN OTRAS ESCALAS.

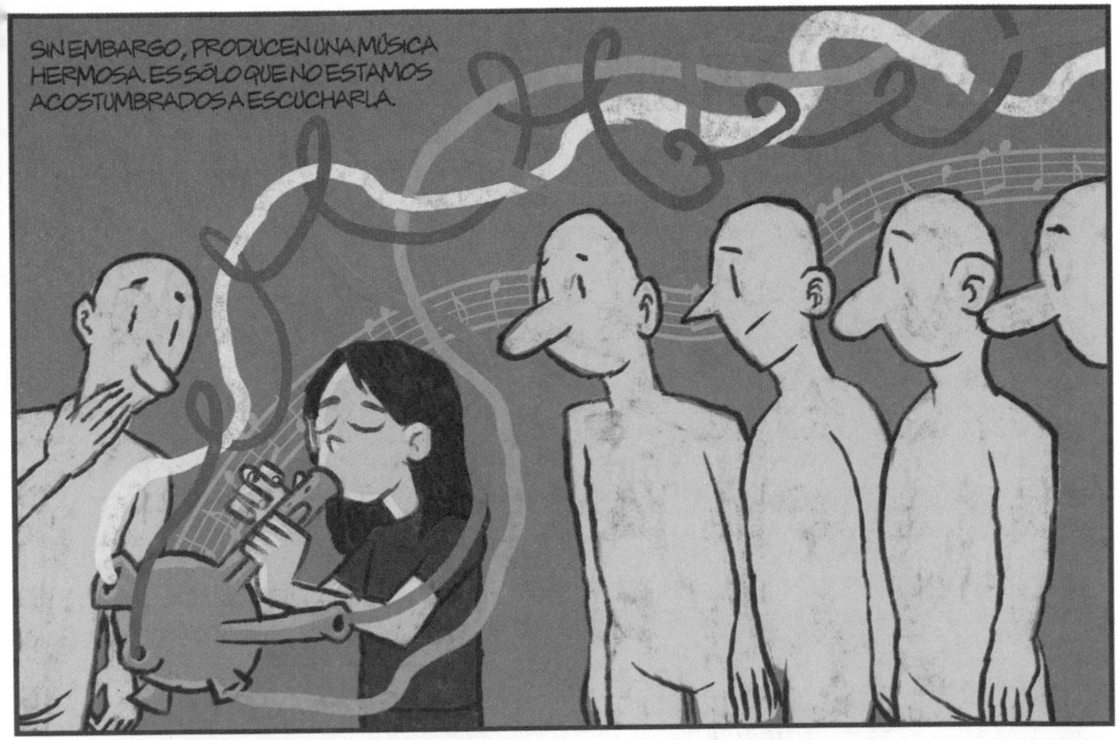
SIN EMBARGO, PRODUCEN UNA MÚSICA HERMOSA. ES SÓLO QUE NO ESTAMOS ACOSTUMBRADOS A ESCUCHARLA.

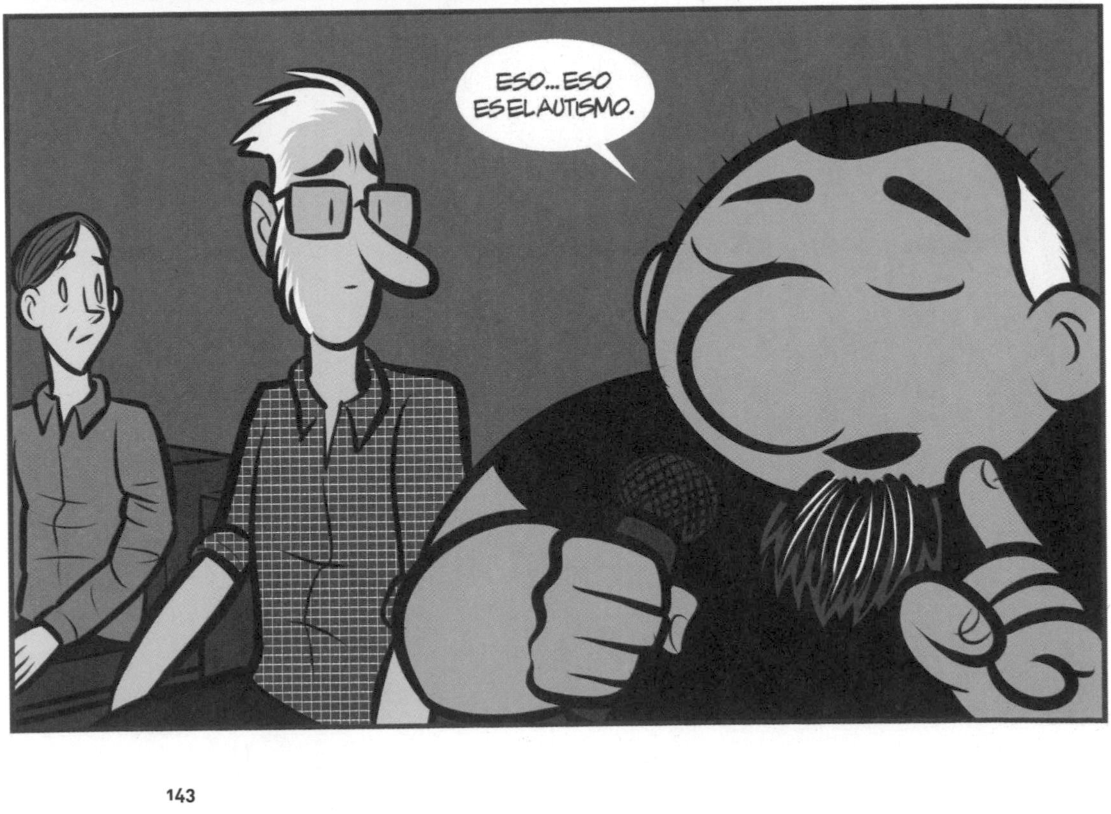
ESO... ESO ES EL AUTISMO.

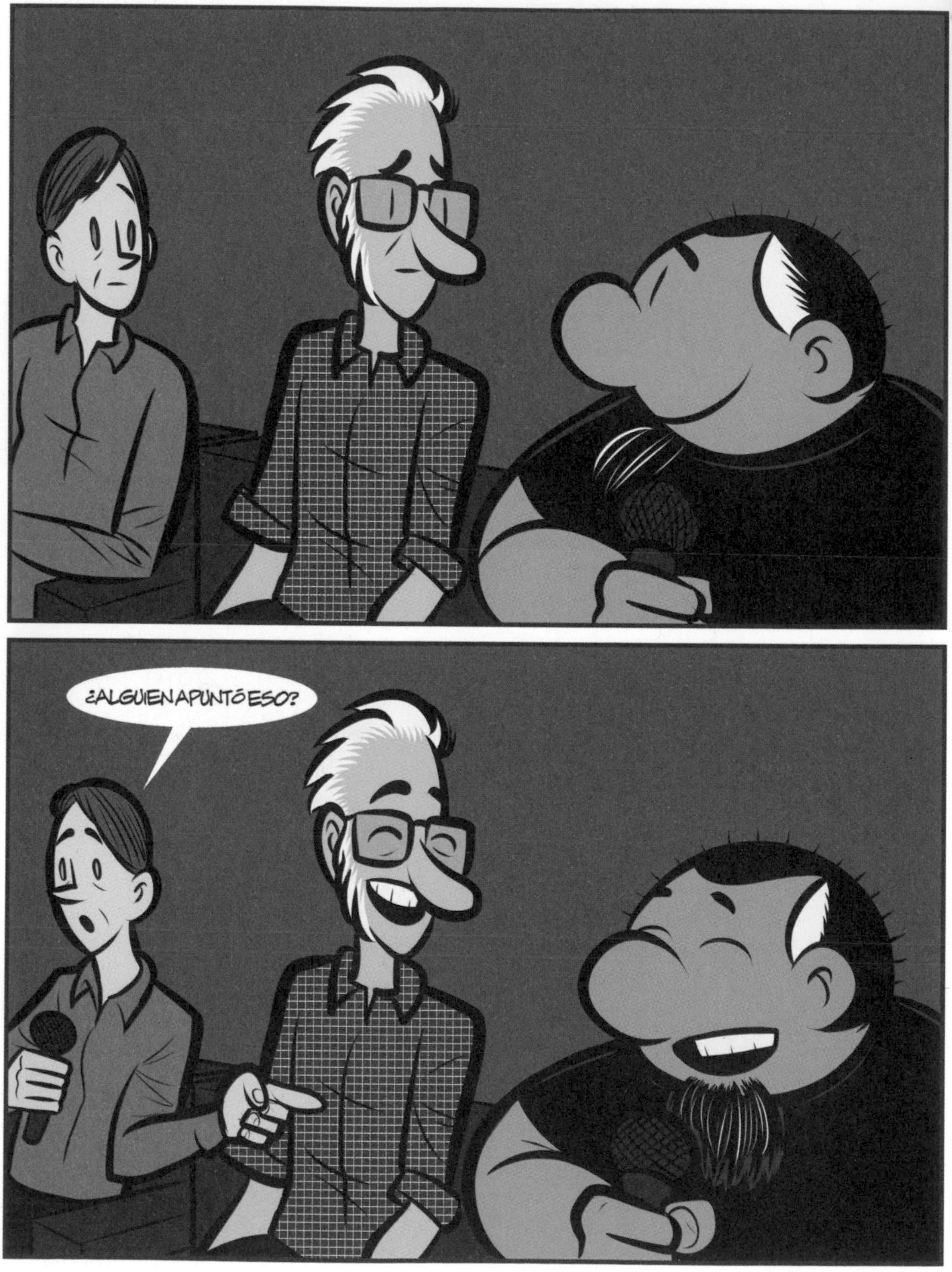
¿ALGUIEN APUNTÓ ESO?

EPÍLOGO

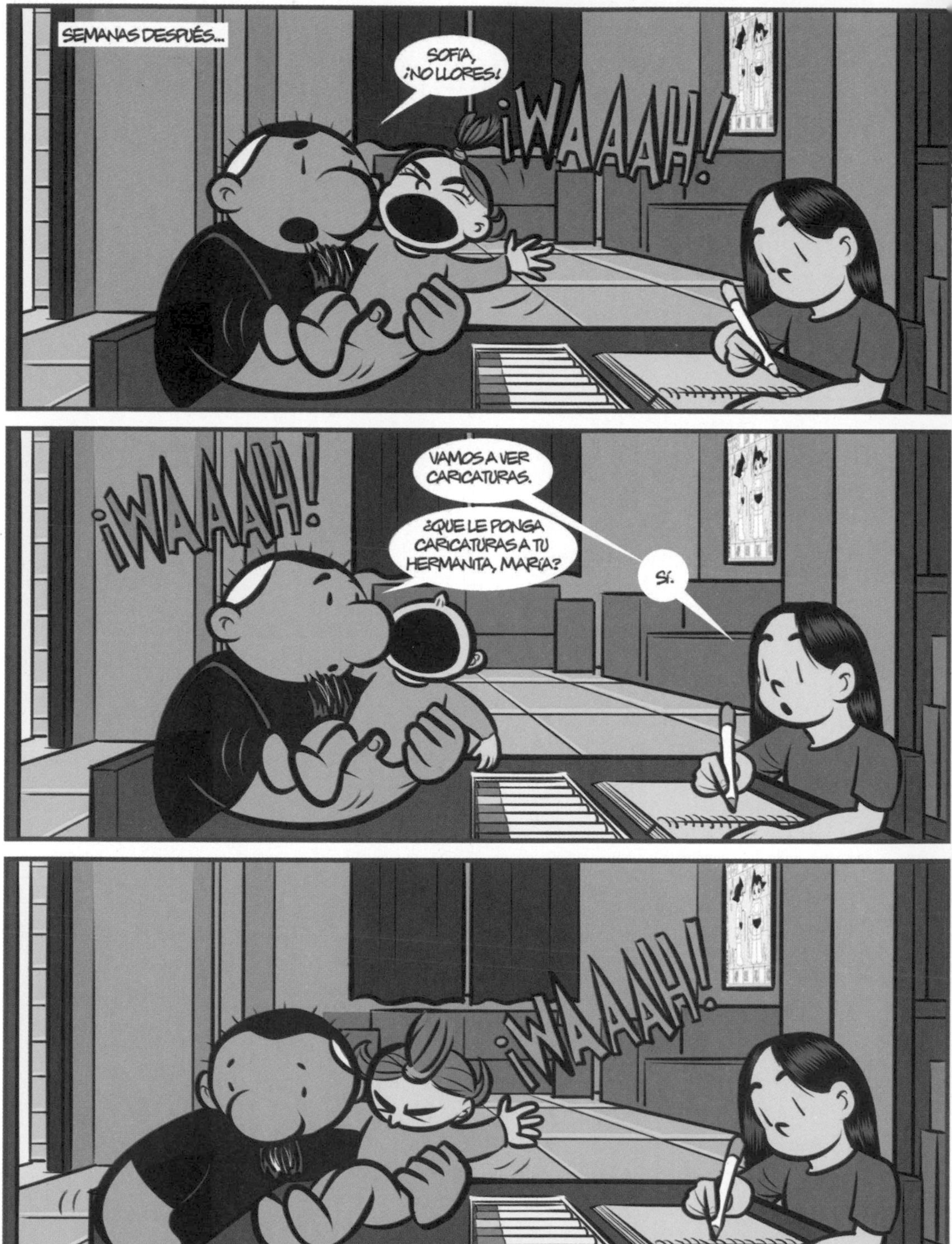
SEMANAS DESPUÉS...
SOFÍA, ¡NO LLORES!
¡WAAAH!
¡WAAAH!
VAMOS A VER CARICATURAS.
¿QUE LE PONGA CARICATURAS A TU HERMANITA, MARÍA?
SÍ.
¡WAAAH!

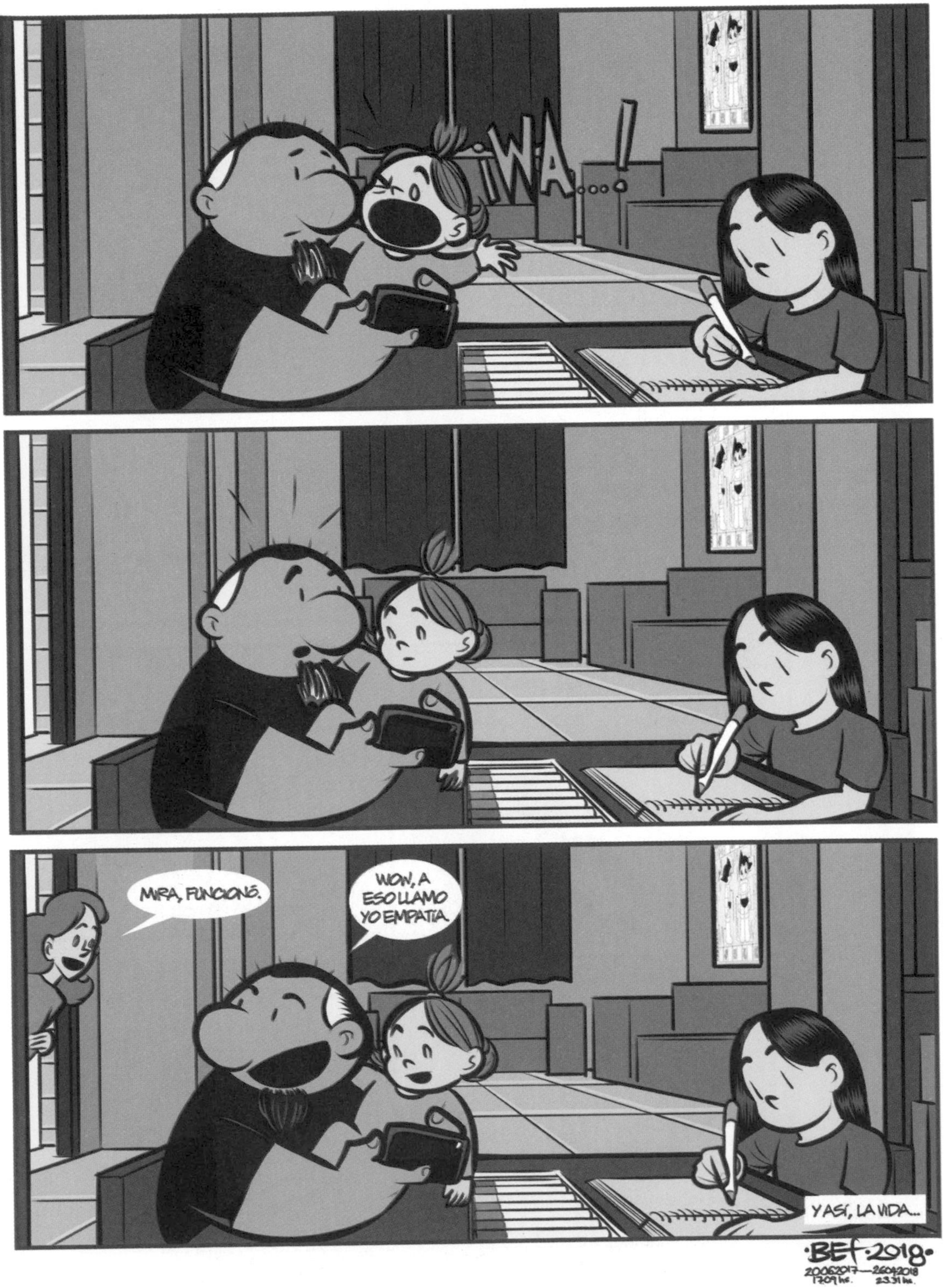
¡WA...!
MIRA, FUNCIONÓ.
WOW, A ESO LLAMO YO EMPATÍA.
Y ASÍ, LA VIDA...
·BEF·2018·
20062017 — 26042018
1709 hs. 2331 hs.

EL AUTISMO ☐O ES ☐N. EL UNA ☐MEDAD☐

ES UNA FORMA DE DESARROLLO DIFERENTE.

POR REBECA DÁVILA Y BEF/PRIMAVERA MMXIII

En 2013 Rebeca Dávila, mamá de María, y yo hicimos este cómic para que los vecinos de nuestro edificio y del barrio entendieran un poco el comportamiento peculiar de nuestra hija. Funcionó: dejaron de verla con ojos de extrañeza. Y además se hizo viral.

Desde entonces, cada año, en abril, Rebeca hace un cómic con un dibujante distinto para crear conciencia sobre el autismo. Estas dos páginas fueron el origen de este volumen y aquí se presentan por primera vez en glorioso Technicolor.

HOLA, SOY MARÍA. TENGO CUATRO AÑOS. QUIZÁ ME HAYAS VISTO POR AHÍ, SOY PARTE DE TU COMUNIDAD.

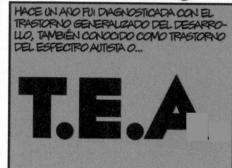

HACE UN AÑO FUI DIAGNOSTICADA CON EL TRASTORNO GENERALIZADO DEL DESARRO-LLO, TAMBIÉN CONOCIDO COMO TRASTORNO DEL ESPECTRO AUTISTA O...

T.E.A☐

EL AUTISMO NO ES UNA ENFERMEDAD MENTAL, SINO UNA ALTERACIÓN DEL DESARROLLO NEURONAL SIN ORIGEN IDENTIFICADO QUE AFECTA ÁREAS COMO:

DESARROLLO DEL LENGUAJE

HABLO POQUITO.

PERO ENTIENDO TODO.

CAPACIDAD DE SOCIALIZACIÓN E INTERACCIÓN.

MARÍA.

¿MARÍA?

¡¡¡MARÍA!!

Y PRESENCIA DE MOVIMIENTOS REPETITIVOS ESTEREOTIPADOS, ENTRE OTROS SÍNTOMAS.

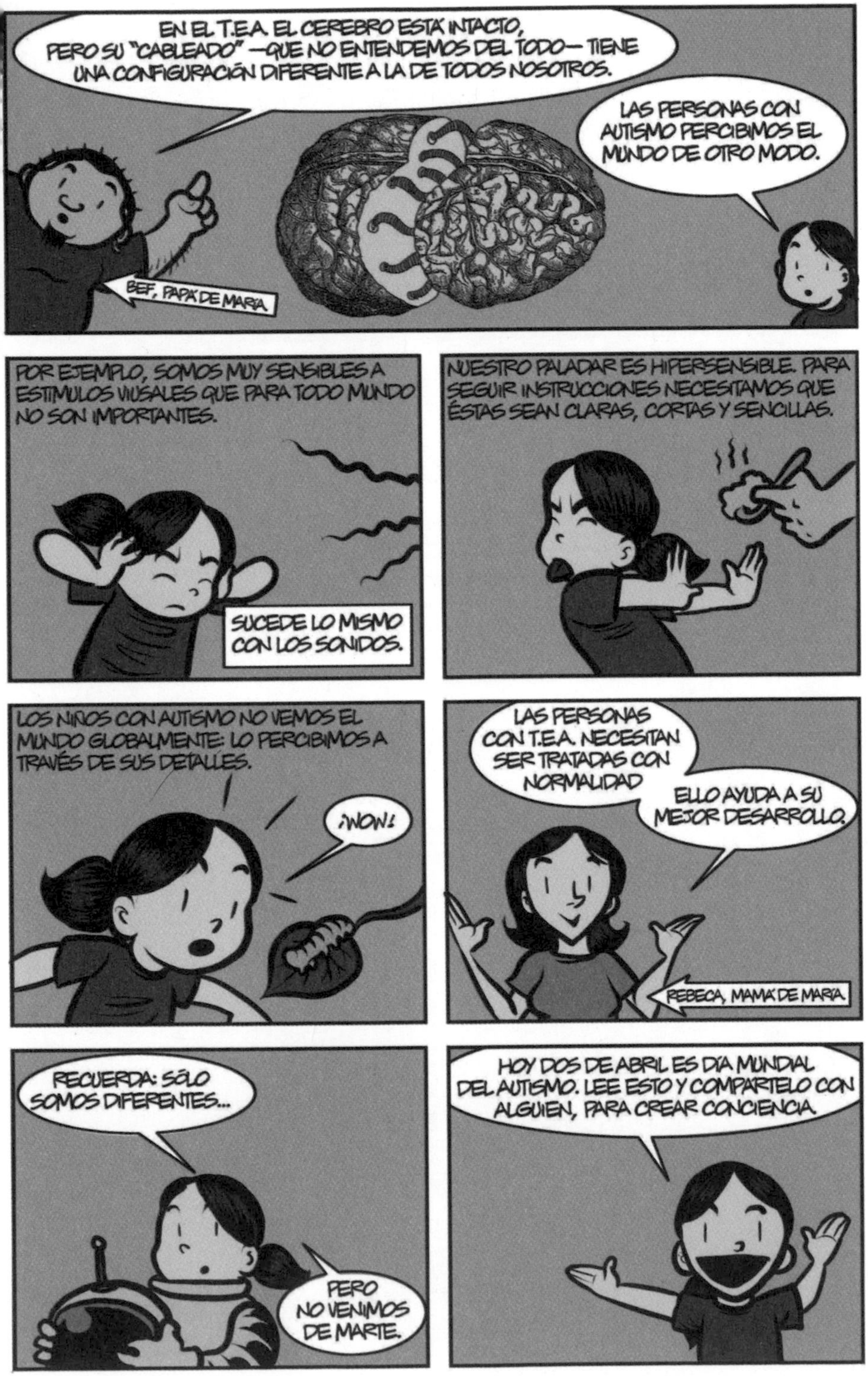
EN EL T.E.A. EL CEREBRO ESTÁ INTACTO, PERO SU "CABLEADO" —QUE NO ENTENDEMOS DEL TODO— TIENE UNA CONFIGURACIÓN DIFERENTE A LA DE TODOS NOSOTROS.
LAS PERSONAS CON AUTISMO PERCIBIMOS EL MUNDO DE OTRO MODO.
BEF, PAPÁ DE MARÍA
POR EJEMPLO, SOMOS MUY SENSIBLES A ESTÍMULOS VISUALES QUE PARA TODO MUNDO NO SON IMPORTANTES.
SUCEDE LO MISMO CON LOS SONIDOS.
NUESTRO PALADAR ES HIPERSENSIBLE. PARA SEGUIR INSTRUCCIONES NECESITAMOS QUE ÉSTAS SEAN CLARAS, CORTAS Y SENCILLAS.
LOS NIÑOS CON AUTISMO NO VEMOS EL MUNDO GLOBALMENTE: LO PERCIBIMOS A TRAVÉS DE SUS DETALLES.
¡WOW!
LAS PERSONAS CON T.E.A. NECESITAN SER TRATADAS CON NORMALIDAD
ELLO AYUDA A SU MEJOR DESARROLLO.
REBECA, MAMÁ DE MARÍA
RECUERDA: SÓLO SOMOS DIFERENTES...
PERO NO VENIMOS DE MARTE.
HOY DOS DE ABRIL ES DÍA MUNDIAL DEL AUTISMO. LEE ESTO Y COMPÁRTELO CON ALGUIEN, PARA CREAR CONCIENCIA.

Agradecimientos

Nunca es fácil hacer una novela gráfica. Dibujar una autobiográfica,
tan personal, lo es menos. Durante este camino conté con la ayuda, aportaciones
y apoyo de mucha gente. En completo desorden, este libro tiene una deuda impagable
con Gabriela Frías, Guillermo Schavelzon, Bárbara Graham, Pablo Martínez Lozada,
Maia F. Miret, Rebeca Dávila, Deyanira Torres, Ricardo García Fuentes *Micro*,
Fernando Llanos, Verónica Monsivais, Diego Reza, Fernanda Pérez Gay Juárez,
Alicia Reynoso Monges, Felipe Cruz Pérez y Jesús Ramírez Bermúdez.
A todos ellos mi gratitud.

Pero sobre todo, gracias a María y Sofía por llenar de luz mi vida. Las amo.

HABLA MARÍA
Una novela gráfica sobre el autismo

Se terminó de imprimir en septiembre de 2018
en los talleres de Impregráfica Digital, S.A. de C.V.,
Calle España 385, Col. San Nicolás Tolentino,
C.P. 09850, Iztapalapa, Ciudad de México.

Para su formación se utilizó la familia *DIN*
diseñada por Albert-Jan Pool en 1995.